MEMORY HOUSE
记忆坊文化

像狼一样凶狠,像雪豹一样孤独,像狗一样忠诚,像野草一样顽强生长。

刘真

夜冷天明

刘真 著

江苏凤凰文艺出版社

图书在版编目（CIP）数据

夜尽天明 /（美）刘真著 . — 南京：江苏凤凰文艺出版社，2024.1
ISBN 978-7-5594-7933-4

Ⅰ.①夜… Ⅱ.①刘… Ⅲ.①长篇小说 – 美国 – 现代 Ⅳ.① I712.45

中国国家版本馆 CIP 数据核字 (2023) 第 204181 号

夜尽天明
（美）刘真 著

选题策划	北京记忆坊文化 & 美读
责任编辑	白　涵
特约策划	水　格
特约编辑	绪　花
封面设计	小贾设计
营销统筹	澈　言
版式设计	天　缈
出版发行	江苏凤凰文艺出版社
	南京市中央路 165 号，邮编：210009
网　　址	http://www.jswenyi.com
印　　刷	环球东方（北京）印务有限公司
开　　本	670 毫米 ×970 毫米 1/16
印　　张	15
字　　数	200 千字
版　　次	2024 年 1 月第 1 版
印　　次	2024 年 1 月第 1 次印刷
书　　号	ISBN 978-7-5594-7933-4
定　　价	49.80 元

江苏凤凰文艺版图书凡印刷、装订错误，可向出版社调换，联系电话 025-83280257

目录

CONTENTS

- 005 序言

- 一　008　风波乍起
- 二　016　心声泪痕
- 三　024　情急失手
- 四　035　毁尸灭迹
- 五　044　移情别恋
- 六　053　雪夜奇案
- 七　059　密室迷踪
- 八　068　忽然十年
- 九　073　尘埃落定
- 十　084　十年积案
- 十一　093　上市风波
- 十二　106　千头万绪

AT
NIGHAT
AND
DAWN

十三
116 身份疑云

十四
123 密室毒气

十五
135 攻心战术

十六
145 旧衣如血

十七
161 众叛亲离

十八
167 来者不善

十九
176 十年未晚

二十
191 跌落谷底

二十一
203 天助我也

二十二
218 如梦浮生

二十三
227 彼岸花冢

二十四
232 了犹未了

序言

AT NIGHAT AND DAWN

作为省会城市，溱洧市的存在感很低。偶尔提及它，便有外地人故作聪明：啊——是那座东北老城吧？有一条好宽的河。

其实溱洧市老是老，却不在东北，虽然它四季分明，夏天炙热，春秋风沙大，冬天刺骨地冷，气候之恶劣并不逊于东北。它也没有河——一定是它的名字让人产生这种误会，就像石家庄不是一个村庄，合肥的市民大多很苗条，长春的春天其实很短——地名可以是历史传承，是地理变迁，或者是美好的愿望，望文生义并不可取。溱洧市区在千百年前或许有条大河吧，现今只在城市中心公园里残存一汪方圆不到一公里的小池塘——由于地理位置太好，颇惹得几家开发商眼红，磨刀霍霍地要填埋了它，盖房子。也许到明年，溱洧市内就再也见不到一条河流、池塘，变成彻头彻尾的"秦有市"。

溱洧市的存在感低，并不意味着它的市民也寂寂无闻。溱洧历史上颇出过几个名噪千古的诗人、巨贾、数学家、政治家。溱洧人的脑子转得快，会算计，不论做什么，都比别人来得麻利、精致，却也正因如此，格局受限，所以千百年来不出帝王之才，盛产丞相、师爷、大夫、工匠、读书人、买卖人，各种纸面上功夫，嘴皮子把式，诸般旁门左道、奇技淫巧，不厌精细，层出不穷。

溱洧市无名山大川，无江河行地，却在街头巷尾开满一种极艳丽妖娆的奇花——中国石蒜。每逢夏秋之交，石蒜花茎破土而出，伞形花序顶生，有花五至七朵，呈娇媚红、神秘紫、琉璃白、宝石蓝、橄榄绿、柠檬黄等颜色。花瓣反卷如龙爪，伴以千条万缕、挺拔张扬的龙须。石蒜花先开花后长叶，冬天花凋叶出，夏天叶落花开，因花叶不同时，两不相见，生世相错，石蒜花又名无情花、无义草。

石蒜花的学名略嫌土气，为赋新词的文人墨客和伤春悲秋的青年男女摒弃其学名，以曼珠沙华、曼陀罗华等既有异域风情又诗意浪漫的名字取而代之。石蒜花的几十种别称中，最受追捧的名字是彼岸花。在释门典籍中，佛说彼岸，无生无死，无苦无悲，无欲无求，春分前后三天为春彼岸，秋分前后三天为秋彼岸，花期精准，是以得名。

溱洧市委市政府为打响城市知名度，强化城市存在感，一度考虑将彼岸花定为溱洧市花，作为城市名片向全国乃至全世界发放。但是彼岸花的花语过于凄婉幽怨，且透着点哀伤不祥的意思，恐怕对城市的形象和未来发展不利。市政协会上几度对这个议题进行磋商，最后都不了了之。

位于溱洧市东郊城乡接合部的无相镇，是全市规模最大墓葬"缘福园"所在地，占地一千多亩，其中设有"功泽园""福泽园""承泽园""恩泽园"等九个园区，有九千九百九十九个墓穴。与缘福园墓地一街之隔，就是安德殡仪馆，一家自20世纪80年代起就为溱洧市民服务的市立殡仪馆。

不知何年何月何日何位好事者，在安德殡仪馆旁的空地上，以一棵百年老松为依傍，搭建一座矮矮的坟茔，并将老松的树皮剥掉约莫两尺见方，露出里面白生生的树肉，还在树干上刻下深达寸许的四个正楷大字：彼岸花冢。未料想时日一久，彼岸花冢竟成为缘福园和安德殡仪馆的地标式景观，前来出殡或缅怀先人的市民必经此地，滞留片刻，或燃一炷香，或埋葬几片彼岸花的残枝败叶，表情肃穆，气氛庄严，令人不敢作声或哂笑。

安德殡仪馆的管理层深感此情景有碍观瞻，曾动念将彼岸花冢铲平，终究不敢触犯众怒，而且彼岸花的神秘韵味和幽冥气息也让他们有所忌惮，思来想去，只好作罢。

紧邻无相镇的道谛区，是溱洧市市内五区之一，也是溱洧大学所在地。我们的故事就从这里拉开序幕。

一 风波乍起

AT NIGHAT AND DAWN

春夏之交。清晨五点。

在溱洧市道谛区衡阳路段清扫大街的何玉满从垃圾箱里拎出一个塑料袋,凭手感和经验,这里装的是肉片。这一带饭店多,所以垃圾箱里经常有丢弃的肉类。何玉满看到没长毛、没刺激味道的肉,就会捡回家去,清洗煮熟了吃,仗着从小就吃馊饭馊菜练就的野蛮体魄,倒没吃坏过肚子。

今天捡到的这袋肉沉甸甸的,估摸有四五斤,够她和瘫痪老头子吃两三个礼拜,何玉满心里高兴,扫大街时格外卖力,想尽快干完,早点回家把肉收拾出来。

回家后和老头子吃完早饭,何玉满喜滋滋地到水池子边洗肉,洗到一半,肉片中掉下一样东西,摔到水池子里,发出"当"的一声。何玉满仔细一看,竟然是一根人的手指,吓得一屁股坐在地上,尿得裤子和鞋子秒湿一片。

何玉满醒过神来,打算把手指夹回肉里,再扔到垃圾箱去。多亏瘫瘫老头子脑袋还算清楚，颤巍巍地打电话报警。

市局刑警支队一大队长江风畔接警后赶到现场。江风畔今年三十三岁，光棍一条。他五短身材，身高一米六八，体重一百六十八，看上去非常敦实。他体胖怕热，别人在这个季节还穿衬衫罩外衣，他只套一件白色半袖衫，却仍然一激动就冒汗。他并不为自己的胖而烦恼，从不听营养专家苦口婆心的规劝，不忌口，想吃什么吃什么，想吃多少吃多少，平时裤兜里总揣着零食，花生、蚕豆、话梅、巧克力，高兴时吃一粒，生气时吃一粒，紧张时吃一粒，放松时吃一粒，什么事、什么人也挡不住他贪吃的嘴。

江风畔虽然其貌不扬，他的脑袋却值一千万，是毒贩子开的价。江风畔干刑警前在市局禁毒支队供职，铁面无私，战斗力爆表，抓过吸毒的明星，捕过带枪的毒贩，摧毁过制毒贩毒的宗族势力，参与破获毒品案一百多件，捣毁七个已成气候的贩毒团伙，抓获贩毒嫌犯两百多人，收缴销毁各类毒品几百公斤，几乎切断了溱洧市毒品交易上下游产业链。几个制毒贩毒团伙头子出高价买他的人头，赏金额累计达到一千万元。市公安局副局长廖阔爱惜人才，为保护他，找个契机把他调到刑警支队了。

江风畔性子慢、沉稳，遇天大的事也不慌不忙，用他妈的话说是"烟不出火不进""滚刀肉"。别人遇到命案紧张得不行，或问询知情人，或勘查现场，或寻找线索，各司其职。他作为现场最高指挥官，却双手插兜，极悠闲地看法医张小唐摆弄那一袋子生肉。

张小唐三十岁出头，去年才离婚，是个单亲妈妈。她身材娇小匀称，五官精致，留着清爽的奶茶色短发，白衬衫，牛仔裤，乍看去是个文静乖巧的女大学生，其实工作时认真、胆大、精细、隐忍，无论多么恐怖的尸体，多么复杂的伤口，多么血腥的现场，她都不会表现出任何恐慌或厌恶情绪，比身经百战的老刑警还要镇定自若。她的名言是：如果你对尸体感到恶心，那是你接触得不够多；如果你对血肉模糊的伤口感到恐惧，那是你离得不够近；如果你错过重要线索，那是你挖掘得不够深。

张小唐把带有肉皮、纹理清晰，明显是猪肉的肉块放到一边，为慎重起见，仍留取一小块样本，准备带回去化验确认。最后只整理出两截断指，几块来历不明的腐烂发臭的黑肉。她把两截断指合到一起，说："是一根手指，女人的。"

江风畔目不转睛地盯着断指和臭肉，从口袋里掏出一块黑巧克力塞到嘴里，津津有味地咀嚼，说："这堆肉是人肉？"

张小唐说："多半是，没走眼的话，是盆腔结缔组织。"

江风畔好奇："什么是盆腔结缔组织？"

张小唐更好奇，注视他抿动的嘴唇："看着这东西你还有胃口吃巧克力？"

江风畔："有啊，你要不要来一块？"

张小唐把视线从他嚅动的嘴上移开，说："凭我的经验，这堆肉是剁碎的女人子宫和盆腔筋膜。"

江风畔点点头："下手够狠的。"又说，"能确定被害人身份不？"

张小唐明白他的意思，举起那根腐败发黑的断指，说："费点周折，但是技术上没问题。"

张小唐知道刑警队心急火燎地等着拿被害人身份，从现场回来后没敢耽搁，一头扎进法医实验室。由于那根断指表面有腐败液体黏附，而且指面上出现褶皱，如果直接使用尸体指纹捺印器采集指纹，断指沾墨不均匀，将导致捺印出的指纹细节特征不准确，从而影响后期检验鉴定和对比，而且稍有不慎，就会使断指上的皮肉脱落。

从这根高度腐败的断指上采集指纹既考验技术，又考验耐力。张小唐先把断指急速冷冻，然后用注射器将2毫升无水乙醇、2毫升甘油混合溶液从指肚横纹上方，沿指骨前端和指甲下注射，接下来慢慢搓揉断指，使溶液均匀分布，指肚膨胀复原。然后，张小唐用棉签蘸取无水乙醇，轻轻擦洗指纹表面，清除油垢、污物后再使用棉签将水分吸干。

虽然张小唐手脚麻利，这个过程也耗费两个多小时，由于精力过于集中，长时间保持一个姿势不动，脖子有些僵硬，肩膀的肌肉也隐隐作痛。她在椅子上抻抻腰，感觉肚子饿得在抗议，不禁想起江风畔咀嚼巧克力的样子：食欲真旺盛，难怪他胖。

经过处理，断指硬挺起来，但是还不能直接提取指纹，张小唐用毛刷蘸取少量金粉，均匀涂在断指表面，又剪一条30毫米宽的胶带，细心粘在断指上，抚平胶带，使指面与胶带均匀、充分接触。最后将胶带从指面上轻轻揭下，把胶带粘在透明指纹贴片上，拍照，这样，一枚完整清晰的指纹就呈现出来。

江风畔正在办公室伏案大吃日式便当，米饭、寿司卷、甜不辣、煎饺、味噌汤，相当丰盛。听见张小唐提取到断指指纹，忙不迭地把最后两个煎饺一起塞进嘴里，走路带风，奔向技侦室。

运气不错，在指纹库里找到一枚契合的指纹，主人是一个名叫蒋悦悦的卖淫女，七年前曾被公安机关收容过。

江风畔调出蒋悦悦被收容时拍的正面素颜照，那时她看上去二十岁左右，秀发披肩，眼神清澈，鼻尖俏皮地微微翘起，嘴唇线条分明，樱红润泽，是个极美丽的女人，而且气质纯净，完全没有卖淫女的风尘味道。

江风畔想，美丽的女人自甘堕落，简直是暴殄天物。她今年二十七岁，如果从良，早些嫁人，或者不会遭遇横祸。

经鉴定，与断指同时发现的腐烂黑肉确如张小唐所猜测，是女性的子宫和筋膜组织，而且同属于蒋悦悦。

根据警方记录，七年前蒋悦悦在天河宾馆卖淫时被抓获。和治安支队联系，得知天河宾馆的卖淫女都是"流莺"——单干，没有固定组织，所以无从查起。把蒋悦悦的照片分发到各派出所协助调查，反馈都是辖区内没有这名失足妇女。对市内风月场所调查走访，也没有人曾见过蒋悦悦。这个女人竟像是天上掉下来的，路过人间不留痕迹。

十年前侦办"一·二"大案的廖阔现在已升任市公安局刑侦局长，年近五十，仍然精力充沛，对工作满怀激情。他颇赏识江风畔，听他汇报案情进展缓慢，就建议如果必要，可以把蒋悦悦的照片在网站上公布，或者在电视上滚动播出，让广大市民协助找人。

江风畔对廖阔的建议不以为然——凶手目前还不知道警方已经发现尸体残骸，而且蒋悦悦大量身体组织尚未出现，凶手有可能继续抛尸，在公共媒体上播放蒋悦悦的照片，极可能给凶手通风报信，使案情更加棘手。

不过，廖阔的建议倒是让他灵机一动，想起两年前在禁毒支队时，因监控视频中贩毒嫌疑人的影像不清楚，曾求助颖楠科技有限公司，成功还原嫌疑人影像，所以他对颖楠科技的人脸识别技术记忆深刻。目前溱洧市公安局已拥有成熟的人脸识别系统，但是在关键技术上仍然要依赖关联科研单位和企业的支持，而在这个技术领域，颖楠科技在溱洧市是当仁不让的领军人物。

既然找不到蒋悦悦在生活中的痕迹，也许会在网络上发现线索呢？她不是生活在真空中，鸿爪踏雪泥，没有毫无爪印的道理。

颖楠科技总经理向楠亲自出马配合警方行动。江风畔和这对夫妇有过一面之缘，虽然时间短暂，却对这对珠联璧合的夫妻十分欣赏，认为他们是科技精英的典范，是这沧海横流的大时代的表率。

向楠派司机兼保镖唐骏在办公楼正门口迎接江风畔。唐骏二十七八岁的年纪，才入职颖楠科技不久，却深得向楠信赖和倚重。他身材挺拔，相貌英俊，寡言少语而精明干练，举止做派中透出军人气度和风范。事实上，他曾在驻溱洧某军现代特种部队服役五年，精通枪术、马术、驾驶、近身搏击，是不可多得的保镖人才。

唐骏把江风畔引领到向楠办公室。

人脸识别技术再次立功，向楠只搜寻二十几分钟，就在浩瀚的互联网中匹配到蒋悦悦的照片。向楠点开一个微博，说："江警官，我把蒋悦悦的微博地址发给你，你回去慢慢研究。"

江风畔由衷感叹:"难者不会,会者不难,我一个多礼拜苦寻不得的线索,你不到半小时就找到了,科技是第一生产力,我们用人海战术地毯排查的时代已经成为过去时。"

向楠舒服地靠在昂贵华丽的老板椅中,心里得意,脸上绽放愉快而得体的笑容:"科技发展建立在人海战术基础上,基础越扎实科技进步越迅速,人类从爬行到直立行走用一百万年,从青铜器到蒸汽机用五千年,从工业化到人工智能只用三百年。当下的科技进步,可以用一日千里来形容,以后江警官抓捕一个罪犯,把他投到监狱里与世隔绝十年,保证他出来后生活不能自理。"向楠觉得自己很幽默,眼角眉梢笑意盈盈,姣好容颜愈加明媚动人。

江风畔无意质疑她的权威,但慎重起见,还是跟她确认说:"这张是蒋悦悦七年前的照片,人脸识别技术有自动纠正误差功能吧?"

向楠笃定地说:"你放心,只要是成年人,别说七年,七十年前的照片都能辨识。颖楠科技目前正在技术升级,等成功以后,江警官拿罪犯婴儿时的照片来,我们还你一张成年人照片,这项技术可以帮助被拐卖儿童快速高效寻亲,是造福社会的善举。"

江风畔佩服不已:"那些寻亲家庭一定会衷心感谢颖楠科技。向总一心为老百姓做好事,财神菩萨保佑你成为溱洧市首富。"

向楠"咯咯"娇笑:"首富不首富的我倒没想过,钱也好,科技也好,只要用来做好事,都是多多益善。"

江风畔虽然感激她帮自己解决了一个大难题,却也多少听出她这句话口不对心,透着掩饰不住的得意和虚伪。

回警队打开向楠发给他的微博地址,闯入眼帘的是封面上精美的艺术照,照片中一个容貌美丽、身材曼妙的年轻女子在海边迎风而立,海风拂动她身上白色轻纱,背景是碧蓝海水,银白沙滩,美轮美奂。照片下面的博主签名:悦世界。

尽管向楠说得笃定,江风畔还是无法百分百确定这就是蒋悦悦的微博——

封面艺术照过度修饰，而且只照到侧脸，类似照片在网络中比比皆是，辨识度非常低。

"悦世界"微博内容不多，时间跨度从三年前到现在，只有十来张自拍照，几篇心情日记，看来博主疏于打理。

翻看几张照片后，江风畔信心增加，确定微博中的女人就是蒋悦悦。虽然她看上去比七年前成熟，而且化有淡妆，照片也经过后期加工，但毕竟五官没有变化，鼻头、嘴唇线条、耳朵轮廓，都完全一致。

微博中几乎没有任何线索。几篇心情日记都寥寥数十字而已，伤春悲秋，颓废忧思。照片都是居家自拍照，穿时装或睡裙，却都面无表情，冷冷地直视镜头。从家具摆设和服装质地看，蒋悦悦经济条件不错，不像是"流莺"能负担得起。

只有一张照片拍到一个男人的半张脸。那男人坐在床边，似乎在侧头和蒋悦悦说话。江风畔把照片放大细看，可以看见那男人差不多四十岁，头顶半秃，圆脸，五官模糊不清。

再往下翻，十来张自拍照如出一辙，遮遮掩掩，聊胜于无。江风畔叹口气，用力拍鼠标，心想这微博有没有都一个样。他郁闷半晌，到底不甘心，往嘴里扔粒开心果，"咯吱咯吱"地嚼，又从头浏览微博。

翻到第七张照片时，他眼睛蓦然发亮，似乎捕捉到什么——那是蒋悦悦站在窗前的自拍照，当时天色已黑，华灯初上，透过窗户隐约可以看见远处灯火。

江风畔把这张照片拉近，局部放大，见窗外有一面巨大的黄色灯光招牌，在夜色中十分醒目。可惜左边被蒋悦悦挡住一半，右边被墙壁挡住一半，只露出"阁酒"两个字。

阁酒，阁酒……江风畔用力咀嚼开心果，脑海里像电影镜头快进一样，搜寻带有"阁酒"字样的招牌，忽然灵光一闪：豪阁酒店！溱洧市数一数二的豪华酒店，总高三十三层，他曾在其顶层总统套房中亲手抓获正在吸毒的明星。

溱洧市仅有一家豪阁酒店，位于道谛区广袤街道，而从蒋悦悦房间望出去，恰好俯视酒店的灯光招牌，那么，蒋悦悦家一定在广袤街道的某高层住宅楼内，且与豪阁酒店相对。

江风畔查阅网络地图后锁定那幢高层住宅：龙兴苑三号楼。他拍案而起，出门驾车，直奔龙兴苑而去。

下班高峰已过，路上却依然拥挤。近年来溱洧市汽车销量直线攀升，私家车保有量翻几番，道路便局促起来，在市区开车像老牛爬行，比骑自行车还慢。尽管如此，溱洧市民仍热衷开车，而且车辆档次逐年提高，宁愿削减其他家庭开支，也要咬牙供养一辆名车，仿佛车子不再是交通工具，而是统筹规划的面子工程，要由全社会来监督和验收。

江风畔成竹在胸，并不迫切，车子开不动，他便拧开音乐，嚼着话梅，沐浴城市微凉的晚风。

他妈忽然打来电话，要他回家吃晚饭，说自己今天去菜市场，见到螃蟹生猛，就买了半打，等他回来之前上屉蒸，进门刚好出锅。江风畔说手头有案子，不知要折腾到几点，别等他。他妈替他惋惜没口福，又叮嘱他注意安全。

江风畔他妈好唠叨，每次来电话都要被儿子催几次才肯挂断。她名叫梁素琴，是溱洧市华光灯泡厂退休职工，跟江风畔一样五短身材，贪嘴，爱说，好拉家长里短，但社区居委会又不肯用她，因她说话随性，嘴边没把门的，往往说着说着就把人得罪了还不自知。江风畔他爸是派出所老民警，十余年前因公殉职，梁素琴独自在家寂寞，随便找个由头就给江风畔打电话，经常弄得他一个头两个大。

二 心声泪痕

AT NIGHAT AND DAWN

江风畔来到龙兴苑，找来物业经理王曼生，给他看蒋悦悦照片。王曼生只扫一眼，便说："是三号楼三单元那女的。"

江风畔问："你认识？"

王曼生摇摇头："见过，没说过话。"

江风畔："那你张口就来？"

王曼生左右踅摸，然后神秘得像特务接头般凑到江风畔耳边："我们这高档住宅小区，有几个被包养的二奶，男人不经常来，所以独居，平时穿得花枝招展，开豪华车，招摇过市，这女的就是其中一个。"

江风畔被他喷出的口气弄得刺痒，后退一步，说："这套房子登记在谁名下？"

王曼生："何娜，她本人。"

江风畔想蒋悦悦在风尘中打滚，有几个化名并不意外，又问："她是被谁包养的？"

王曼生说："哟，那可不知道，没见过金主。"他西装革履，年纪五十出头，胡楂发青，偏偏说话拿腔拿调，顾盼生姿，害得江风畔起一身鸡皮疙瘩。

王曼生把江风畔领到蒋悦悦家门外，敲半晌门，没人答应。江风畔问："你没钥匙？"

王曼生说："哟，那可不敢，拿着住户钥匙，万一有个大事小情，浑身是嘴也说不清楚。"

江风畔想，你虽然算不上浑身是嘴，也差不太多。他想这会儿没地方申请搜查证去，破门进屋又不合乎程序，等到明天再来又白白浪费一宿时间，就跟王曼生说："你给110打电话，就说这间屋子里有味道，像死人那种臭味。"

王曼生吓得一哆嗦："不成，人家姑娘好端端的，干吗咒她？如果业主追究起来，我这经理怕是干到头了。"

江风畔说："你动脑筋想想，市局刑警队找上门，该不是吃饱了撑的，来抓二奶吧？让你打电话就打，责任由我承担。"

江风畔的小眼睛瞪起来挺唬人，王曼生拗不过，终于还是按他意思打电话报警。

江风畔等他一挂断，立马说："是你报警？这间屋子有情况？好，你退后，由我处理。"把王曼生说得愣眉愣眼，不知所措。

江风畔把他扒拉到一边，从裤兜里掏出一串钥匙，在防盗门锁孔里鼓捣两分钟，轻轻一推，门竟然开了。王曼生害怕，站在门口不敢进去。江风畔说："你守在这里别动，等派出所出警，就跟他们说市局刑警在里面。"

江风畔在门口把鞋脱掉，踩袜底走进室内。先确定室内景象与蒋悦悦自拍照片的背景一致，心中又多几分把握。站在玄关里观察房间格局，三房两厅，目测一百六七十平方米，市场售价在五百万元以上，显然七年前还在做"流莺"的蒋悦悦后来另有奇遇，华丽转身而成贵妇。室内装修家具均为欧式风格，雕刻不厌其烦，材质不厌其精，富丽堂皇而不落俗套，系出名家之手。如果确如王曼生所说，蒋悦悦是笼中金丝雀，那么豢养金丝雀的人财力相当可观。

江风畔轻手轻脚地走过客厅、餐厅、厨房、卧室、书房、卫生间，所有房间都整齐规矩，虽然淋浴间干爽，冰箱半空，貌似已经有一段时间无人居住，却一尘不染，更见不到他想象中的打斗痕迹。梳妆台上，一排包装精美的进口化妆品码放得整整齐齐，打开衣柜，里面春夏秋冬四季服装齐备，其中不乏数万元一件的国际名牌单品。只看室内情景，会以为房主出门在外，随时可能归家。

蒋悦悦家竟然有一间书房，且典雅大气，书香馥郁，颇出乎江风畔意料。白色欧式风格书柜占据一整面墙，摆满装帧精致的书籍，有全本《莎士比亚作品集》，整套《大英百科全书》，唐宋诗词，也有福尔摩斯探案集，日本推理小说汇编，至于天文地理、神鬼志异、散文随笔、人物传记，更是种类繁多，不胜枚举。江风畔随手拿本《日本短篇推理小说选》翻看，不着边际地瞎想：时代的车轮滚滚向前，金丝雀圈子同样竞争激烈，必须有深厚的文化底蕴才能胜出，古诗有云，"若有才华藏于心，岁月从不败美人"，就在这个竞技场中体现出来。眼角瞥见书柜和墙壁夹缝中有个小巧的棕色皮箱，黄铜镶边，古意盎然，就把书放下，把皮箱取出来放在书桌上，双手抠锁，箱盖应声而开。皮箱里的东西都已经有些年头，一个青铜摇把八音盒，一本塑料皮日记，一张叠成心形的百元钞票，还有些手套围巾等杂七杂八的小物件。

江风畔信手翻开那本日记，好巧不巧，一眼看见"向楠"两个字，惊讶得正要仔细阅读上下文，忽听见脚步声响，有人从身后快速走来。

原来是龙兴苑管片民警钟鸣，接到指令后出警。钟鸣二十岁出头，去年年底才参加工作，略嫌青涩。江风畔出示证件后说怀疑这间房屋主人被人杀害，钟鸣立刻脸色涨红，激动而严肃，连带手脚都僵硬起来。王曼生见到穿制服的警察，想自己任务已经完成，没必要再蹚浑水，生怕吃力不讨好，于是找个借口匆忙离去。

江风畔在房间里未发现异常，咬咬牙，还是给张小唐打电话，说案情重大，请她务必过来，低调行动，别惊动任何人。

张小唐饭吃一半,把碗一推,抽张纸巾擦擦嘴,跟儿子说:"迪迪,吃完饭跟姥姥一起看《喜羊羊和灰太狼》,妈妈单位有事,出去一趟。"

迪迪习惯她早出晚归,不缠着她,头埋在碗里"嗯"一声。

张小唐和江风畔、钟鸣在房间里忙活到半夜。经发光氨检测,主卧室卫生间的地面和墙壁上均出现蓝绿色荧光,证实此处有擦洗过的血迹,且墙壁上荧光呈弧形抛甩状,系挥舞沾血器械或晃动出血肢体等动作形成的痕迹。

张小唐匍匐在地,用放大镜一寸寸搜寻,在马桶后面找到两片碎骨,每片仅有半个米粒大小。她把碎骨装进物证袋,钟鸣小心翼翼地问:"是人骨?"

张小唐给他个白眼:"要化验后才知道,理论上,正常人不会在主卧卫生间里砍猪骨。"

钟鸣身上起一层鸡皮疙瘩:"这里是杀人分尸现场?!"越发觉得这趟出警收获匪浅。

发光氨所到之处,厨房的一把剔骨刀和一把菜刀上都泛出蓝绿色荧光。江风畔也激动不已,心想这次勘查现场虽然冒失,到底不虚此行,证据链渐趋完整。

三人封锁现场,步出龙兴苑时,已是午夜时分。一轮朗月当空,星光稀疏,热闹的城市归于沉寂,微风送来阵阵花香,沁人心脾,精神格外舒爽。

江风畔临走前顺走书房里的棕色皮箱,回到家便躲进卧室,翻阅那本有些年头的塑料皮日记。

看日期是十年前的日记,从笔迹判断,日记主人是男性,字里行间流露出对向楠的爱慕和关切,却又摆不脱深深的自卑感。比如:"今天和向楠在溱洧大学校门口的蓝色餐厅吃饭,点了她爱吃的糖醋鱼和炝拌莲藕,她喝了两杯啤酒,脸颊绯红,笑得我的心都化了。向楠是世界上最美的女人。"又比如:"我爱她,比天上星星还多,比汪洋大海还深，比泰山磐石坚定，比江河日月长久。"又比如："我怎么办？我能怎么办？在她面前，我如此卑微，自惭形秽，我怎么能理直气壮地说出那一句，让她陪我今生今世，永生永世。"又比如："我想她，却不敢去见她，万一在路上遇到她的同学、朋友，我的存在会令她难堪，我恨自己，为什么不能和她一起成长？我该放手吗？"

最后一篇日记写于十年前的一月二十二日，语焉不详："贺小艺说她昨晚看见我穿着连帽衫，往太平间方向走，她在背后喊我名字我没应声……我的那件连帽衫……难道……难道……"日记本后面还有几十页空白，但日记到此为止。

江风畔一口气读到东方熹微，才合上日记，心中勾画出粗略印象：日记主人名叫苏晓青，是向楠前男友，对她刻骨铭心地爱恋，却又因自身条件不匹配而踟蹰不前。至于日记最后一篇为何支离破碎、语焉不详？为何记到一月二十二日戛然而止？为何这本日记会出现在蒋悦悦的书房？尚不得而知。

DNA检验结果出炉，从蒋悦悦家卫生间内采集的抛甩状血迹、碎骨，以及厨房中剔骨刀和菜刀上的微量血迹，均与清洁女工何玉满拾到的断指和腐肉出自同一人，菜刀上还检验出另一人的血迹。警方将此案定性为情节恶劣的杀人碎尸案。

与蒋悦悦同居的男人被警方视为第一犯罪嫌疑人。

但调查再次遇到障碍。

蒋悦悦名下房产为她一人所有，于两年前全款购买，整个交易过程没有那位神秘男人的身影。她的社交圈狭窄，只和龙兴苑小区与她背景相似的几个年轻女人有泛泛之交，但她们也没见过包养蒋悦悦的男人，更不知道他是谁，只记得蒋悦悦曾向她们诉苦，那男人对她不好，经常打骂她，甚至曾扬言要杀她。

虽然菜刀上有蒋悦悦之外的其他人的血迹，但DNA检验结果并未带来惊喜——与现有DNA库中的样本没有匹配。

江风畔还有最后一条线索，也许是他最不愿启用的线索——蒋悦悦自拍照中的那个中年男人。他出现在蒋悦悦的私密空间，一定与她关系非同寻常，很可能是包养蒋悦悦的男人，也是本案第一嫌疑人。但他在照片上只露出半张脸，辨识度低，唯一能确认他身份的途径是借助颖楠科技的人脸识别系统。但江风畔自从在日记中读到向楠的过往后，对她产生莫名其妙的排斥感，不愿让她过多卷入案情。

但当其他线索相继中断，照片上的半张脸成为本案唯一突破口，江风畔只好再次求助颖楠科技。这家位于溱洧市最昂贵商务大厦顶楼的高科技公司，成为他办案路上绕不开的曲径。

董事长温颖涛仍不在公司，向楠说他在道谛寺与住持法璨叙旧。江风畔说原来温董亲近佛法。向楠说法璨皈依前是温董的师兄，才情和佛法修为都深不可测。温董心气高，有点恃才傲物的意思，唯一信服的人就是法璨，每个月总有一两天去道谛寺拜谒，吃斋念佛，洗礼身心。江风畔双手合十，念声佛号，向楠莞尔。

江风畔说明来意，向楠打趣说溱洧市刑警队应该给她个名分，把她收编，江风畔示意她凝雪皓腕上的限量版镶钻玫瑰金手镯，说向总随便一件首饰就价值百万，刑警队小庙供不起大神，向楠说他贫嘴，笑得不可自抑。

两人说话时，颖楠科技的超级计算机高速工作，在网络的海量照片中搜寻并匹配。这台计算速度达每秒万亿次的计算机，虽然在超级计算机中不算顶尖，但在民用领域已足够且有余。

仅用去十几分钟，超级计算机人脸识别成功，在茫茫网络中锁定一张照片，确认是出现在蒋悦悦自拍照中的那名男子。

向楠说："好啦，颖楠科技不辱使命，人脸识别为公安机关抓捕犯罪分子再立新功。"不经意扫一眼屏幕，忽然变了脸色，脱口说，"竟然是他！"

江风畔早看见屏幕上配对成功的照片是一张正面免冠照，一位四十岁左右的半秃男人，圆脸油光可鉴，西装笔挺，衬衫雪白，丝质领带色彩艳丽，柳绿桃红。

这竟然是墨兹县政府网站上一张领导的照片，署名是墨兹县委主要领导——金山。

江风畔顺着向楠的话说："你认识他？"

向楠还没从震惊中缓过神，心乱如麻，梳理不出头绪，谨慎回应江风畔的问题："他是我高中同学，有好几年没见了，按理说你办案子轮不到我多嘴，但是既然涉及他，想问一句，他出什么事了？"

江风畔："现在说什么都为时过早，只能讲他卷进一起刑事案件，是调查对象之一。"

向楠说："让江队这么上心的案子，一定是大案。你放心，他虽然是我同学，其实上学时没说过几句话，毕业后也没来往，关于案子的事情我既不会乱问，也不会到处乱传，做生意这么多年，还是有些保密意识的。"

江风畔走后，向楠跌坐在椅子里，试图梳理出整件事情的脉络，但所有情节都是支离破碎的，无论如何也不能组装在一起。

她想不通江风畔怎么会把金山带进她生活里？是有意为之？不像，而且江风畔作为一名刑警，这样做毫无必要。是无意巧合？这巧合让她心惊肉跳。

毕业十年，她一直有意躲开金山，从未和他见过面，甚至拒绝知道他的消息。当然她在金山面前问心无愧，她只是在潜意识里抗拒重温苏晓青惨死的画面，所以尽量远离那天涉及的所有人、所有事物。

对当时的她来说，苏晓青死得及时，死得其所，死得莫名其妙、鬼使神差，虽然不是她亲手杀死的，但她当时心心念念盼他死。这是她内心无法承受之重，她拒绝面对，所以逃离。

她一厢情愿地希望苏晓青的死是天意，而凶手永远不会落网。真相不必大白，沉冤不必昭雪，让过去的永远逝去，让蒙尘的永远尘封，一死百了，阴阳永隔，又何必来打扰生者的生活呢？

这样想着，她的心情渐渐舒畅起来，或者只是巧合吧，金山是好是坏，是死是活，她完全不放在心上，由他去吧。

江风畔回警局后向廖阔汇报人脸识别结果。廖阔听到金山的名字就感觉诧异，看见照片后苦笑说："竟然是他……又是他……"

江风畔说："您见过这个人？"

廖阔说："岂止见过，他是十年前一起校园杀人案的重要嫌疑人，后来因案情复杂，始终没有结果。这起案子是我心里的死结，如果终于不能打开，我到死也不甘心。"

十年前江风畔在禁毒支队工作，对"一·二三"案一无所知，廖阔向他详细讲述过案情，叹气说："我从警近三十年，从未办过这样奇怪的案子，明明凶手就在案发现场，却只能眼睁睁看着他（她）逍遥法外，每次想起来，我胸口就像压着一块石头，又郁闷又难受。"

江风畔说："苏晓青？！这名字我前两天才在一本日记里见过。"于是跟廖阔说他在蒋悦悦家书房里发现塑料皮日记本的过程。

廖阔无比诧异，说："苏晓青的日记本出现在蒋悦悦书房里？越来越有意思了。"他稍做考虑说，"调查金山不能绕过当地党政部门，我先以溱洧市局的名义跟他们通通气，再决定下一步动作。"

三 情急失手

AT NIGHAT AND DAWN

镜头摇过来又摇过去,时间闪回到十年前。

再有半年,向楠就毕业了,工作却还没有着落。

倒不是找不到工作。作为溱洧大学软件工程专业的硕士研究生,热门学校、热门专业、成绩优异、形象出挑、口齿伶俐,向楠在求职市场上占尽优势,从来只有她挑剔工作的份。

只是她不甘心做一份普普通通的工作。她希望自己甫入社会,起点便与众不同。

向楠心里憋着一股劲儿,今生今世她一定要出类拔萃,人前显贵。

向楠的自身条件几乎完美。她身高一米七,体形优美匀称,随便一件衣服穿在她身上,哪怕不合体,也透着说不出的好看,肥有肥的风情,瘦有瘦的性感,走在校园里,就是一道亮眼的风景线。

她的五官搭配得恰到好处。本来她的脸部线条偏硬朗,眼角上扬,使得表情稍嫌凌厉,但她微微翘起的可爱的鼻头,以及湿润的、不施丹朱而粉红的菱角嘴唇,又中和了她的凌厉,透出年轻未婚女人特有的亲和魅力。

至于学习成绩呢,更罕逢敌手。从小到大,她一路蟾宫折桂,从乡状元、校状元到县状元,一举考进溱洧大学软件工程专业,创下全县恢复高考制度以来最高分纪录,时至今日仍作为励志典范,于母校高三年级各科老师之间口口相传。

这样的向楠,注定不甘于平凡。

但溱洧市毕竟不同于她的老家墨兹县墨兹乡,溱洧大学也不同于墨兹高中,这里车流如织,楼宇参天,英才云集,龙精虎猛,上千万人在这座城市的每个领域和角落里恶狠狠地争抢资源。

而顶尖的资源永远是稀缺的。即使出色如向楠,努力如向楠,也触不到命运女神的裙裾边。

她必须借助外力。

只要能扶她上马,她有信心击败任何对手,一骑绝尘。

向楠的原生家庭不能给她提供任何帮助,甚至是她的拖累。

从向楠记事起她母亲就病恹恹的。向楠不知道她患的是什么病,到现在也弄不清楚。她母亲不大干活,不仅地里的农活不干,家务活也不爱干,家里通常是空锅冷灶,所以向楠童年最深刻鲜明的记忆就是饥饿。她甚至吃过蚂蚱充饥,是的,就是田地里的蚂蚱,鲜活肥大,抓来用火一烤,焦香扑鼻,嚼起来咯吱咯吱的。

她父亲是个酒鬼兼赌鬼。他长得一表人才,据说读书也不错,可惜犯过生活作风错误。他从此自暴自弃,酗酒、滥赌,醉生梦死地娶了一个病恹恹的老姑娘,生下了向楠。

穷人的孩子早当家,而又穷又烂的家庭出来的孩子往往走向两个极端,一是自怨自艾,彻底放弃,承继上一代的卑微、绝望和不负责任;一是在困境中自立自强,比同龄人更加成熟、隐忍、奋飞横绝。向楠属于后者。她从十岁起就开始自主安排人生道路。今天她看上去美丽、从容、大方、自信,有谁知道她一路走来,曾经遭受多少白眼、鄙视、冷嘲热讽,多少次万箭穿心,多少次彻夜无眠,多少次和血吞泪。如果心扉可以打开，可以被看见，她的心上早已疤痕累累，陈旧的，新鲜的，像一条条红嫩嫩的蚯蚓。

她能顺利读完大学和研究生，亏得苏晓青不遗余力的帮助。

苏晓青是她男朋友，两人在高中时期就好上了。苏晓青家是墨兹县城里的，家境也不宽裕。他父亲早早因工伤去世，母亲在县城的公路段做临时工，含辛茹苦地把晓青和晓白兄妹二人拉扯大。

"六年，六年的感情，六年的奉献……"向楠坐在宿舍窗前，喃喃自语。这时是正午时分，已经放寒假了，校园的路上失去往日的热闹，偶尔有一两个拖着行李箱的路人走过，是归心似箭的学子赶往回家的车站吧。马路两旁的杨树掉光了叶子，光秃秃的枝干张牙舞爪，透着繁华落尽的苍凉。正午的阳光刺眼。向楠曾经被这明媚阳光欺骗过，隔窗看去以为户外很温暖，于是只穿一件毛衣出门，没几分钟就冻透了。冬天的阳光不可信，尤其是溱洧的阳光，这地方，阴冷。

苏晓青和向楠同时参加高考。两人都上了榜。向楠的成绩更好，被溱洧大学录取。苏晓青拿到的是东北一家二本院校的录取通知书。他思量了两天两夜，把录取通知书撕了。

"我不想和你分开。"他这样跟向楠说。

这话向楠信。平心而论，到今天她都坚定不移地相信苏晓青是最爱她的人，以前是，以后也会是。现在的男人都精着呢，懂得权衡利弊，还有谁会像苏晓青这样毫无保留地爱她、疼她，敬她如女神，又护她如女儿呢？苏晓青这种重情义又肯奉献的男人，像熊猫一样稀少，快绝种了吧？

可是，重情义、肯奉献，是很好的品质，却并不是这个时代的通行证，硬实力才是。向楠这样想着，心烦意乱。

她亏欠苏晓青太多了吧？她绝不承认苏晓青是为了她辍学的。他是为他自己，还有他妹妹，我从没要求过他为我做什么。向楠这样想，心里稍稍坦然。

她下意识地摆弄着手边的八音盒，一个仿古的摇把八音盒，将摇把摇到底，给齿轮上满劲后只能翻来覆去地播放一首老歌——《谢谢你的爱》。它有四块香皂摞成两摞那么长、那么宽，通体青铜制成，拿在手里沉甸甸的。

这是苏晓青送给她的最贵重的礼物。她一度感动过，喜欢过。可现在呢？让向楠怎么说才好？这座城市乱花迷人眼，好看的、好玩的、贵重的、闪耀的、诱人的东西这么多，让向楠违心地说她最喜欢这个老旧的八音盒，她做不到。

这样心猿意马地胡思乱想时，宿舍门忽然被敲响，把向楠吓一跳。

这栋研究生宿舍楼里，人都走得差不多了，是谁在敲门呢？

打开门看，是个不认识的女生，和向楠差不多年纪，比她矮半头，有一米六吧，向楠目测。这女生太瘦了，像纸片人，脸是窄窄的一条，细眉细眼，蓬松的羽绒服下，罩在紧身牛仔裤里的竹竿般纤细的双腿，让人担心随时有折断的危险。

"我是白修仪。"女生自报家门。

"哦？！"向楠明显感到吃惊，但惊愕的神色稍纵即逝，随即摆出冷漠中带有倨傲的表情，居高临下地打量她，"有事？"

"可以进去说吗？"

向楠沉吟片刻："进来吧。"

白修仪走进向楠的宿舍，打量环境，这是一个典型的女研究生宿舍，只有两张床，两张桌子，两把椅子和两个橱柜。桌子上堆满东西，有书本、镜子、化妆品、零食，室内弥漫着食物、香皂和化妆品混合的暖烘烘的气息。

"只有你一个人？"白修仪倚桌站着，语气里略带挑衅。

"我室友放假回家了。"向楠勉强回答。她不想和白修仪说话。她清楚她此行的意图是什么，对这次见面她早已做好心理准备。索性等她先开口吧，她以静制动，后发制人。

"我和温颖涛马上要结婚了。"白修仪说，眉毛一挑一挑，脸色潮红。

向楠冷笑:"和我没关系。"

白修仪的情绪忽然激动起来,声调拔高,格外刺耳凄厉:"你必须离开他!"

白修仪是温颖涛处了五年之久的女朋友,在溱洧大学文法学院读研究生,向楠早就知道。不过这是她俩第一次面对面。温颖涛和向楠在一起时,对这位现女友避而不谈,他们甜蜜地散步、牵手、拥吻、花前月下、畅想未来,仿佛白修仪压根就不存在。

就像向楠当苏晓青透明一样。

苏晓青的人品没得挑,模样也英挺俊朗,更重要的是这几年来,他一直辛苦工作,供向楠读书。当然,他的能力有限,赚钱不多,除了给向楠支付学费,还要供苏晓白读书,这样算下来,每个月能给向楠提供的生活费就少得可怜,她必须省吃俭用才能艰苦度日。

向楠到今天算是熬出来了,虽然手头还不宽裕,但是赚钱的日子指日可待。她这两个月已经拒绝了三份月入万元的工作机会——她的志向不止于此。

不可否认,她最初对苏晓青是真正的、全身心的爱恋,一对情窦初开、才貌双全的璧人,看起来十分般配。

那时向楠把苏晓青当作她的朋友、恋人、兄长、精神支柱,他是她的天,是她的全部,让她在破碎的家庭和经济的困顿中得到慰藉,那时她的日子简单而美好。

在大学一二年级时,她对他的爱情也未曾动摇过。从入学起,她开始接受他的经济支持。每次当她从他手里接过那沓薄薄的、面值不一的纸币——甚至还有皱巴巴的一元票面的纸币时,她的内心都充满幸福和感恩,她以为她拥有世上最纯洁、真诚、永恒的爱情。

那纸币上还残存着他的汗味,让她脸红心热的味道。

可是,不知从什么时候起,也许是大四吧,也许是读研究生以后?她开始感觉到她和他的隔阂。他没有以前帅气了,不再神采飞扬,而且穿着也土气邋遢,说话行动怯懦小心,唯唯诺诺,成了一名彻头彻尾的农民工。这让她感觉失落。她努力不去设想她和他的未来，可是各种乱七八糟的想法总是不由自主地从内心深处跳出来，她渐渐生出一种巨大的恐慌——和这个农民工气质的人，这个每月拿三四千元工资的人，这个生活窘迫、朝不保夕的男人，在一起生活一辈子，生儿育女，那是怎样让人恐惧又绝望的人生？

她开始有意疏远苏晓青。她接过他的钱时，不再像以前一样理直气壮。她不再觉得他如父如兄，那种亲密感和崇拜感也消散了，仿佛是少女时不切实际的绮丽的幻想。现在的苏晓青，是一个普通的社会底层民工，一个和她渐行渐远的旧交，一个被时代淘汰的失败者。

她和温颖涛在一起的那天晚上，在那之前刚刚和苏晓青大吵一架——确切地说，是她刚刚劈头盖脸地把苏晓青臭骂一顿。

温颖涛是她的同专业师兄，博士在读，长相不如苏晓青帅气，但是身高体形非常相似。向楠还记得第一次注意到他，就因为从背影看去，差点误以为他是苏晓青，想苏晓青怎么忽然穿戴得整齐好看了？直到走近后看清侧脸，才察觉认错人。温颖涛读书厉害，性格却不呆，有文艺天分，善于模仿别人声音，在舞台上模仿歌星唱歌，惟妙惟肖，能以假乱真。他是溱洧市人，父母都是有一定职级的公务员，家庭财力不俗，人脉广泛。这样条件优越的师兄，难免让女生印象深刻，心生爱慕。向楠知道他的情况，不过她能感受到温颖涛看她的眼神、同她说话的语气都热情似火。向楠从上大学起，身边就追求者不断，她虽然情史不够丰富，却对男人的内心活动把握得非常准确。不过温颖涛既然没说破，而且他俩暂时各有情感寄托，只能保持暧昧，若即若离，以眉目传情达意。

直到那天中午，头发蓬乱、衣衫敝旧的苏晓青忽然兴冲冲地来宿舍找她，说他在安德殡仪馆找到一份新工作，火化工，是个竞争激烈的俏活，工资很高，每月能赚六七千元。如果不是因为他一向勤恳敬业，安德殡仪馆的总经理绝不会把这份工作给他。

向楠听后又惊又气，蓄积已久的压抑和愤懑瞬间爆发出来，对苏晓青出言侮辱，连声骂他不思进取，自甘堕落，为了蝇头小利去做这种下九流的工作，让她在同学朋友圈子里抬不起头，让她极度失望，看不到生活未来。

这是他俩相爱以来，向楠第一次对他恶语相向。

猝不及防的苏晓青明显受伤了，眼里泪光莹莹，像犯了错的孩子一样，垂下头温顺地挨骂。他虽然对向楠一往情深，却也清楚地知道两人的差距越来越大，他在向楠面前的自卑感越来越重。以他倔强的性格，早应该抽身退出，给自己保留最后一点男人的尊严。可是，爱情让他卑微，卑微到尘埃里，卑微得在失望无望绝望的幻想中欺骗自己。

他辩解说，他是为了苏晓白才接受这份新工作的。晓白今年考上大学，在邻省的一所师范院校读书，计划毕业后回墨兹县当老师。她的学费、生活费都比以前大幅增加，他微薄的薪水不足以支付向楠和晓白两人的费用，而火化工是他目前能找到的唯一的高薪工作，比其他工作的收入高出一倍。他别无选择。如果他的工作让向楠感到丢脸，他诚恳地道歉，请求她原谅。

如果苏晓青做出激烈反应，和向楠对骂，甚至抽她两个耳光，把她姣好的脸颊抽肿，抽出血道子，都会让她好受许多。她内心深处隐隐地希望，苏晓青能做点对不起她的事，打她也好，爱上别人也好，甚至——去嫖娼也好，都能让她亏欠他的心理获得些许平衡，减少她未来离他而去时的罪恶感。

可是苏晓青竟然没有一点男人的血性，被她臭骂后居然还怯懦地向她道歉，这并没有让她释怀，反而让她更加郁闷，胸口像堵着一团棉花，她想哭，想呐喊嘶吼，想打人，想摔东西，想听见破碎的声音，想用石头砸天。

当天晚上，她和温颖涛在一起了。

她和苏晓青相爱六年，不，准确地说，是相爱四年，后面两年只是煎熬。在前面四年里，他们情投意合，温馨甜蜜，他们有大量独处的时光，大量澎湃的激情，大量年轻的热血和荷尔蒙，可是他们每次的亲密接触都止步于雷池。也许苏晓青是位谦谦君子，也许他由衷地尊重和爱慕她，也许他只是胆小，不管什么原因，他们始终没有突破最后一道防线。

在那个月朗星稀的夜晚，她向温颖涛敞开门户的同时，她的生命开启了另一道门户，门后的世界霞光万道，锦绣斑斓。

她不知道应该在何时何地以何种方式向苏晓青摊牌。她不知道摊牌后苏晓青会做出怎样的选择？继续黏着她，让她还钱，让她补偿他的损失，痛殴她，或者杀了她？

她直到今天才发现，她和苏晓青是两种人，她从未真正走进他的世界，从未触摸到他内心深处最隐秘的角落。所以她无从判断他被抛弃后的反应，这让她忐忑不安。

而且，和苏晓青摊牌后别人会怎么看她？她不是生活在真空里，她有导师，有同学，有朋友圈子。更重要的是，她和苏晓青有共同的朋友：金山和武眉。金山高中毕业后进入县城交通局上班，由单位出资送来溱洧大学进修本科文凭。武眉是个有心劲的女孩子，从家乡来到溱洧市打工，不甘于现状，自己积攒学费到溱洧大学成人教育学院学习。他们都是墨兹高中的同学，同在异乡，相处融洽。

这些人都知道她和苏晓青的关系，也或多或少知道些苏晓青对她的经济资助。如果她甩掉苏晓青，他们会在背地里怎么议论她？金山和武眉一定会回墨兹县宣扬得满城风雨，让她背负白眼狼的骂名。以后，即使她得偿夙愿，人前显贵，衣锦还乡，也逃不过别人在背后指指点点。

这样想着，她竟然对苏晓青怨恨起来，他曾经亲切的模样在她心中变得面目可憎，为什么他要用所谓的爱情约束她？为什么对她进行道德捆绑？为什么置她于两难境地？

就在她心烦意乱时，白修仪忽然出现在她面前，对她嘶吼，命令她离开温颖涛。

可能吗？向楠平静地看着白修仪因激动而扭曲变形的脸，感觉她很可怜——一个无才无貌的女人，想用撒泼的方式挽回爱情，就像溺水的人拼命抓住一根稻草般徒劳。如果这种方式有用，比她更泼的泼妇们早就称霸世界了。

向楠说："你去和温颖涛说，让他自己做出选择。你出去，我累了。"她的语气平静而漠然，像和不相干的人有一搭没一搭地闲聊。

白修仪逼近她，几乎要贴到她的鼻尖，她下意识地后退一步。白修仪哭了，眼睛和鼻子都变得红红的，给她窄窄的脸在丑陋中平添几分滑稽。向楠莫名想笑。

"我不能没有他，我跟了他整整五年，五年里，我全心全意地对他好，把一切都交给他。我心里认定他，他是我的唯一，是我的全部，没有他我活不下去。求求你，把他还给我吧。"白修仪涕泪俱下，语无伦次。

"原来你已经和温颖涛说过了。"向楠察觉到对手语气里的无助和绝望，冷笑说，"在他那里碰得头破血流，所以来向我乞求。你以为感情是什么物品？可以予取予求？可以随便转让？"向楠不想流露出丝毫的退让和怜悯，既然对手主动登门求辱，那就彻底断了她的念想。这世界上，名利也好，感情也好，没有什么东西是可以通过乞求得来的。物质守恒，每个人的获得一定是建立在另一个人失去的基础上，竞争是无情的、残酷的、血淋淋的，白修仪白活这么大，连这么粗浅的道理都不懂。

白修仪仰视着比她高半头的向楠，无计可施，忽然做出一个惊人的举动——她跪倒在她脚下，向她连连磕头："求求你，求求你，求求你成全我和他，求求你……"

向楠吃惊，然后嗤笑出来。她原地站立不动，像欣赏滑稽剧一样看着白修仪表演，心中充斥着残忍的快感。

白修仪如此用力，以致额头上磕出一道鲜红的血印子："求求你，我怀孕了，我肚子里的孩子已经三个月了。"

这句话震撼到向楠。她算算时间，三个月前，正是她把处女身交给温颖涛的日子。她感到一阵恶心，越发憎恶眼前这个女人。她盯着白修仪的小腹,想狠狠踢下去,不过她没有这么做——即使要踢,也不能亲自劳动,必须借助别人的脚,必须善于利用外力,无须事事亲力亲为,这是向楠在二十几年的挣扎中总结出的最宝贵的人生经验。她脑海里浮现出泡在羊水里的胎儿模样,恶心和厌恶感越发强烈,强行压抑怒火,冷冷地说:"怎么这样不小心?去打掉吧,被别人看出来就不好了,你以后还要嫁人不是?"这话锋利得像刀子一样,刺痛对手的心。

白修仪猛地站起来,表情狰狞,白眼球殷红,好像要滴出血来,她突然发难,毫无预兆地扑过去,敏捷得像绝境求生的豹子,爆发出巨大的力量,把向楠压倒在桌子上。

向楠没料到弱小的对手会突然袭击,她的腰撞到桌角,剧痛彻骨,让她瞬间失去行动能力。她被白修仪压在下面,后背抵在桌沿上,整个人弯成九十度,腰椎几乎折断。

白修仪的双手紧紧勒住她的脖子。这个失恋失宠失意的女人已经癫狂,彻底丧失理智,她的手像鸡爪一样瘦削,深深嵌进向楠的皮肉。

向楠无法呼吸。她感觉颈部的软骨快被捏碎了,压在喉咙上的鸡爪即将刺破她的皮肤和血肉,摧毁她的气管。由于血流被截断,她的脸涨得通红,头似乎大了一圈,马上就要爆炸。

白修仪在此刻迸发出前所未有的力量,双手越勒越紧,什么杀人害命、违法犯罪、法律严惩,此刻都不在她考虑之内,她只有一个坚定的念头:摧毁对手,彻彻底底摧毁她,粉碎她,让她在人间消失,不留一粒残渣。

白修仪的毕生力气都集中在双手上,她的眼睛几乎要瞪出眼眶,散发着野兽般凶狠的光芒。对手的生命在她手底下一丝丝散去,让她沉浸在残忍的快意中。忽然,她倏地感觉右边太阳穴上一热,像开了一道口子,禁锢在身体里的魂魄得到解脱,飘飘忽忽地游向太虚,她瞬间失去所有生命的力量,眼前白茫茫的,空旷和悠远中有金星乱舞,恍惚间是谁在声声呼唤她归来,是谁?是接引她去天堂的天使,还是地府索命的厉鬼?她两眼翻白,双手无力地滑落,身体软软瘫倒。

向楠在桌子上痛苦地蠕动好一会儿，才强撑着站起来，手里握着一个染血的八音盒。她用力摇摇头，似乎要把自己拉回到现实中来。她的心怦怦乱跳，像要破胸而出。喉咙仍有强烈的压迫感，呼吸困难，想咳嗽却咳不出来。是被勒出血肿了吧？她想，这个女人下手真够狠的。

她清醒了两分钟才意识到手里握着那个青铜八音盒，她惊恐地把它丢在地上，发出一声闷响。

白修仪仰面朝天地躺在水磨石地面上，头部流淌出小小一摊暗红色的血液，脸色发青，半睁的眼睑下露出一对惨白的眼球，嘴唇微微张开，浸血的牙齿紧紧咬合在一起。

向楠用手指在她鼻孔处试探，好半天，似乎感觉到一丝温热的气息，若有若无地掠过她食指，她恐慌得几乎跌坐在地上。

她的思绪僵化，脑海里乱成一团糨糊，只剩紧张和亢奋的情绪支配她的行动，几乎是下意识地，她操起床上的枕头，蒙在白修仪脸上，竭尽全力压下去。她如此用力，以致双手青筋凸起，手指骨节发出"咔咔"的摩擦声，残忍的快意游遍全身，她不自觉地露出心满意足的微笑。

四 毁尸灭迹

AT NIGHAT AND DAWN

向楠陪伴白修仪的尸体在宿舍里呆坐了整整一个小时。

情绪从巨大的惊恐中稍稍平复，心跳也平缓些，但是身体还在不由自主地抖动，手不听使唤，想拿毛巾擦擦脸，手指搭在上面，说什么也拿不起来。她萎靡地背靠床沿坐在地上，脑海里转过千百个念头。事已至此，她必须想办法补救。好在左邻右舍都已经走空了，没人听见这里发生的事情。接下来该怎么办？

去自首？就说白修仪想杀她，她出于正当防卫，失手打死了她。那是不可能的。没有人会相信她是正当防卫。即使有人相信，她也逃不掉刑责，那样，她的所有努力都功亏一篑，什么锦绣前程，什么成家立业，什么出人头地，不过是一场春梦罢了。

唯一的办法，最好的办法，是把白修仪的尸体处理掉，然后装作从未见过她。谁也没亲眼看见事情经过，只要她抵死不承认，谁能拿她怎么样？这世界上每天都有凶杀案发生，坏人多得是，白修仪可能走在路上被人抢劫杀害，也可能被人拖进树林强奸杀害，凭什么怀疑到她？

拿定主意后，向楠开始思考下一步行动。她没有能力独自处置白修仪的尸体。虽然尸身看上去瘦小，但是怎么也有八九十斤吧？怎样才能悄无声息地转移到其他地方呢？向楠毫无头绪。

向人求助？谁是她身陷困境时的指望呢？温颖涛首先要排除。说来奇怪，她认真考虑过和温颖涛厮守一生，却并不信任他。他是一个很好的丈夫人选，却不是能让她敞开心扉的那个人。何况，他和白修仪的关系，也让她吃不准。这件事不仅不能向他求助，而且要瞒他一辈子，永永远远不能跟他漏一点口风。

思来想去，最佳人选非苏晓青莫属。他是她在这个世界上最信任的人，她如此笃定，只要她盼咐，苏晓青可以为她做任何事，而且，永不背叛。

苏晓青和温颖涛，一个是让她怦然心动的人，一个是她权衡利弊后想嫁的人；一个是值得她信任的人，一个是值得她托付的人。

世间没有双全法。向楠清楚知道她想要什么，可以割舍什么。

她给苏晓青打电话，让他马上来一趟。

急匆匆赶来的苏晓青在走进向楠宿舍的瞬间，明显受到严重惊吓，脸色忽地变得苍白，目不转睛地盯着白修仪的尸体，鼻孔喷出粗重的气息，嘴唇一颤一颤地抖动。

向楠早已想好该怎么说，她跪在苏晓青面前，痛哭流涕，说白修仪是她的同学，一直对她心怀妒忌。这次溱洧大学有一个留校任教的名额，院里倾向于把名额留给向楠，但是白修仪想争夺这个机会，到宿舍来兴师问罪，和她吵闹起来，向楠在撕扯中情急失手把白修仪打死，请苏晓青务必帮忙把这事遮掩过去，否则她的前程尽毁，他们的缘分也走到尽头。

向楠的这段谎言真假参半。苏晓青对温颖涛的存在一无所知，所以她只字未提白修仪和温颖涛的关系。溱洧大学有一个留校任教的名额倒是真的，但向楠丝毫不感兴趣，苏晓青反而希望她留校，因为他无来由地觉得，大学的环境相对单纯，如果向楠留校，那么他俩仍有希望走到一起。苏晓青还有一个念头藏在心里：等晓白毕业后，他的经济压力减轻，可以考虑到溱洧大学成人教育学院读一个文凭，然后找一个写字楼工作，缩短他和向楠之间的差距。

向楠熟知苏晓青的心意，所以编造出一个投其所好的谎言。

苏晓青从极度震惊中慢慢缓和下来，他把向楠扶到床边坐好，思考对策。和向楠料想的一样，苏晓青对她言听计从，在她不着痕迹的一步步引导下，他们开始实施移尸计划。

向楠把自己的行李箱从床下拖出来，清空里面的衣服，然后两人合力，试图把白修仪的尸体装进去。苏晓青既紧张又恐慌，汗水顺着脸颊砸到地上，他脱下灰扑扑的棉外套和暗红色连帽衫，只留贴身衬衣，他的身材并不粗壮，但是皮肤黝黑，肌肉线条流畅，看上去结实有力。

行李箱的宽度有余而长度不足，苏晓青用力把尸体的双腿弯过来，折叠到胸前，好在白修仪死去不久，尸体还柔软，所以并没费太大力气就折叠好，把行李箱塞得满满的。向楠在忙乱中没忘记把闷死白修仪的枕头也丢进行李箱，好在枕头柔软，用力挤一挤，塞在箱内的空隙。然后由向楠按住行李箱的盖子，两人齐心协力，把拉链拉好。从外面看上去，行李箱平平展展，说什么也想不到里面藏着一具尸体。

苏晓青随手把那个染血的青铜八音盒揣进裤兜，鼓起一大块，又匆匆穿回棉外套，好在它足够肥大，松垮垮地垂到膝盖以上，遮住鼓囊囊的裤兜，从外表看不出任何异样。向楠提醒他忘了穿连帽衫，苏晓青说："你替我收着，回头来取。"

他用一只手拎起行李箱，努力做出并不吃力的样子，叮嘱向楠说："把地面的血擦洗干净，明天出门买一瓶漂白水，再好好洗几遍，一点痕迹别留，然后把漂白水的瓶子扔进其他宿舍楼的垃圾箱。跟谁也别说她到这里来过，也别说我来过。绝口不提，不念不想，就当这事从没发生过。"

向楠答应了，等苏晓青出门后，她把门关好，反锁，瘫倒在床上，身体好像不是自己的，软绵绵的，不听使唤。灵魂幻化成游丝飘浮在半空，悲悯地俯视自己的躯壳。

苏晓青拎着行李箱走出宿舍楼。正是学生们放假回家期间，所以他手里的硕大行李箱并未引起任何人注意。他径直走到校门口，伸手拦一辆出租车，把行李箱放进后备厢，然后坐在副驾驶位置，让司机赶往火车站。在站前下了车，他又拎着行李箱走到马路对面，做出才下火车的样子，拦一辆出租车，去往离安德殡仪馆不远的七里河镇。到七里河后找一家面馆吃了碗面，挨到天黑，又换一辆车，才回到安德殡仪馆。

他在这里已经工作三个多月，为了方便省钱，就住在殡仪馆提供的宿舍里。虽然殡仪馆在天黑后阴森恐怖，但他年轻胆大，并不感到害怕。

下车后他提着行李箱走进宿舍。此刻已下班多时，整个殡仪馆内除去他本人、看门大爷和太平间里的尸体，再没有其他人，所以他并不担心被人看见。

他连夜伪造了一份死亡证明、火化证明和死者身份证，在火化登记表上登记。然后把白修仪的尸体从行李箱里取出来，放到太平间的停尸床上，盖上白布，从头到脚遮挡得严严实实，又把皮箱放在尸体旁边，准备天亮后一开炉，率先把白修仪的尸体和装尸体的皮箱一起火化了，化成一缕青烟和一捧骨灰，到时候就算有人怀疑到他和向楠，也拿不到一丝证据。

这一晚辗转反侧，一秒钟没合眼。

早上五点，苏晓青就从床上爬起来，磨磨蹭蹭地洗漱、吃早饭，拖到六点半，然后装作若无其事地走向太平间。

冬天的早晨，天色尚未大亮，太阳懒洋洋地躲在厚重的云层后面，染得半边天色绯红。殡仪馆的大院里有几株彼岸花已经迫不及待地绽放。此时未至春分，还有两个星期才到春彼岸的盛花期，所以这几朵彼岸花开得稀稀落落，颇显寂寞。安德殡仪馆院子里的彼岸花都是红色，红得妖艳张扬，与殡仪馆悲悲戚戚的气氛不大协调。馆方也曾引进过几株白色的彼岸花，可惜大多栽不活，偶尔有几棵活下来也蔫头耷脑地不开花，让管理层大感懊恼。

苏晓青穿过花池，来到太平间前，手才搭到门把手上，肩膀上被人一拍，吓得他险些跳起来。那人"咯咯"地笑："干吗这么大反应。"原来是遗体整容师贺小艺。

贺小艺今年二十五岁，在安德殡仪馆已工作五年，比苏晓青的资格老得多。她家做遗体整容这行是世代传承。她太爷爷在1949年以前就因这门手艺名扬乡里，她爷爷、爸爸都在这个行当里挣饭吃，她爸爸在二十多岁时被安德殡仪馆录用，从走街串巷的游击队变成有编制的正规军，端起铁饭碗。她爸爸在安德殡仪馆工作三十几年，手艺越发精湛，无论是车祸、坠楼、外力打击等原因损毁严重的尸体，他都能修复如初，让死者有尊严地下葬，也让死者家属在悲痛中得到些许安慰。她爸爸五年前退休，由贺小艺接班。贺家三代单传，到贺小艺这辈又赶上计划生育，没有男孩，她爸爸本以为这祖传的手艺就此失传，谁知道他贺家人命里就该吃这口饭，贺小艺虽然模样清秀，却从小就胆大过人，活泼好动，不爱读书，她妈死得早，她爸不放心她独自在家，时常带她去单位。贺小艺耳濡目染，竟然无师自通，给遗体整容的手艺比起她爸爸也差不太多。她高中没毕业就辍学在家，无所事事，她爸爸怕她学坏，一狠心一咬牙，让她接了自己的班。

贺小艺做这行自得其乐，别人知道后却避之唯恐不及，所以她今年已过二十五，工资也不少挣，却连恋爱都没谈过。她倒不着急，每天嘻嘻哈哈，打打闹闹，活得无比洒脱。

苏晓青见到是她，舒一口气，说："你不是七点的班吗？怎么提前半小时就来了？"

贺小艺说："昨天下班前临时加的活，有个总经理的关系户插队，想第一个开追悼会，总经理让我早点来，给遗体化化妆。"

苏晓青狐疑地："你进过太平间了？"

贺小艺大咧咧地说："活都干完了。"

苏晓青不放心，继续试探她："你够麻利的。"

贺小艺："小活，熟门熟路的，快着哪。我还没吃饭呢，去门口吃碗馄饨去，给你带点啥不？"

苏晓青见她毫无异样，略感放心，说："我吃过早饭了。今天活排得满，得抓紧时间开工。"

贺小艺冲他挥挥手，走了。

苏晓青走进太平间查看，见白修仪的尸体好端端躺在床上，蒙尸白布纹丝未动，才放下心来。

七点十分，苏晓青把白修仪的尸体连同盛尸的行李箱一起推进火化炉。他呆呆地听着炉内发出"毕剥毕剥"的声音，心脏狂跳，恍惚中似乎看见白修仪的冤魂在炉火中挣扎扭动，凄厉哀号。

白修仪的尸体在火化炉中化为斋粉的时候，她父母正在溱洧大学哭着喊着要人。

白修仪的父亲白凤至，五十岁出头，是溱洧市唯一的省级重点高中育才学校的教导主任，他满头华发，容貌愁苦，看上去比实际年龄老十来岁。白修仪的母亲云五朵，四十九岁，在国有企业劳资岗位上内退，虽然年纪不轻，在穿衣打扮上却喜欢走萌系路线，把头发染成玫瑰金色，穿一件鹅黄色长款羽绒服，修身牛仔裤，紫色厚底短靴，靴筒上绣有两个可爱的卡通人物，整体效果娇俏可人，和白凤至站在一起，更像一对父女。

白修仪家离溱洧大学不远，她读研的课业不重，每晚都回家住。昨晚到八点多钟还不见她回来，白凤至夫妇就有些着急，打她的手机不通，又给温颖涛打电话，到十点多钟才接通，说昨天一整天没和白修仪在一起，也不知道她去过哪里。

过了午夜，老两口急得像热锅上的蚂蚁，把所有能想到的人都联系了至少一遍，却没有白修仪的任何消息。

老两口在家又哭又闹，天才蒙蒙亮，就杀到溱洧大学，到校办要人。校办值班人员被他们闹得没办法，不得不慎重对待，向校方请示后，把溱洧大学的保卫处长许光远从被窝里拎起来，亲自来处理此事。

许光远才过不惑之年，形象英武挺拔，气质干练。他原来是东海舰队海军上校，出于家庭原因转业到地方，被分配到溱洧大学担任保卫处长。

他跟白凤至夫妇了解过情况后，明确表态说："溱洧大学肯定要严肃对待这件事。目前文法学院还没上班，再过半小时，工作人员到岗后，我们按照白修仪昨天的课程表，把所有和她接触过的老师和同学过一遍筛子，沿着白修仪的行踪一个脚印一个脚印地查，务必给你们满意的答复。"他说话时佐以手势，铿锵有力，气势很足。

云五朵急切地说："现在怎么办？难道我们就干等着？"

许光远："你们再想想，在这个校园里，白修仪和谁接触最频繁？"

云五朵撇撇嘴："还能有谁？温颖涛呗，我早看出他不是个好东西，薄情寡义，白眼狼。"

许光远听出弦外之音："这个温颖涛是您女儿的什么人？"

白凤至寻女心切，顾不得维护老成持重的形象，急吼吼地说："温颖涛是这个学校的博士生，软件工程方向的。他和修仪处朋友，有五六年了，本来今年该找日子结婚，可是修仪几天前躲在房间里偷偷哭，我们追问她，她才说温颖涛变心了，想甩掉她，我们都很生气，但是这事怎么说呢？年轻人的婚恋大事，我们也不好插手。我和她妈昨晚研究，修仪失踪，多半和温颖涛有关。"

许光远也觉得蹊跷，他做事果断，当下查询到温颖涛的电话，把他叫到保卫处来。

温颖涛见到白凤至夫妇，淡淡地打声招呼，不肯浪费一个字。白凤至也淡淡地"嗯"一声，算是回应，云五朵则干脆把头扭到一边，把他当空气。

温颖涛坚持说他已经好几天没见到白修仪，也没和她通过电话，更不知道她在哪里，末尾强调一句："我和她没特殊关系，普通同学。"气得云五朵几乎要跳起来撕他的嘴。

许光远查问温颖涛昨天从早到晚的行踪，温颖涛一五一十地交代，然后许光远拿起电话，向温颖涛提供的证人一一核实。事实证明，温颖涛昨日一整天都在参加学术会议，晚上去医院探望他的博士导师高华天，有十几人为他做证。高华天是溱洧大学研究生院名誉院长，软件业内泰山北斗级的元老。他也是墨兹县人，曾应邀在墨兹高中做过演讲，苏晓青、向楠、金山、武眉，都有幸聆听过他高屋建瓴的演说，为他渊博的学识和恂恂儒雅的风度所折服。高华天桑梓情深，对溱洧大学的墨兹籍学子格外关心，向楠、武眉和金山都曾拜访过他，蒙他关照，在他家吃过一次饭。苏晓青自惭形秽，未敢登他家大门。眼下高华天病情危重，在溱洧市嘉禾医院住院。

如实交代过昨天的行踪，温颖涛悻悻而去。许光远看看仓皇失措的白凤至夫妇，略感尴尬和歉疚。他上岗不久，不太熟悉保卫处长的业务和职能，拿不准用这种方式对待温颖涛，是否有法外执法的嫌疑？

白凤至夫妇更加心急如焚，像看救星一样不错眼珠地看着许光远，盼望他能拿个主意。许光远硬起头皮，又逐个询问文法学院的师生，都说昨天上午在课堂上见过白修仪，中午去食堂吃饭时她还在，只是她看上去有些闷闷不乐，一个人躲在角落里，没和别人说话。吃过午饭后就没有人见过她。

云五朵快速摇动白胖的小手，笃定地说："一定是吃完午饭后发生了什么事，一定！"

白凤至忽然想起："修仪这几天把龙凤镯戴在手腕上，会不会被坏人盯上了？"

云五朵一拍脑门："我就跟她说不要戴，那个镯子太扎眼了，拿到市场上至少能卖两三万，她就是不听话。"她拍拍大腿，叹气说，"唉，不听话。"

"龙凤镯？"许光远感觉这也许是一条有价值的线索，"究竟怎么回事？"

"是我家祖传的镯子，"白凤至说，"纯金打造，有三四两重。"

他手心朝上，掂量着那个虚拟的镯子，"祖辈传说，龙凤镯主管姻缘，戴着它，男子娶好妻，女子嫁进好人家。修仪这些天感情不顺，就从箱子底把这枚镯子翻出来戴在手上，如果是因为它……闹出什么麻烦，那可……让人不知道说什么好。"他不敢想象最坏的结果，偏偏又控制不住自己的念头，额头沁出细细的冷汗。

许光远陪他们折腾到下午一点多钟，仍摸不到半点头绪。他行伍出身，查案子实非所长，于是建议说："报案吧，让派出所帮助查找。"

派出所受理此案后，把白修仪登记为失踪人口，并向省内联网的派出所发出协查通报，把她的体貌特征和相片录入失踪人口库。

从此后，白凤至夫妇每天以泪洗面，奔走在溱洧市的大街小巷寻找女儿。可是，一个活生生的年轻女人，竟然从人间神秘蒸发，消逝得无影无踪，又哪里能够找得回？

五
移情别恋

AT NIGHAT AND DAWN

　　白修仪失踪,对温颖涛来说是好消息,让他轻而易举地摆脱了这段长达五年的关系,不留手尾,以焕然一新的面貌揭开人生下一篇章。

　　他想公开和向楠的恋情。他早知道苏晓青的存在,却没有放在心上,他并不知道苏晓青和向楠搅和得这样深,这样错综复杂。他以为苏晓青是个微不足道的对手,甚至不配做他的对手,充其量是一只在耳边嗡嗡叫的恼人的苍蝇,只需手指轻轻一弹,就让他半死不活。

　　他公然出入向楠的宿舍。放假多日,还有半个月就到春节,宿舍楼里基本空了。向楠不打算回家,她对那个所谓的家已没有任何感情和眷恋。对比过去和现在的生活境况,恍如隔世,她既然拼尽全身力气从那个贫瘠、肮脏、压抑的环境中走出来,就不愿回头重温过去,哪怕是短暂的路过,也会让她的心隐隐作痛。

　　温颖涛和她在宿舍里幽会。她是一个天生尤物,万种风情,带给他人间的终极快乐。

　　他这时会情不自禁地拿白修仪和她比较,一个是一段木头、一条死鱼，一个是添香红袖、口角风流；一个是饭粘子，一个是白月光；一个是蚊子血，一个是朱砂痣。他甚至无法想象，自己当初怎么会鬼迷心窍地看上白修仪？

温颖涛和她缠绵时，右手腕上还戴着一串心爱的沉香木佛珠，每粒珠子上都镌刻着如来佛祖的庄严宝像。向楠说："善哉善哉，你亵渎我佛。"

温颖涛说："不打紧，只要心底虔诚，诃佛骂祖都无妨，何况饮食男女，是人生大欲，是三界众生轮回的根本。"

向楠吃吃地笑："光着身子在床上说佛法，你是古往今来第一人吧？"

温颖涛讪笑，说："我是凡夫俗子，参不破爱欲，算不上什么罪过。"

向楠翻转身，直勾勾地盯着天花板，漫不经心地说："你真是佛教徒？没听你说过。我以为你戴佛珠是赶时髦。"

温颖涛的手在她光洁的大腿上摩挲，欲望和虔诚在脸上交织出一种奇怪的表情："我是受师兄周廷真影响，他才是真正的佛门俗家弟子，诚心礼佛，跟他比起来，我最多算票友。"

向楠说："周廷真？这名字很熟悉，好像是溱洧大学的名人？"

温颖涛："他也是高教授的弟子，比我高两届，用出类拔萃都不足以形容他，不夸张地说，在软件开发领域，他绝对能排进溱洧市前三名，博士还没毕业就被道谛股份录用为技术总监，年薪百万，还有股权分红。"道谛股份是溱洧市数一数二的软件公司，有几款产品跻身国际市场，在美国、欧洲和日韩生产的相关产品上都有应用。

向楠好奇地看他一眼："你好像很崇拜他？"

温颖涛说："可以说是崇拜吧，在溱洧大学，我只佩服周廷真一个人。"

向楠："你连导师高华天都不佩服？听说他这次病得很重，能不能挺过来？"

温颖涛说:"脑血管瘤破裂,医生已经通知家属准备后事了。"

向楠表示惋惜:"他是溱洧大学计算机专业的开山鼻祖,写进墨兹县志的人物,蛮可惜。"

温颖涛倒不以为意:"长江后浪推前浪,生老病死,自然规律。"忽然想起一件事,"白修仪失踪前曾跟我说想找你谈谈,她那天来找过你吗?"他扭过头,很认真地看着她美丽的脸。

向楠心里猛地一跳,好像要顶破胸口的皮肤跳到外面来,好在她早历练出喜怒不形于色的态度,漠然说:"没有,我从没见过她,你怎么突然想起她来?"

温颖涛在她脸上啄一口:"吃醋了?"

向楠故作不屑地说:"你高估自己了。"她这句话倒是由衷而发。向楠对温颖涛并没有刻骨铭心的爱恋,她和他在一起,只因为他是一个相当不错的丈夫人选,换成另一个条件相仿的人,也未尝不可。她不会为他吃醋,不会为他牵肠挂肚,甚至他死了,她也不会太伤心。溱洧那么大,可以做丈夫的男人有的是。

她真正在乎的,是温颖涛向她问起白修仪是否来找过她,这让她惶恐不安。他到底是随口一问,还是察觉到什么?她不想任何人怀疑她,连温颖涛也不行。谁知道人生长路上会发生什么变化?谁知道哪个人会在哪件事上翻脸无情?她不想有这么大一颗雷埋在身边。

最让她惴惴不安的是,白修仪是死在她手上,而且这个天大秘密,还有一个知情者和参与者——苏晓青。而现在她面临一个两难局面:除非她继续和苏晓青在一起,才有足够把握掌控他,保证他不会在外面乱说。但是,今时不同往日,向楠无论从感情、面子和人生规划上,都无法在自己的世界里再给苏晓青留一席之地。可是,如果跟苏晓青摊牌,相当于他这么多年的等待、付出、痴情都付之东流,万一把他逼急了,他会不会豁出去拼个鱼死网破,两败俱伤?何况她现在还给苏晓青戴了一顶绿油油的帽子,这是绝大多数男人都无法容忍的重大羞辱,他会做出怎样的反应?她不敢想象。

入夜，温颖涛走后，向楠辗转难眠。清冷的月光透过窗帘缝隙洒在地上，恰好照亮白修仪的尸体曾经横卧的地方。向楠想起尸体头部流出的那一摊暗红色的血液，禁不住打了个冷战。一个可怕的念头在她脑海中浮现，她"噌"地从床上坐起来——

杀死苏晓青！

事到如今，这是最好的办法。既可以毫无后顾之忧地甩脱他，又可以让他彻底闭嘴，从此只有她自己知道白修仪失踪的来龙去脉，除非她去自首，否则真相永远不会被人发现。那么，她会自首吗？或许吧，等到山无棱江水为竭，等到天地合。

杀死苏晓青，还有一个重大利好，那就是向楠往后不必背负感情的债，一身轻松地奔向新生活。苏晓青为向楠付出得太多，无论她多么不愿意承认，她内心深处清楚地知道，只要她抛弃苏晓青，转投温颖涛的怀抱，那么她就亏欠苏晓青一辈子，她还不完这份情债——苏晓青甚至不会给她偿还的机会。但如果苏晓青死了，那么经济上和心理上的债务自然也全部一笔勾销。

向楠心中怦怦乱跳，对自己疯狂的想法感到既兴奋又害怕，她的双手不由自主地颤抖起来，双眼圆睁，在黑暗中射出幽幽的光，像一只潜伏在夜里寻觅猎物的黑猫。

向楠的谋杀计划尚未成型，次日，阳历一月二十号，阴历腊月十七那天，温颖涛的导师高华天因脑血管瘤破裂，医治无效，驾鹤西游，遗体存放在安德殡仪馆。溱洧大学成立治丧委员会，发布讣告称二十二号举办告别仪式，请高老的亲朋好友、旧雨新知届时出席。

高华天的家属悲痛万分，将他的遗物分装在两个精致的楠木箱里，有他生前获得的各种聘书、奖项，以及手稿和光盘等研究成果，都是高老一生心血所系，届时将随着他的遗体一起火化，在往生世界与他做伴。

二十二号清晨，天色阴晦，高华天治丧委员会安排的三辆大巴车早上五点半就等候在溱洧大学西大门门口，六点钟，三辆大巴车均坐满，准时出发。

向楠坐上中间的一辆大巴。她原本没打算出席高华天的告别仪式，虽说和他同是墨兹县人，有桑梓之谊，但两人仅见过几次面，说过十几句话，算不上多熟悉。但是现在情况发生了变化，温颖涛是高华天的及门弟子，而她是温颖涛的女朋友，虽然尚未公开，但总要让温颖涛看见有这层意思在。更重要的是，她谋杀苏晓青的决心日益坚定，谋杀计划逐渐成形，她想借机去安德殡仪馆查看地形，确定制造车祸的最佳地点。

上车后才发现金山和武眉也在。碍于车里宾朋都神情肃穆，没人大声说话，向楠跟他们遥遥挥手，算是打招呼，然后找个靠窗的空位子坐下。武眉没挪地方，金山倒皮厚不害臊地换到向楠身边。向楠烦他，却碍着同学面子，跟他轻声寒暄两句。金山说他爸今天开小车来溱洧，明天上午回墨兹，车里还有座位，问向楠要不要搭顺风车回去？向楠婉言谢绝。

金山长相其貌不扬，身材矮胖，却是个多情种子，虽然在老家已经订婚，却不妨碍他跟向楠表达爱慕之情。他爸在乡里为官多年，卖地卖林卖粮卖化肥，经营有道，家底非常厚实，即使放在溱洧市比较，也算上等人家，足够金山花天酒地混日子。向楠不喜欢他的长相和纨绔子弟的做派，所以没有好脸色给他，金山倒不在乎，每次见面都向她嬉皮笑脸地献殷勤。当然，他长期献殷勤的女孩子有十几个，本着有枣没枣打一竿子的原则，万一有不开眼上钩的，他就赚到，即使没有上钩，他也不损失什么。他爸的为官之道被他活学活用到风月场中，居然颇有斩获。

早晨交通顺畅，四十几分钟就驶出道谛区，进入无相镇的地界。眼看快到安德殡仪馆的门前，道路越发狭窄，且高低起伏，迂回蜿蜒——这是在山坡上凿出的道路，路况不佳。柏油路中间是双黄线，两边都是单车道，仅容一辆车通过，且没有人行道。如果夜里走在这条路上，必须加倍小心，危险系数很高。

向楠出神地看着窗外，心想这是制造车祸的绝佳地点。如果哪天她刻意营造一次"浪漫"，在晚上八九点钟突然出现在无相镇，然后约苏晓青出来见面，就说难捺对他的思念，他一定非常喜欢，两人在附近找个饭店逗留一两个小时，午夜前她找借口乘出租车回学校。以苏晓青的节俭程度，这么短的路一定不舍得叫出租，那么，当他走到半路时，事先埋伏好的车突然加速，冲他撞过去，保证十拿九稳。只要她自始至终不和雇用的杀手照面，这个计划可以说是滴水不漏。只要苏晓青一死，她的所有麻烦都迎刃而解，往后她的人生光明璀璨，大可期待。

大巴驶近安德殡仪馆，道路两旁的野生彼岸花开得正旺，红彤彤的一大片，杂乱无章，龙爪张扬，风中飘荡着嗜血的芳香。一座矮矮的坟茔倚树而建，树身上镌刻着"彼岸花冢"四字。向楠想起苏晓青跟她说过的那句经文："彼岸花，开一千年，落一千年，花叶永不相见。情不为因果，缘注定生死。"她忽然鼻子发酸，百感交集。

金山没有半分雅骨，他顺着向楠的目光看见彼岸花冢，冷冷地说："这是城里人装腔作势的玩意儿，什么彼岸花，我们乡下管它叫无义草，这东西，不吉利。"

"无义草"三个字，像刀子一样扎在向楠心上，她感觉心房一阵阵抽搐，喉头发甜，满腔热血似乎要从嗓子眼喷涌而出。

苏晓青知道向楠会来，早站在殡仪馆院子里等着，他身边一丛猩红色的彼岸花开得正旺。他只想看她一眼，但是不会走过去说话。别人的男朋友都是硕士、博士、高级白领，而她的男朋友是殡仪馆的火化工，这让她多么难堪，所以他绝不会在这种人多眼杂的场合和她相见。

六年了，他对她的爱情始终如一，每次与她约会，他都脸红心跳、情难自已，一如当年初相见。他还记得高三那个温暖的午后，阳光懒洋洋的，世界慢悠悠的，草地香喷喷的，他看见她独自走过操场，头上扎一根高高的马尾，红润的脸色像秋天的苹果，明亮的眼珠像黑色的琉璃，敝旧的衣裳不能遮掩她婀娜的身材，她款款走过他身边，浓郁的青春气息扑面而来，让他几乎窒息，他的心碎了一地。从那以后，他眼睛再没瞄过别的女人，心里再没想过别的女人。

打工的生活非常艰苦，可是，为了她，为了母亲，为了妹妹苏晓白，他必须挑起这副担子，责无旁贷。每次他挥洒年轻的汗水换来薄薄的钞票，无比珍惜地把它分成三份，把最厚的一份留给向楠，第二份留给母亲和苏晓白，最薄的一份留给自己。他可以三个月不吃肉，三年不买衣服，残忍地克扣自己，只为让他心爱的人过得舒心一点点。只要想起向楠，想起那个温暖的午后，想起她好看的脸，生活再苦再难，他也甘之如饴。

也许在有钱人看来，他给向楠的经济资助微薄得不值一提，可它凝聚着他全部的青春和爱。命运给每个人的青春和爱都标注了价格，分配给他的那枚价签恰好是低廉的，上不得台面，只好任由世俗鄙夷和嘲讽。但是，无论多么廉价的青春和爱情都有尊严，值得有心人珍惜和守候。

苏晓青在不远处看见向楠从大巴上走下来，脸上浮现出情难自禁的笑意，那快乐从心底涌上来，在嘴角绽放，然后弥漫到整个脸庞，直到眉梢、鼻翼、耳畔都荡漾着笑意。她今天穿蓝黑色套装，黑色平底皮鞋，轻绾发髻，难得一见的正装扮相。她似乎有化腐朽为神奇的力量，普普通通一套衣服，穿在她身上，便格外不同，或端庄大气，或风情万种，或妩媚动人，在人群中格外亮眼。

金山透过大巴的车窗看见苏晓青，隔着老远就挥手招呼，走过去嘘寒问暖——这是金山的好处，对待人没有亲疏贵贱的分别，一以贯之的热情，当然他心中会权衡轻重，但至少表面上让每个人都舒服。向楠随着人群走向告别厅，并没往他们站立的方向看一眼，这让苏晓青感到些许失望——也许不是失望，因为压根不曾盼望，也许只是有点惆怅，淡淡的、转瞬即逝的惆怅。

温颖涛今天在外表上格外用心，挺括的黑西装，雪白的混纺衬衫，黑领带的温莎结肥大饱满，整个造型潇洒、肃穆、凝重。他早在众人之前赶到殡仪馆，甚至比高华天的家属到得还早，且一直马不停蹄地张罗。他庄重的穿着、悲痛的表情、扮演的角色和起到的作用，都足够用力却不夸张，更像是高华天的孝子贤孙，而不是他的学生。

向楠透过人头攒动默默地欣赏他的表演，心想，这世界归根结底是属于温颖涛他们的，而苏晓青他们注定被边缘化，甚至，在必要的时候，可以被丢弃，被牺牲。人类社会运行了几千年，其实和原始丛林没什么区别，仍然是物竞天择，适者生存。

这样想着，她恍惚瞥见苏晓青在注视温颖涛，而那冷冷的目光不像打量陌生人，竟似含有敌意。当她侧过头想确认自己的感觉时，苏晓青已经掉转身，往火化炉的方向走去。他的背影似乎又清减了些，走在殡仪馆硕大空旷的庭院里，看起来单薄而落寞。

苏晓青刚才在注视温颖涛吗？她有点拿不准，也许是她的错觉，他们从未见过面，苏晓青甚至不知道温颖涛的存在。除非——她抬眼寻找金山——除非这个可恶的胖子跟苏晓青说过什么。不过，她立刻否定了自己的判断，她每次选择约会地点都足够小心，不是在学校中心花园最黑暗的角落里，就在她的宿舍，金山没有可能知道她和温颖涛的事情。

万一，向楠恶狠狠地想，万一苏晓青知道了什么，或者觉察到什么，在他拼个鱼死网破之前，要不择一切手段让他永远闭嘴。不要怪她心狠，为了保全自己，为了锦绣前程，她别无选择。

告别厅里凄冷阴森，向楠却手心出汗，热血一阵阵地往头上涌，心中杀机四伏，没注意温颖涛正在和一位年轻男子低声交谈。

这名男子二十七八岁，眉目清秀，气质清冷，如果不是身材稍嫌瘦削，肤色稍嫌苍白，算得上英俊。他叫周廷真，是温颖涛的师兄，高华天最得意的门生，溱洧市人工智能挑战赛连续三届一等奖获得者，现任道谛股份公司技术总监。

温颖涛紧握他双手，态度非常亲热："想不到你会来。"

周廷真眼圈发红："老师的大日子，不管多忙，也必须来送他老人家一程。"

温颖涛陪他抹一阵眼泪，缅怀过恩师，关切地说："你在道谛股份干得还顺心？你是统领三军的帅才，做技术总监委屈你了。"温颖涛有心拉拢周廷真一起做公司，试探他的口风。

周廷真摆摆手："离职了，我上个月就向公司递交辞呈，眼下交接工作基本结束，正月初七就去道谛寺出家。"

道谛寺离安德殡仪馆不远，二十几分钟车程，是始建于唐朝的佛教律宗千年古刹，虽逢末法时代，香火不旺，但寺中仍有百十余僧众，是溱洧市规模最大的寺院。溱洧大学所在的道谛区就因它而得名。

虽然周廷真潜心修佛多年，但温颖涛无论如何想不到他会在事业如日中天时忍心抛下一切，剃度出家，忽然听见他这样说，像一声春雷在耳边炸响，震惊得说不出话，温颖涛呆呆地看着周廷真："你……怎么就？"

周廷真摆手示意他不要说下去，走到高华天灵柩前，跪地连磕三个头，嘴唇轻启，念念有词，念罢，又连磕三个头，才从拜垫上慢慢站起来。

周廷真与高华天师徒情深，悲戚由衷，温颖涛远没有他伤心，但面子功夫必须做足，于是有样学样，也过去给恩师磕了三个头，然后站到周廷真身边，低声说："在同门师兄弟里，我和你感情最好，你做出这么重大的决定，于情于理我应该劝你几句，但是你的学问见识都比我高，我只好闭嘴，尊重你的选择，佩服你的决心。"

周廷真低眉顺目，轻声念诵佛偈，算是对他的回应："皈依大世尊，能度三有苦；亦愿诸众生，普入无为乐。"他苍白的脸上泛出慈悲的光芒，让人油然而生敬意。

苏晓青把高华天的遗体和两只陪葬的楠木箱推进火化炉，关上炉门，把炉火温度调至摄氏900度，然后，他伏在观察孔上，眼睁睁地看着棺椁和楠木箱化为灰烬，接下来，遗体开始燃烧，皮肤、脂肪、肌肉，发出"毕剥毕剥"的声音。烟气氤氲，模糊了他的视线。

室外响起呼天抢地的恸哭声。

六 雪夜疑案

——AT NIGHAT AND DAWN

从葬礼上回来，向楠总感觉心悬着，不踏实，苏晓青"怨毒"的目光不时在眼前闪现，让她不寒而栗。到底是不是她的错觉呢？

即使苏晓青眼下还不知道真相，但他总会有感觉吧？她想，其实苏晓青是个聪明人，情感的触觉也很敏锐，尽管在她面前唯唯诺诺，那只是因为他在爱海的波涛中找不到方向，一旦他的美梦破碎，从幻想中惊醒，无法想象他将爆发多么可怕的力量，也许足以摧毁她，摧毁温颖涛，粉身碎骨，万劫不复。

他必须死！

挥之不去的念头在她脑海里翻腾、跳跃、呐喊、厮杀，让她头痛欲裂。如果说杀死白修仪是情急失手，无心酿成大错。那么，除掉苏晓青就是处心积虑，刻意而为，恶之花从此在她心中根深叶茂，生机勃发。

入夜，天空突然翻脸，雪虐风饕。向楠在溱洧市生活六年，不记得曾经历过这般漫天大雪。白蝴蝶似的雪片在半空翩翩起舞，玩耍尽兴后才纷纷飘落，雪域冰天，煞是好看。溱洧好比坐困韶关的伍子胥，一夜白头。

一整夜，向楠噩梦连连，几番惊醒，贴身衣服被冷汗湿透，像在水中浸过一样。

第二天早上，迷迷糊糊中被手机铃声吵醒，却是安德殡仪馆打来的，对方自报家门，名叫贺小艺。是那个遗体整容师，向楠想起来，苏晓青曾经跟她提到这个名字，隐约有些印象。贺小艺说事出紧急，唐突来电，十分抱歉，苏晓青今天当班，却不见踪影，上午有六具遗体排队火化，另一个火化师歇班，人在外地，经理急得要打人，问向楠是否知道苏晓青的行踪？

向楠诧异反问，苏晓青不是住在安德殡仪馆宿舍吗？怎么反而来向她要人？

贺小艺听她语气不善，忙说声打扰，挂断电话。

向楠愤懑不平：全世界都知道苏晓青和我有关系，我什么时候成了他的监护人？她倒不想想她和苏晓青处了六年，别人想不知道他们的关系也难，眼下遇到突发情况，来向她询问苏晓青的下落，再正常不过。

忽然有人敲门，低声叫她名字，是温颖涛的声音。才把门打开一半，温颖涛就挤进来，迫不及待地抱住她，在她脸上和脖颈上又拱又啃。

向楠半嗔半笑地推开他："一大早就疯。"

温颖涛不屈不挠，抱起她丢上床。

掏空身体，两人心满意足地在床上瘫成一团泥，手机铃声却又不识时务地吵闹起来。向楠不情愿地接听，对方自称是金山父亲，墨兹乡乡长金宝囤，说他昨晚就到溱洧大学来接金山回家，却一直没见他人影，手机也打不通，在宾馆里干等一宿，所有和金山沾边的人都问个遍，没人知道他在哪儿，所以又辗转打听到向楠的手机号码，跟她问问。

向楠说昨天早上和他一起去殡仪馆参加葬礼，回来后就没再见过，他和武眉来往更多，或者武眉知道情况。

金宝囤心急如焚："武眉也联系不上。"

向楠诧异,捂住听筒,跟温颖涛说:"贺小艺刚才打电话来找苏晓青,怎么这样巧,三个人一起消失?"

温颖涛说:"苏晓青脱岗,而金山明知他爸来接却不露面,事出反常,怕是有什么意外,应该去找找他们。"

向楠在电话里问金宝囷人在哪里,让他到研究生宿舍门口集合,一起去找人。

向楠不认识金宝囷,但在宿舍楼门前看见一个中老年版的金山,一照面就认出来。他身边还有一个干练的年轻男人,姓钱,是他的司机。金宝囷说话口音很重,声若洪钟,并不觉得近距离说话时大喊大叫是浪费能量。他毫不掩饰焦灼情绪,对独生子金山的关心溢于言表,倒让向楠生出些自怜自艾的妒忌。

地面积雪没过脚踝,偌大校园里除去他们见不到别人身影,大家在宿舍门前商量一回,拿不定主意去哪里找人。最后温颖涛提议,既然武眉的电话打不通,索性到她宿舍去,或者能发现些线索,成教院宿舍和教工宿舍混在一起,从这里过去五个路口就是。别人没有更好的主意,都跟在他后面亦步亦趋地走。

虽说只有五个路口,徒步过去要二十几分钟,雪后路滑,走起来更加缓慢。金宝囷提议开车,温颖涛说校方明文禁止出租车和社会车辆进入校园,还是别惹麻烦。这时太阳已爬到半空,但隔着云层,光线晦暗,穿行万里抵达地面时已疲惫不堪,昏黄摇曳,与烛火相差无几。

去往成教院宿舍要经过五个建筑,图书馆、逸夫楼、文史馆、理化馆和红楼。所谓红楼,是一栋红砖建筑,四四方方,造型像一个巨大的火柴盒。其他楼馆内部都是教室和办公室,人气旺盛,唯独红楼不用于教学和办公,里面设有会议室、影音室、陈列室和资料室,多数时候大门紧锁,加上它距离马路较远,前后左右都被树木环抱,就有些冷清甚至阴郁。

他们笨拙而沉重地走到红楼前,向楠眼尖,叫道:"脚印!"其他三人顺她手指方向看过去,雪地上清清楚楚码着三排脚印,从路边开始，一直延伸到红楼侧面。这时大雪初霁，路上行人稀少，而红楼前更是只有这三排脚印，在光洁平整的雪地上非常扎眼，且透着几分诡谲。

他们面面相觑，钱司机率先提议沿着脚印过去看看情况，金宝囤大声表示赞同，洪亮的嗓音在空旷的雪地上久久回响。温颖涛到底脑子转得快，说走过去时不要破坏地上的脚印。四人排成一列，温颖涛在前面开路，后面人踩在他脚印上走过去。

沿着那三排脚印来到红楼侧面，原来这里有一扇小门，可以进入红楼里面。按理说这扇门平时应该落锁，可是现在却半开半闭，有风吹过时便发出"吱吱扭扭"的响声，听得人身上汗毛都立起来。

钱司机要在乡长面前表现，带队走进去。借着室外光线，看见地面上有杂乱的脚印，混着雪水和泥土，尚未干透。那脚印来到一处楼梯口，变得极浅极淡，只见梯阶上有几处不成形的印痕，通到地下室去。

向楠害怕，不肯继续往前走，温颖涛要下楼查看，她也不准，一定要他留在原地作陪。金宝囤和钱司机是外客，不便擅自作主，而且乡里人天生对高等学府有一种莫名的敬畏，于是都看着温颖涛，等他拿主意。

温颖涛情急生智，想起不久前和溱洧大学保卫处处长许光远有过一面之缘，而且手机里存有他的电话号码，这时情况不明，请保卫处长出面处理应该不算过分，于是在手机上调出许光远的号码，跟他简短介绍事情原委，请他务必过来一趟。

许光远听出蹊跷，担心有大事发生，只用十几分钟就赶到，还带来一名五十多岁的男人，胡子拉碴，睡眼惺忪，浑身散发着浓重的烟油子味道，据介绍是红楼的管理员马卫东。

马卫东隔老远便连称奇怪，说红楼的侧门绝没有敞开的道理。许光远问他谁有侧门的钥匙？他说一共有三把，一把在校办，一把拴在他裤腰带上，一把在武眉手里。武眉是勤工俭学项目的资助对象，负责红楼资料室的整理和清扫工作，所以配有钥匙。

向楠听到武眉的名字，心里便抽紧，金宝囤更是脸色煞白，展开许多联想。红楼资料室在地下，马卫东摸到开关，拧亮电灯，大家的胆气都壮了些，沿着楼梯走下去。

资料室离楼梯口不远，一道暗红色铁皮门关得严严实实，门上有一把锁紧的老式暗锁，看不出任何异样。马卫东从裤腰带上解下一大串钥匙，不用瞧便挑出一把，拧开门锁，但用力一推，门却没开，里面反锁着。

向楠下意识地退后一步，握住温颖涛的手，手心里沁出冷汗。

马卫东连说奇怪，用力砸门，几分钟后，有人在里面把门打开，神情呆滞地面对他们。

金宝囤又惊又喜，用力将那人抱在怀里，连声高呼："儿子！儿子！！"兴奋激动之余，舌头打卷，说话结结巴巴，虽然有些好笑，但舐犊情深，让人动容。可金山似乎傻了，任凭他爸抱着又哭又叫，却无动于衷。

钱司机不辱使命，乐滋滋地观赏"父子劫后重逢"的大戏，心里由衷高兴。

但其余四人无暇共情他父子的喜悦，却为眼前情景所震撼，惊骇之下，目瞪口呆，心跳加速，呼吸都仿佛停滞了。

资料室里没开灯，一片漆黑，借着走廊透进来的光线看过去，一个年轻女人背靠墙壁坐在地上，披头散发，表情惊恐，瞪大眼睛死死盯住他们。马卫东脱口问道："武眉，你咋弄成这样？"

许光远却没功夫理会武眉，他的目光集中在地面上横躺的一个年轻男人身上，他仰面朝天，四肢僵硬，一动不动，不知是死是活。

向楠早认出他是苏晓青，眼前一黑，脑海里嗡嗡作响，像被谁在脑仁脑干上狠捶一拳，双腿瑟瑟发抖，几乎摔倒在地上。

他头部有血迹。向楠曾经见过类似情景，印象深刻，永生永世也不会忘记——白修仪死在她宿舍时，头部也有一摊血迹，她四肢僵硬，身体一动不动，和眼前的苏晓青多么相像。

他死了吗？虽然向楠曾处心积虑地谋划杀死苏晓青，但现在他这般光景，生死未卜，却让她既吃惊又恐惧。她想走过去弄个清楚，可是双腿像灌铅一样，牢牢钉在原地，一寸也挪不动。

那一刻她到底在盼望他生还是死呢？许多年后，她曾多次拷问自己，最终也没有答案。

七 密室迷踪

AT NIGHAT AND DAWN

在众人既急切又恐慌的目光中，许光远走到苏晓青身边，蹲下，把右手食指中指并在一起，放在苏晓青颈动脉上，触手冰冷，感觉不到跳动，又试探他的鼻息，没有丝毫进出气息。

苏晓青的尸体僵硬，已经死去多时。

溱洧大学发生命案，市公安局非常重视，经党委研究，以案发日期命名，即时成立"一·二三"专案组，由刑警支队一大队队长廖阔担任组长，全力侦破此案。

廖阔正当盛年，科班出身，刑侦经验丰富，在刑警队打磨近二十年，从青年到中年，工作中魄力与精细兼具，胆识与智慧并存，曾破获多起大案要案，在溱洧市警界名闻遐迩。

他在接受任务时无论如何也想不到，这起貌似简单明了的命案，会令他困惑和煎熬许多年，成为他心头上的一枚刺，血肉里的一根钉，刑侦生涯的败笔，职业道路的滑铁卢。

经技术鉴定，苏晓青是被人多次击打头部致死。头部有七处伤口，头骨碎裂。凶器就留在他尸体旁边——一根坚硬的椅子腿，从上面检验出苏晓青的血迹，以及金山、武眉二人的指纹。资料室内还有几根类似的椅子腿，都堆在墙角，貌似凶器是在现场信手拈来。

根据尸僵和尸斑程度判断，苏晓青死亡时间是二十三号凌晨一点到三点之间，距离许光远等人发现命案现场至少有六个小时。

案发现场是红楼地下资料室，面积约三十五平方米，层高三米，没有窗，只有一扇铁皮门可以进出。室内有两盏顶灯，均没有灯泡，怀疑是被人有意拆掉。许光远、马卫东、金宝囤、钱司机、向楠、温颖涛一行人的证词一致：他们到达命案现场时，资料室的铁皮门外面落锁，由马卫东用钥匙开启；门里划着插销，叫门一两分钟后由金山从里面打开。

红楼前的雪地上留有三排脚印，经检验，分别属于苏晓青、武眉、金山三人，此外未发现第四人足迹。

案情似乎一目了然：昨夜只有他们三个人在案发现场，而且发现尸体的资料室在里面锁死，外面人进不去。那么，杀害苏晓青的凶手必然是金山和武眉其中之一，或者两人联手作案。

廖阔起初信心十足：两名犯罪嫌疑人才二十岁出头，没有犯罪前科，在提审时用些手段，哄一哄，吓一吓，不怕他俩不老实交代。

可是案子的走向却和他的设想背道而驰。在分别提审过金山和武眉后，案件的脉络不仅没有变得清晰，反而越发扑朔迷离。

金山受到惊吓，高烧三十九度八，在病床上输液四十八小时才退烧，神志清醒后，在廖阔的启发引导下，一步步重现事发当日的情景。

"二十二号晚上八点多，我在宿舍等我爸，原定他当天下午到，由于雪太大，高速封路，钱司机不熟悉便道和岔路，在溱洧市外转悠几个小时才进城，我爸说他们先在城边饭店吃饭，再往我宿舍来，估计还要两个小时。就在这会儿我接到苏晓青的手机短信，让我去红楼找他。"金山读书不行，但嘴皮子利索，话说得明白。

廖阔："他平时和你联系，都是发短信？干吗不直接打电话？"

金山："习惯，发短信更方便。"

廖阔："你倒听话，接到苏晓青的短信就过去，不问问他有什么事？"

金山："他是我高中同学，平时常来常往，没必要多问。何况，我上午才见过他，他找我，多半是想问问他女朋友的事。"

廖阔："他女朋友？"

金山："他女朋友向楠，在溱洧大学读研，也是我同学。她是墨兹高中的名人，全县高考状元。苏晓青对向楠特别好，好到什么程度呢？不夸张地说，如果向楠生病，需要他的心做药引子，他一定毫不犹豫地把心掏出来给她。但是向楠看不上苏晓青，你想想，一个是火葬场火化工，一个是溱洧大学女研究生，搁谁说也不般配。向楠最近搭上一个溱洧大学计算机系博士，叫温颖涛。二十二号上午我在参加高华天葬礼时见到苏晓青，跟他指认温颖涛，告诉他他被向楠戴了绿帽。"

廖阔想，你好好一个爷们儿，倒爱传闲话，又说得这么难听。于是故意拱火，说："你确定向楠和温颖涛是男女朋友关系？"

金山："亲眼所见，在学校中心花园里，又摸又啃，那个亲热劲儿……"他还想继续渲染，被廖阔用手势拦住。

"所以你认为苏晓青找你，是想询问关于向楠的事？你到红楼后见到了苏晓青？"

金山："见到了，当时正下大雪，他穿一件连帽衫站在楼侧面，帽子扣在头上，冲我挥手。我踩着雪走过去，却发现他不见了，正纳闷，不知怎么就晕过去，醒来后就躺在红楼资料室的地上。"

廖阔："晕倒前的情形还能回忆起来吗？"

金山眼中掠过恐惧："被人下了毒手，勒住我脖子，然后用什么东西往我鼻子上一捂，我几秒钟就失去意识，现在想起来，万幸他当时没弄死我。"

廖阔："捂你鼻子的东西什么味道？"

金山:"味道很大,酸,甜,刺激,闻到就头晕脑涨。"

廖阔才问大夫要来一小瓶乙醚,喷一点在纱布上,送到金山鼻子下面:"是不是这东西?"

金山凑过去一闻,立即夸张地后退,鼻子用力向外喷气,似乎要把不小心吸入的气体分子都喷出去:"就是这东西,不得了,我要晕倒。"或许是忆起案发时的情景,心有余悸,脸色惨白。

廖阔收起乙醚:"剂量小,没事。你在资料室醒来后,苏晓青和武眉都和你在一起?苏晓青当时有没有死?"

金山:"我醒过来,眼前一片漆黑,怕得很,就大喊大叫,没多大工夫,武眉和苏晓青都出声回应,说他俩也是被人迷晕送进来的。武眉是资料室管理员,熟悉环境,虽然看不见,但她凭感觉判断,我们被关在红楼资料室里。"

"武眉当时情绪冷静?"

"不冷静,她和苏晓青都非常激动,说话颠三倒四,尤其苏晓青,撕心裂肺地吼,嗓子又劈又哑,吼什么也听不清楚。"

"你们没打电话求助?"

"我们都没找到手机。"

"警队在现场的资料柜上找到三部手机,在顶格,好端端摆在一起,都是关机状态。经过验证,这是你们三人的手机,苏晓青邀请你和武眉到红楼会面的短信还保留在上面。这是证物,暂时不能还给你们。"廖阔说。

"还给我也不能要,"金山连连摇头,"所有和那晚有关联的东西都不要。"

廖阔:"你认为迷晕你的人是苏晓青?"

金山冷笑:"不是他是谁?"

"他为什么要对你下手?"

"不知道,会不会是我那天在殡仪馆说他头戴绿帽,惹恼了他?"

"苏晓青承认是他干的吗?"

"在资料室里我和武眉都质问他,他不正面回答,情绪非常激动,我们急着想办法出去,就没过分追究。"

"武眉是那间资料室的管理员,应该有钥匙?"

"武眉有钥匙,在她身上,可是外面落锁,她有钥匙也没用。我们用力踹那扇铁皮门,还用椅子腿砸,盼望外面有人听到后放我们出去,可是折腾半小时,累得筋疲力尽,连个放屁声都没有。"

"你们摸到铁皮门时,里面的门插销没划上?"

"没划上,我当时还摆弄那个插销来着,确定没划上。"

"后来是谁划上的?"

"是我。我们折腾半天,累了,迷药劲没过,头晕眼花,还想睡觉。武眉说等天亮再想办法出去,最坏的结果,红楼管理员马卫东每两三天就到楼里巡视一圈,到时候就有机会得救。我实在头晕,就躺到地上,想想不放心,又起来把门插销划上。那插销够粗,安全得很。"

"然后你就睡着了?"

"睡着了,不知道睡了多久,被武眉的尖叫声吵醒。迷迷糊糊睁开眼睛,听见武眉断断续续地尖叫:'他死了,死了!'我吓得要命,不敢动,靠墙坐着,抄起一把椅子腿,想谁要过来动手,我就跟他拼命。"

廖阔:"你没去求证苏晓青是不是真的死了?"

金山哭丧着脸:"黑灯瞎火的,哪敢,我不知靠墙坐了多长时间,一直等到我爸他们来找。当时听见外面开锁声音,我吓得魂飞魄散,武眉马上就哭出来,直到马卫东大声叫门,我才硬撑着把门打开。"

廖阔:"所以,苏晓青的死和你没关系?"

金山声音拔高八度:"当然没关系,我连个指头都没碰他。"

"你担心和他同居一室,他可能在黑暗中对付你,所以先下手为强,出于自保而杀人,也说得通。"廖阔目光炯炯地盯住金山的表情,似乎要看到他内心隐秘的角落去。

金山身体虚弱,又躺在病床上,不能手舞足蹈以助声势,只好尽力

063

拔高声调，以示自己问心无愧："天地良心，我长这么大连只鸡都没杀过。苏晓青是我哥们儿，再怎样我也不会对他下毒手。"

"那么，人是武眉杀的？"

"三个人，死了一个，不是我杀的，那么一定是剩下那人杀的。一加一等于二嘛。"金山觉得自己很聪明。

"武眉为什么要杀害苏晓青？"

"武眉一直对苏晓青有好感，可是苏晓青的心都在向楠身上，不怎么待见她，武眉因爱生恨而下手杀人，不是没有可能。或者武眉被关在漆黑的密闭空间里，情绪紧张，精神错乱，失手杀人，也在情理中。"金山一本正经地分析。这问题已在他心中纠缠好久，为洗清自己，他必须力证武眉有罪。

廖阔早预见到讯问金山是这样的结果。这是一起处心积虑、故布疑阵的罪案，在有确凿证据前，两个嫌疑人自承杀人的可能性为零。也许，对付武眉，应该使用不同聆讯策略？

不知武眉是否在伪装，从红楼资料室脱身后，一直呈癫狂状态，时而哭时而笑，时而魂飞天外、目光呆滞。警方委托专业人员对她进行精神鉴定，结论是因遭受强烈刺激而导致轻度心因性精神障碍，表现为情绪波动和短暂幻觉，经调理和治疗可恢复正常，所做证词才有效。

科学理论和现实情况往往有差距，科学是抽象概念、普遍规律，而现实千变万化、枝节横生，所以理论上可行的办法运用到现实中，结果往往差强人意。对武眉的聆讯进行得异常艰难，每当触及关键环节，她立刻情绪失控，又哭又叫，让廖阔一度怀疑她是否在用这个办法掩饰和保护自己。

武眉的证词远不如金山所表述的系统、完整，但是把她支离破碎的叙述组合在一起，和廖阔掌握的情况并没有太大出入，而"一·二三"命案的脉络渐渐清晰：

——苏晓青在一月二十二号晚上七点四十分、八点十五分给武眉、金山分别发了短信，让他们到红楼侧门前会面。

——苏晓青（或另有其人）用乙醚分别将武眉和金山迷晕，然后用武眉的钥匙打开资料室门锁，将二人藏匿其中。症结是苏晓青为什么会和他们处于一室？谁把资料室的门在外面锁上？

——现场所有证据，包括手机短信，雪地上的脚印，命案现场采集的指纹，两名当事人供词，都足以证明，整起案件从头至尾，只有苏晓青、金山和武眉三人卷入。

——假设有第四人存在，而他（她）针对苏晓青，怎么能保证苏晓青会在暗室中被打死？如果他（她）针对的不是苏晓青，他（她）这样做的目的是什么？雪地上只有三排脚印，第四人怎么能做到踏雪无痕？

——三人同处暗室，而且铁皮门外面落锁，里面划上门插销，四壁无窗，所以杀死苏晓青的一定是金山和武眉其中之一，或二人联手（苏晓青自杀的可能性已排除），但两人均不承认，除凶器外又无有效物证。

案件侦破至此，似乎陷入死循环。廖阔深感强烈的无助和迷失，好像在雾气弥漫的沼泽中艰难前行，才勉强拔出一只脚，却又踩进另一个泥潭，何况雾气缭绕，日渐加重，既然辨不清方向，再怎么挣扎努力，也是徒劳。

红楼资料室门锁有三把钥匙，除武眉外，管理员马卫东有一把，但马卫东在案发当晚打了一宿麻将，从晚七点打到凌晨三点，有三位"牌友"做证，嫌疑排除。另一把钥匙锁在校办张副主任的办公桌抽屉里。张副主任五十八岁，身体一向不好，集高血压、糖尿病、心脏病于一身，走几步路就要停下来喘一喘，作案能力无限趋近于零。

向楠于案发上午在安德殡仪馆见到苏晓青，但两人并未说话，事后也没有联系。向楠对苏晓青意外身亡表现出极度震惊、悲痛、哀伤，眼睛哭到红肿，像两只熟透的桃子。她对廖阔吐露心声，苏晓青是她的爱人、知己、兄长、亲人、恩人，她今生今世无缘与他白头偕老，愿来世结草衔环，报答他的恩情之万一。

联想起金山对向楠和苏晓青之间感情的诋毁，廖阔一度怀疑金山是造谣狂，或者向楠是戏精。

廖阔感叹，他在他们这个年纪时，只有一腔热血，两手空空，三餐勉强吃饱，四季衣服不全，远不如他们成熟世故、城府深沉。造物主给每一代年轻人不同的天赋和使命，所以不同时代各有各的精彩，各有各的特色。

苏晓青在工作单位人缘极好，没有仇家，从总经理到门卫大爷，都对他年轻横死感到惋惜。殡仪馆专门和死人打交道，好比阴阳两界的中间人、使者、邮递员，自然少不了怪力乱神的传说。有人讲苏晓青烧人太多，难免被不讲理的冤魂缠身，离奇惨死也就不足为奇。

贺小艺证实，苏晓青在二十二号下午还在正常上班，并没有异样。三点钟下班后的去向无从得知，他是个单身男人，随便去哪里喝点酒、逛个街，都十分正常。贺小艺在接受警方调查时非常难过，几度落泪，她自认在安德殡仪馆，和苏晓青的关系最好，两人年纪仿佛，性格投契，平时说说笑笑，十分开心。她在二十二号忙活一天，没抽出空和苏晓青说话，记得和他说的最后一句话是在二十一号晚上，她加班到七点多钟才走出遗体整容室，当时天色很黑，她远远看见苏晓青穿着他的连帽衫往太平间方向走，帽子扣在头上，她喊他一声，他没听见，径直打开门走进太平间。想不到那一声招呼，竟是永诀。

贺小艺在讲述时泪如雨下。她心肠很硬，长这么大极少哀声痛哭，或许她对苏晓青的感觉与别人不同？

金山和武眉被警方留置后相继释放。廖阔从警二十年来第一次遇到这样令人煎熬的案子——明知道凶手必在两人中，却无论如何撬不开他们的嘴巴，找不到有效证据。两名嫌疑人一个信誓旦旦，一个疯疯癫癫；都像凶手，又都不像凶手；都有作案动机，又都很牵强；都有指纹留在凶器上，又都辩称曾胡乱抓起椅子腿砸门。

这样一起貌似简单的案子前前后后一共侦办了三个半月，从热案到温案到冷案，从议论纷纷到不再有人提起，从十足的破案信心到无力的挫败感，直到有新案件发生，警力慢慢抽调出去，"一·二三"专案的材料被束之高阁，逐渐在记忆中消退，颜色越来越浅，痕迹越来越淡，直到被人们彻底遗忘。

八
忽然十年

AT NIGHAT AND DAWN

镜头摇过去又摇过来,时间来到现在。

溱洧市在这十年里发生巨大变化。先是城市长高了,十年前溱洧市三十层以上的建筑屈指可数,现在则比比皆是,商厦、酒店、写字楼、居民楼,比赛似的往高长,往天空里延伸。再是城市漂亮了,说到水泥丛林和霓虹灯,已经是20世纪的土味时尚,现在的溱洧市,随处可见凌厉冷峻的玻璃大厦,精致的男人女人在玻璃隔开的空间里会晤、谈判、啜饮咖啡,寻找时代精英的良好感觉;马路平坦如镜,宽阔康衢,名车像过江之鲫,穿梭往来,奢华得有些不真实。三是城市更高冷了,每个人都忙忙碌碌,没空关心别人的生活或共情不相干的喜怒哀乐,每个人都感觉钱更亲切,比爱情长久,比亲情可靠,比友情宝贵,每个人都挖空心思、削尖脑袋,为多捞几文钱而呕心沥血。

每年春彼岸和秋彼岸如约而来,彼岸花盛开在溱洧市的大街小巷,嗜血的殷红中夹杂着神秘紫、琉璃白、宝石蓝、橄榄绿、柠檬黄,世界色彩斑斓,美美与共。溱洧市政协委员和人大代表不时递交"关于把彼岸花定为溱洧市市花"的提案，年年讨论，年年无果。

安德殡仪馆前的彼岸花冢逐年长大，有好事者为它培土奠基，用水泥加固，立汉白玉围栏，名气日益远播，不仅溱洧市民每有白事必来此地拜祭，连外地人也慕名而来参观，更衍生出种种匪夷所思的传说，其荒诞不经处，无人尽信，无人不信。

溱洧市道谛区道谛寺，是市区规模最大的寺院，有百十余僧众，近年来因住持法璨和尚佛法精湛，登坛讲道时舌绽莲花，妙语如珠，且佛心仁厚，施爱于民，所以寺中香火更盛，附近省份的善男信女，不远千里前来朝拜，于寺门前全身伏地，一步一叩首，极尽虔诚。

法璨住持其实年纪不大，三十六七岁的模样，头皮刮得发青，头顶三排十二个戒疤，身披黄色僧袍，身材瘦削，皮肤苍白。他出家前是溱洧市软件业界的翘楚，道谛股份公司技术总监周廷真。

法璨今天在道谛寺茶堂接待一位故旧知交，溱洧大学博士、杰出校友，温颖涛，现任颖楠科技股份有限公司董事长。

温颖涛亲近佛法，对法璨既敬畏又信服，创立公司十年来，每逢人生重大关口，无论得意与失意，都向法璨求教。法璨身入佛门，对人间事早就不乱于心，不困于情，对温颖涛的指点往往点到为止，从不说透说破。

道谛寺"茶头"奉上新摘的春茶。茶碗晶莹如白玉，茶水碧绿如翡翠，茶香袅袅，沁人肺腑，令人通体舒泰。喝过两碗茶，温颖涛轻轻叹口气说："师兄邝瀛昨天又把我告上法庭，十年里这是第三回了，他连输两场官司仍不甘心，非要诬陷我偷窃老师的科研成果，看样子今生没有和解的可能。"

法璨笑说："邝瀛还是那副脾气，不撞南墙不回头。"

温颖涛说："他是撞了南墙也不回头。"

邝瀛与法璨同届，都是高华天的博士生，比温颖涛大两岁，现在道谛股份公司任职。

法璨说："人生在世如处荆棘，不动则不伤，如心动则人妄动，伤其身痛其骨，于是体会到世间诸般痛苦。"

温颖涛原打算请法璨出面调和，劝说邝瀛撤诉，帮他化解矛盾，但见法璨不置可否，请求的话来到嘴边又咽回去，想最好以后再说，否则过于急切，显得自己功利性太强，亲近佛法之心不诚。

他倒不想想，以法璨的智慧，怎会看不穿他的功利心。他是聪明人，就可惜被物欲蒙蔽双眼，看事物便不通透。

温颖涛向法璨告辞前，取出一张百万元支票，走到道谛寺都监法明面前跪下，双手托举支票过顶，恭恭敬敬地说："供养和尚。"

法明口念佛号，眼睛却看着法璨。

法璨微笑："温施主供养和尚，是为自己种植福田，积累福报，和尚出离红尘是弘法利生，众生一粒米，大如须弥山，你收下吧。"

法明又念一声佛号，接过支票。

温颖涛不敢背对菩萨，转过身来，一步步退出寺门。

今时今日的温颖涛，已是溱洧市商界闻人，身家数亿。

他取得博士学位后即与向楠结婚。两人联手成立颖楠科技股份有限公司，以人脸识别技术为主业，广开周边业务，在溱洧市闯出一片天地。不夸张地说，单论人脸识别技术，颖楠科技在溱洧市领袖群伦，加上公司经营有方，两人白手创业，十年内就打拼到数亿身家，眼下正筹划公司上市，以它的耀眼业绩来看，公司上市后股票上涨，他们身家至少还要翻几番。

两人育有二子，长子温润七岁，次子向邦五岁，都生得聪明伶俐、活泼可爱。

十年光阴荏苒，向楠比二十几岁时平添几分成熟韵味和知性气质，以前因生活困苦而衍生的窘迫拘谨早已消失殆尽，她谈吐从容，举止优雅。她喜欢法国一线品牌服装，对装扮自己有天生慧眼和敏锐直觉，极淡雅的两三种颜色，极简单的两三件衣裤，经她巧妙搭配后，恰到好处，浑然天成，衬托出她优雅的身体曲线，好似一篇令人拍案叫绝的文章，首尾呼应、构思精巧、文辞华丽；又似一道鬼斧天工的风景，横看竖看侧看，都是世间最优美的线条，令人感喟造物的恩宠和偏心。

这样的向楠，几乎无懈可击，她是女人奋斗的标杆，幸福的模板，梦想的彼岸。白昼，当她站在位于三十层的公司办公室里，透过落地窗俯视城市的芸芸众生时；夜晚，当她褪去和她皮肤一样柔滑的丝绸睡衣，躺进硕大的按摩浴缸时，她的内心充斥着丰盈和满足。

偶尔，她会想起苏晓青，那尘封十年的沧桑往事，那不堪回首的慌张青春，她会微笑摇头。前尘往事，青苔深深，过去便让它过去吧，时代的车轮滚滚向前，自我成就的向楠，从不为往事感伤。

她甚至会感谢自己，在人生最关键的时刻做出最正确的决定。她感谢二十四岁时的自己，感谢命运的垂青和眷顾。

金山在溱洧大学在职进修取得本科学位后，回到墨兹县，一路风调雨顺、官运亨通，现在即将荣获溱洧大学政治学博士学位，可谓"春风得意马蹄疾"。

好巧不巧，金山美满人生中唯一的遗憾——日见臃肿又脾气暴戾的老婆赵素娟得急病死了，他一边为赵素娟安排风光隆重的葬礼，一边把垂涎已久，比他小十几岁的墨兹高中语文老师蒋莹玉娶进门。这是金山从小就树立的远大理想，有朝一日，一定要娶一位人民教师为妻，人生赏心乐事，莫过于此。

金山的前半生风光美满，了无遗憾。

武眉在经历过苏晓青案后，神志一直不大清楚，时而明白，时而糊涂，无法继续成人教育学院的学业，只好回墨兹县城和父母一起生活，干过几份工作，都不长久，最长的一份没超过一年，后来在亲戚开的一家饭店后厨打杂，算是有个吃饭地方。她今年三十五岁，从未谈过恋爱，不论春夏秋冬，每天穿长衣长裤，黑色平底鞋，头发松松一绾，发根已现白丝，走路低头驼背，步履蹒跚，老态毕露。

至于那个死得蹊跷又悲惨的农民工苏晓青，已经深深埋葬在岁月的荒冢，无人纪念，无足挂齿。十年前他暴死后，他妈闻听噩耗，貌似没反应，不哭不闹，每天照常上下班，照常吃饭睡觉。忽一日，在马路边低头修路时一头栽倒,脸摔到碎石子地面上,摔出一条条血道子,据说是脑出血,人没送到医院就咽气了。

苏晓白从大学退学,打那以后再没回过墨兹县,没人知道她去了哪里。

九

尘埃落定

AT NIGHAT AND DAWN

与当地部门沟通后，江风畔驱车数百公里，准备在当地公安机关配合下，对金山采取留置措施。

墨兹县历史悠久，据县志记载，墨兹县城地界在三千年前就有人居住。在北宋期间一度繁华鼎盛，人口达数十万，其时墨兹城内商业发达，茶坊、酒肆、肉铺、当铺、作坊，比比皆是。绿瓦红墙之间飞檐突兀，商铺旗号迎风招展，车马辚辚萧萧，行人熙熙攘攘，夕阳残照里景物如画，说得上绿窗朱户，红尘竞逐。

墨兹县盛产文学墨客、才子佳人，至今坊间仍有流传千百年或艳情或悲凄或旖旎的爱情传说，艳词俚曲，不绝于耳。但明清两朝后，硝烟四起，征战连绵，墨兹县逐渐没落，经济滑坡，人口迁出，曾经的繁华已成遥远回忆。墨兹县虽小，却浓缩一部华夏沧桑史，勤劳乐观的墨兹人深信，他们历尽劫波的县城终将浴火重生，再现昔日辉煌。

墨兹县城坐山望水，占尽形势，冬暖夏凉，适宜人居。现代化进程尚未彻底驱逐传统，所以高楼大厦与亭台楼阁并存，豪华座驾与贩夫走卒同行，毫无违和感。

江风畔驱车驶入墨兹县地界时已是下午三点，与当地负责人伍峰接洽，对方说金山从早晨离开家门后就下落不明，有关部门也在到处找他。

江风畔心中升起不祥预感，索性驾车直奔金山家而去。

墨兹县城不大，从这头开到那头不过四十分钟车程，金山家就住在县城东边依山傍水的滨河别墅。金宝囤夫妇聚敛多年，囊中餍足，退休后也在同一院落购买别墅，颐养天年。别墅区温情雅致，居中一道人工湖，湖上架起仿古石拱桥，太阳一出，水汽氤氲，宛如画中。过了人工湖就是小区别墅群，统一的地上二层、地下一层的建筑结构，有效居住面积五百平方米。别墅为北方合院派风格，以灰白黑为主色调，传承北京四合院"城市里坊"概念，诗意坊巷饱含东方韵味，远看去如水墨画般清丽，既古朴淳厚又端庄典雅。

江风畔想这个水准的别墅群即使放在溱洧市也算顶尖的，如今县城和省城的生活水平差距减小，而县城居民压力更小，节奏更慢，日子怕是比省城居民还惬意。

敲开金山家别墅大门，应门的是他新婚妻子，蒋莹玉。她还不到二十五岁，三年前从师范大学中文系毕业后应聘到墨兹高中任教。她天生丽质，冰肌雪肤，杏腮桃颊，一颦一笑中风流婉娈，让金山一见钟情，欣逢原配夫人离世，蒋莹玉及时补缺。现在蒋莹玉身怀六甲，肚子高高隆起，在家待产。

江风畔见她独自在家，又怀有身孕，怕惊到她，就说是金山的老同学，在溱洧市工作，路过墨兹，特意登门拜访。蒋莹玉热情邀请他进屋落座。

金山家采用中式风格装修，雕梁画栋，古色古香，一水的红木家具，搭配苏绣丝绸坐垫、抱枕、窗帘，富贵中透着风雅。

蒋莹玉用名家制作的宜兴紫砂壶冲泡上等西湖龙井，端到江风畔面前，气味芳香馥郁，闻之神清气爽。

江风畔恭维她懂生活有情趣。蒋莹玉是县城工人家庭的小家碧玉，从小生活窘迫，却胸怀大志，要在"二次投胎"时慧眼识珠，一举登堂入室，逆转人生。她嫁给金山，虽然物质上得到满足，但金山比她年长十几岁，其貌不扬，又难得回一次家，难免滋生怨怼情绪，所以全部心思都用在"生活情趣"上，茶道、插花、瑜伽、西点、美食、时尚，涉猎广泛，堪称"当代淑女百科"，最大乐趣和满足就是别人恭维她"有情趣有品位"，所以江风畔这句称赞刚好击中要害，让她心花怒放。

江风畔注意到客厅墙上挂着一个黑色橡木画框，里面镶嵌着一颗"心"，仔细看，这颗"心"是由几十颗小"心"组成，而每颗小"心"又是用一张百元钞票折成。他趁蒋莹玉开心，问她这颗"心"的来历。蒋莹玉颇得意，说是金山在婚礼上送给她的信物，是他百忙中拨冗，亲手折成，代表他沧海桑田永不变心。钱不算什么，重要的是这份情意，女人一辈子图什么呢？富贵是过眼云烟，生不带来死不带去，追求她的男人比金山更有钱的多的是，她看中的是感情、爱情、真情、痴心、诚心、恒心，所以把这颗"心"挂在墙上，祝愿他们心心相印，长长久久。

她自我感动、口不对心的告白让江风畔起了一身鸡皮疙瘩，为掩饰尴尬，从茶碟里拈起几粒盐焗杏仁，扔嘴里"咯吱咯吱"地嚼。久坐无聊，江风畔提议参观别墅内部装修，蒋莹玉欣然同意。别墅计有五间卧室，均搭配独立卫生间，楼上楼下各有一间起居室。厨房的橱柜和大理石台面光洁如新，好像从未经受烟熏火烤。二楼书房里藏书丰富，四壁悬挂名家书画，紫檀书桌上紫毫、端砚、徽纸，力求精美。地下室设有健身房、酒吧和台球室。江风畔对书房陈设赞不绝口，说每一件都堪称珍品，主人品位不凡。蒋莹玉抿嘴微笑，说金县长公务繁忙之余喜欢打麻将、推牌九、炸金花，吉语生馨，而"书"和"输"同音，他绝不迈进书房一步，连从门口经过，都要绕道走。又说她有孕在身，上下楼非常不便，想在别墅里装部电梯，不知装在什么地方合适？江风畔知道她提问的目的在于炫耀，并不是真心征求自己意见，便含糊搪塞过去。

天色已晚，金山却还没有消息，蒋莹玉给他打两次电话，都无人接听。她并不在意，说他公务缠身，经常不接电话。

江风畔想金山今晚怕是不会回家，不如到墨兹县公安局去想想办法。他出门才启动车子，伍峰的电话就打进来，让他去县局会面，有话跟他说。

墨兹县公安局离金山家不远，开车十分钟就到。伍峰办公室在三楼，是个套间，外面是会客室，摆一圈真皮沙发，实木茶几，里面是伍峰的办公室，装修豪华大气，带独立卫生间。江风畔说伍领导办公室的规格，比溱洧市局领导的办公室不差，伍峰连忙说哪里哪里，见笑见笑。

伍峰今年五十八岁，已到退二线的年龄，县里安排他去上级机关任个闲职，他不肯去，借口局里领导班子青黄不接，准备在岗位上再干一年。他忌讳别人说他年老，把花白的头发染黑，梳得一丝不苟，白衬衫熨得板正挺括，果然看上去年轻几岁。

伍峰脸色严肃，拉江风畔在沙发上落座，压低声音说："金山出事了。"

江风畔吃惊："什么事？"

原来金山今早出门后就被人拦下，径直带到县里的招待所，说是上级纪委调查组要对他采取措施，要他如实交代经济问题。

金山在官场浸淫多年，当然明白省纪委直接到县里来办案意味着什么，他被吓得魂飞魄散，几乎尿在裤子里，恐怕自己苦心经营半生的锦绣前程和美好生活就此付之东流，恐怕即将从合院派北方别墅搬家到合院派深牢大狱。越想越怕，越想越绝望，但他心存侥幸，提出打电话的要求，被上级纪委人员驳回。干耗几个小时后，金山的思想防线接近崩溃，却仍竭尽全力硬扛，想试探对方底线。

调查组人员身经百战，什么伎俩都见过，什么硬骨头都啃过，见金山百般抵赖，早摸清他软肋，于是抛出撒手锏，把一沓举报材料甩到他面前。

金山才看见举报人的名字，已汗出如浆、颤若筛糠，只读一两页，就明白大势已去。头顶心被金木水火土五雷同时击中，身体在椅子上缓缓滑倒，昏厥过去，裤裆潮湿一片，室内弥漫着骚臭的味道。

金山苏醒过来，一言不发，身子像在水里浸过，从领口到裤脚，无一处不湿。

省纪委调查组知道他的心防已全线崩溃，耐心等他开口交代。

气氛沉闷压抑，室内安静得能听见彼此心跳声。金山提出，去卫生间洗个澡，换身衣服。调查组同意他的请求。

金山进卫生间后，在里面窸窸窣窣鼓捣五分钟，竟然狠心从窗口跳下去，楼底传来一声巨响。

伍峰讲到这里，江风畔悚然一惊："人死了没有？"

伍峰擦擦额头的汗："没有，从三楼跳下去，万幸一楼正在施工，搭着防雨棚。金山掉到防雨棚上，又摔到地面，右腿骨折，命是保住了，现在墨兹县医院治疗，县委县政府和公安局都派人在那儿盯着。幸好没死，否则大家都跟着吃瓜落儿。"吃瓜落儿是墨兹县一带方言，意思是无辜受牵连。

江风畔想，这趟墨兹之行扑个空，金山是无论如何带不走了，而且他被省纪委双规，对他进行刑事调查必须走组织程序，案情又横生枝节。

他好奇举报人到底是谁，以致金山一看见名字就彻底崩溃？伍峰拍大腿说："我们也在猜闷儿呢，肯定是对他知根知底的人，换成别人，就算想举报，拿不到确凿证据都是瞎琢磨。"猜闷儿也是墨兹县方言，意思是猜谜。

江风畔说："听你这话头，也想过举报他？"

伍峰连连摆手："咱怎么说到这儿了，这话传出去就没意思了。"

江风畔说："老伍，干吗这么小心？咱身正不怕影子歪，遇到贪污腐败分子，举报他就是为民除害。"

伍峰说："对对对！"岔开话题，"那什么，你忙碌一天，说什么也不能让你连夜赶回溱洧，就在县局招待所委屈一宿，条件比不上大城市，但空调和热水都有。"

江风畔道句费心，说："还有一件事，你想办法替我弄一份金山的DNA样本，最好是带发根的头发，这是人命关天的大事，拜托。"

伍峰说："这件事……我要跟局里打个招呼，然后跟县委县政府请示汇报，等批示下来就……"

江风畔摆手阻止他继续说下去："不用，你当我没说，我直接向溱洧市局请示。"

伍峰派人把江风畔送到县公安局招待所安顿好。江风畔胡乱洗个澡，擦干身子，给廖阔打电话汇报墨兹之行的变数。廖阔听说金山被省纪委调查，自杀未遂，感慨不已，说十年前见到金山时他才步入社会，在溱洧大学进修，十年后却已经堕落成腐败分子。江风畔不可怜他，说多行不义必自毙。廖阔问他下一步计划，江风畔说需要金山DNA证据，请廖阔与省纪委调查组协调。

溱洧警方提审金山已是二十天后。在这二十天里，已退休的金宝囤因采取贿赂、威胁、暴力等手段干预省纪委工作被立案调查，并牵扯出他任乡长期间贪污腐败、以权谋私、滥用职权等违法乱纪问题。金山心灰意冷，放弃抵抗，全盘托出，供认违法所得金额高达一亿五千万元，因数额巨大，案卷已移送上级检察院。

因金山是市管干部，上级部门经研究决定，按照组织程序对他进行处理。

蒋莹玉在金山被双规的第七天，去医院做了人流手术，并委托律师拟定离婚及财产分配协议，要金山签字。

江风畔见到金山时，无论如何也无法把他和照片对上号——照片上的金山肥头大耳，意气风发，眼前却是一个干瘦、憔悴、颓废、弱不禁风的小老头，似乎轻轻一推，就会全身散架，他右腿骨折尚未痊愈，手拄拐杖，一步一挪，让人油然而生同情。

江风畔问他："你是否承认杀害蒋悦悦并毁尸灭迹？"

金山畏缩在审讯椅里，头伏在挡板上，一言不发，摆出一副人之将死万念俱灰的姿态。他没到四十岁，正当盛年，头发却已花白，头顶半秃，更显老态。

江风畔洞悉他的心理——因人生走到绝路，任凭发落，随意处置，不计较不辩解。但警方办案不能是一本糊涂账，还需要他亲口证词，为激他说话，索性在他伤口上再插一刀："你在两年前包养蒋悦悦，那时你前妻正在重病弥留之际，而你于一年前迎娶蒋莹玉，同时在溱洧市与蒋悦悦勾搭，你一贯脚踏两只船，不忠不敬，无情无义，害得妻子流产，金家绝后，你父亲在花甲之年锒铛入狱，等待法律审判。这一切都是你一手造成，难道事到如今，连承认的勇气都没有？"

金山虽然人品猥琐，却是孝子，父子感情亲厚，连日来对父亲被他连累入监耿耿于怀，江风畔提及金宝囤凄惨境遇，准确击中他内心最脆弱处，令他心痛如绞。他伏在审讯椅挡板上无声抽泣，双肩一耸一耸，半晌，又抬头无声怪笑，貌似癫狂，表情狰狞可怖，发泄一通后才咬牙切齿说："蒋悦悦，这个贱种！我要把她碎尸万段，切成一块块的，喂狗！"他情绪激动暴躁，在审讯椅中挣扎，把手铐弄得叮当乱响。江风畔任凭他发作，并不阻止。

金山灰白的脸上泛起一层红晕，布满血丝的眼睛似乎要喷出火焰，嗓音撕裂而沙哑："蒋悦悦这个臭婊子！我给她买房，买车，买金银珠宝，买名牌衣服，我在她身上花掉几百万！上千万！我知道自己长相不好看，没女人缘，可是我对蒋悦悦真心诚意，天地可鉴！她是风尘女人，我不能娶她，除此之外，她要什么我给她买什么，从没对她说过半个'不'字，我把她宠到天上！她凭什么出卖我？她从和我好的那天起就开始搜集我的黑料，整整二百页，二百页！处心积虑啊，狼心狗肺啊，我花掉成百上千万在身边养了一条狼，白眼狼！我千算万算，没算到她会出卖我，在我心上捅刀子，害我家破人亡！她凭什么？凭什么？"金山涕泗交流，撕心裂肺。

江风畔套出他的心里话，目的达到，索性静静地看他表演，心中升起异样情绪，眼前这个男人，可怜、可恨、可悲，直到这时候，还把错误都推到别人身上，绝不反省，不自责，不审视内心。世界上有千奇百怪的人，千姿百态的人生，千头万绪的生活态度，世间学问，人心最难懂，最难猜透。

廖阔一直通过监控观察审讯室动态，见金山已彻底撤除心防，就推门走进去，在江风畔身旁坐下："金山，还认得我吗？"

金山眼中含泪，视力模糊，加上年深日久，端详半天才认出他："你是……廖警官？"

廖阔说："记性不错，当年因为苏晓青遇害案，没少和你打交道。你这几年干得不错，在县里当领导，虽然经济上有污点，但只要真心认罪忏悔，未必就是死路一条。可是你杀害蒋悦悦，毁尸灭迹，是万劫不复的罪行。事到如今，证据确凿，你抵赖到底也不会影响判决，如果还当自己是条汉子，就痛痛快快招认！"

金山不认，说："你们口口声声说证据确凿，我倒要看看你们有什么证据？"

廖阔用力敲击桌子，震耳欲聋，金山全身颤抖。廖阔提高声音："你不到黄河心不死！你手上的疤痕是怎么回事？"

金山左手上，赫然有一条三四厘米长的蚯蚓状伤疤。他下意识地凝视左手，神游物外，不回答廖阔的问题。

为摧毁金山的侥幸心理，江风畔抛出一系列证据：在垃圾箱中发现的塑料袋里有被害人断指，子宫、盆腔结缔组织；在金山与被害人同居的主卧室卫生间内发现碎骨、抛甩状血迹，与被害人DNA配型吻合；在厨房内发现沾染被害人及金山血迹的菜刀和剔骨刀，有权威部门出具的检测报告。证据链完整、缜密，即使金山顽抗到底，拒不交代，依据现行刑法，执法机关可在"零口供"情况下，将其依法治罪。

金山缄默无语，面如死灰。

江风畔念念不忘金山家墙壁上悬挂的用百元大钞折成的"心"形挂件，取出一枚同样的"工艺品"，举到金山眼前："这是你的手艺？"

金山端详那颗含金量十足的"心",表情凄苦,眼里现出微弱的奇异光泽,却仍不开口说话。

审讯过金山,日已西斜,忙碌的一天接近尾声,大街小巷挤满下班回家的车辆和行人。夜市大排档已支上炉灶,摆好桌椅,人间烟火的气息如此亲切温暖,引来顾客盈门,且抛开愁绪,享受若梦浮生的片刻悠闲。

廖阔和江风畔出门找饭吃,撞见港式"打边炉"路边摊,香味直往鼻孔里钻,便走不动路,在塑料凳上坐下,点一桌生鱼片、鲮鱼球、鸡肾、鱿鱼片、生虾片、青菜拼盘,忙不迭地倒进锅里,待汤汁翻滚上来,当即热火朝天地据案大嚼。

江风畔嘴急,不等鱼虾熟透就蘸调料吃下肚,一桌菜品被他消灭大半。廖阔边吃边问他那枚百元钞票折纸的来历。

江风畔说:"上次跟您说过在蒋悦悦家找到一本苏晓青的日记,这颗'心'当时就和日记本放在一起。我上个月去金山家走访时发现他家墙上挂着一模一样的折纸,据蒋莹玉说是金山在婚礼上送给她的信物,看来金山有用百元钞票折纸送给女人的习惯,所以这颗'心'很可能也出自他手,但它不像是送给蒋悦悦的,它的折痕陈旧,边缘已磨损褪色,结合日记时间,应该是十年前的'作品'。那时金山还在溱洧大学在职进修本科文凭,他折来送给谁呢?"

廖阔说:"如果棕色皮箱里装的是苏晓青遗物,那么八音盒和这颗纸'心'都是属于苏晓青的。"

江风畔:"但纸'心'显然不是金山送给苏晓青的。苏晓青日记里曾提到他送给向楠一个青铜摇把八音盒,从描述来看,与棕色皮箱里的是同一个。至于后来为什么又回到苏晓青手上,还不得而知。苏晓青苦恋向楠,他郑重保存的物品,每一件都对他有特别意义,日记如此,八音盒如此,这枚纸'心',如果我没猜错,多半是金山送给向楠的。"

廖阔性格爽直,不理解年轻人的情爱纠葛,一时没转过弯来:"金山送给向楠的东西,怎么会转到苏晓青手里?"

江风畔在说话间隙又消灭三个鲮鱼球，吃得满头大汗，再鲸饮一杯雪碧以助吞咽，说："金山一向拈花惹草，圈子里稍有姿色的女人都不放过，向楠容貌出众，又是他同乡，金山向她示好是顺理成章。他未必有多喜欢向楠，但路过花丛占些便宜是天性，他送出去的百元钞票折纸不知有多少，向楠只是其中之一。向楠并不待见金山，对他的表白不以为意，那时她和苏晓青是恋人关系，就随手把这枚纸'心'交给苏晓青。而苏晓青对向楠给他的每样东西都视如珍宝，这枚纸'心'就保存下来。"

江风畔虽未亲身经历，但根据日记内容和各人性格推理当时情景，居然八九不离十。

廖阔回忆十年前苏晓青惨死的场面，感慨说："我在调查'一·二三'大案期间，对苏晓青和向楠的关系有所了解，怎么说呢？两难！于情，两人在外表和品性上都很般配，而且是墨兹同乡、高中同学，苏晓青还在经济上对向楠有很大帮助；于理，两人学历和社会地位悬殊，非要捏合到一起确实委屈向楠。你看向楠现在发展得多好，和温颖涛琴瑟和鸣，家庭事业一帆风顺，苏晓青如果活着，怕是给她打工都不够条件。所以俗话说，造化弄人！金山是杀害苏晓青的最大嫌疑人，但是专案组没有过硬证据，十年来只能眼睁睁看着他逍遥法外，今天他照样沦为阶下囚！另一个嫌疑人武眉，听说现在疯疯癫癫，处境悲惨。"说到这里，不胜唏嘘，频频摇头。

江风畔说："苏晓青的日记基本是关于他和向楠的流水账，以及一些心情记录，除去向楠，只提到另外三个名字，贺小艺、苏晓白、白修仪。"

廖阔："贺小艺是苏晓青生前同事，安德殡仪馆的遗体整容师，我在调查苏晓青遇害案时和她有过接触。苏晓白呢，是苏晓青的妹妹，比他小七八岁，只知其人，不曾谋面。白修仪……这名字耳熟，一时想不起来，苏晓青日记里怎么说？"

江风畔："只有一句：原来白修仪是他的女朋友。这个'他'不知是谁？苏晓青日记里有许多话语焉不祥，按理说，写日记的目的是为了日后回忆，没必要遮遮掩掩，除非事关重大，宁愿烂在心里。苏晓青似乎有很多事情瞒着别人。"

廖阔忽然记起："白修仪是溱洧大学研究生，在苏晓青遇害前一周失踪，当地派出所有登记，但一直没立案，所以我印象不深。听说他父母这些年从没停止寻找，可怜天下父母心。"

江风畔想得入神，暂时忘记饕餮之乐，连筷子掉到地上都未发现："苏晓青和白修仪貌似毫无瓜葛，却在日记里提到她名字，而且白修仪在他遇害一周前失踪，有意思。廖局，我想明天去溱洧大学走一趟，再搜集证据，趁金山目前毫无斗志，撬开他嘴巴，把积压十年的'一·二三'案一起告破。"

廖阔首肯。他们边吃边聊，兴致越来越高，直到圆月当空，大排档从人声鼎沸到更阑夜静，连摊主都眼巴巴地看着他们，盼望早点收摊回家。

十
十年积案
AT NIGHAT AND DAWN

  在日新月异的城市建设进程中，溱洧大学也许是全市最后一块固守传统的阵地。校园与十年前没有太大变化，哥特式主楼曾翻新一次，但仍保持原始风貌，灰白色楼身，通体十一个尖顶直插云霄，建筑表面层次繁复，精工细刻，仿佛欧洲童话中的古堡，承载公主王子的沉沉旧梦。校园里曲径通幽，小亭倚翠，枫树、白桦、松柏等七八种树木郁郁葱葱，时下花事正好，众芳竞相绽放，其中不乏艳红靓紫的彼岸花，迎风跳舞，赴一场夏初的约会。而校园里最动人的风景永远是莘莘学子，无论从容也好，慌张也罢，风光也好，寂寞也罢，每张面孔都是流动的青春，每声呐喊都是飞扬的心情，每次经历都是生命的乐章。

  江风畔对溱洧大学并不陌生。他在禁毒支队时，曾办过一起在校学生聚众吸毒案，与校保卫处处长许光远打过交道。数年未见，许光远已出任溱洧大学副校长，身材挺拔、气质干练依旧，但头顶已华发丛生，脸上皱纹像树木的年轮，记录他的年龄和沧桑。江风畔上次在溱洧大学带走吸毒学生，许光远积极配合。虽然他这个保卫处长无须承担责任，但是本校学生出这种事毕竟不够光彩，溱洧大学闹得灰头土脸，所以许光远见到江风畔时礼貌中带着戒备，不冷不热地寒暄。

江风畔委婉说明来意，许光远诧异道："原来你调到了刑警队。苏晓青的案子已经过去十年，怎么忽然旧事重提？如果缺少实质线索，重启这个案子没有任何好处，不仅耽误时间，浪费精力，还会对当事人造成二次伤害。"

江风畔赞成他的说法，于是跟他讲金山因涉嫌杀人碎尸和贪污腐败而锒铛入狱，眼下情绪消沉，如果乘胜追击，说不定能一举把沉寂十年的"一·二三"案侦破。

许光远轻轻敲击桌子，表达惋惜之情："才三十几岁，就走上这条不归路，可惜可悲可叹。咱们关起门说话，我当年目击苏晓青被杀现场，从当事人反应来看，金山事后说话清楚，应激表现正常，而且他没有杀害苏晓青的动机，所以我认为他的嫌疑很小。听知情人说，武眉对苏晓青有好感，但是当时苏晓青另有喜欢的人，武眉会不会因爱生恨而萌生杀机，值得追查。可惜武眉后来受刺激太深，有些疯疯癫癫，本案只能不了了之。"

江风畔说："你们始终没考虑过除金山和武眉之外的第三人作案？"

许光远："廖队长——现在是廖局长吧？调查过掌管红楼钥匙的总务处管理员马卫东，他在案发当晚打了一宿麻将，有三个牌友给他做证。红楼资料室的另一把钥匙锁在当时校办张副主任办公桌抽屉里，张副主任体弱多病，没有作案能力，他几年前已经过世。第三把钥匙就在武眉手里，她当时是资料室的兼职管理员。"

江风畔："也许有其他人趁武眉昏迷，从她身上拿到钥匙，打开资料室的门。"

许光远："我们考虑过这种可能性，但是这个人必然是苏晓青和金山其中一人，因为雪地上只有他们三人的脚印，我们发现现场时，资料室外面落锁，里面划着门闩，而且没有窗户通向外面。这样，问题又绕回来了——苏晓青不可能连续敲击自己头部七八次自杀，凶手只能是金山和武眉其中之一，或者两人联手作案。"

江风畔紧锁眉头："确实匪夷所思。"忽然又提起白修仪失踪案，"苏晓青遇害前一周，溱洧大学有个名叫白修仪的女研究生失踪？"

许光远不明白他的意图："这两起案件没有关联。白修仪当时是文法学院研究生，她失踪的事是我亲自处理的，她消失得莫名其妙，到现在还活不见人死不见尸。可怜她父母，十年里一直没放弃寻找，听说哪里有无家可归的疯女人，一定要赶过去亲眼看一看才放心，哪里有不知名女尸，一定要亲自和当地公安验证后才罢休。我做保卫处长期间，这两起悬案最让我头疼，这么多年时不时想起来，感觉愧对白修仪和她父母，也愧对苏晓青的冤魂。"

江风畔说："有愧的是办案民警，你当时是学校保卫处领导，保卫校园平安是你的职责，没有破案义务。今天就有劳许校长大驾，我们去红楼资料室走一圈如何？十年前的红楼还在吧？"

许光远："红楼还在，资料室也在，而且格局和十年前一模一样，连门锁都没换过。溱洧大学面积大，房间多，不差红楼资料室这一间，它位于地下，没有窗户，派不上大用场。这十年来，不管谁想动红楼资料室，我都出面顶着，也没人跟我认真硬杠，所以这个案发现场一直保存下来。我就盼着有水落石出那一天，别让我到死也不知道杀害苏晓青的真凶。"

江风畔闻言给许光远深深鞠躬："许校长，我代表廖局长和我自己向你表示感谢。"

许光远连连摆手："我做这事不是为你们公安机关，为的是苏晓青的冤魂和我自己心安。"

江风畔直起腰来说："不管出发点如何，结果都一样。"

两人走到红楼前，时近黄昏，天空乌云密布，太阳穿不透厚厚云层，变身成一个被腌透的鸭蛋黄，光线有气无力地打在行人身上，从头到脚披一层暧昧的橙黄色。校园里人来人往，学生三五成群，嬉笑玩要，与案发当天大雪封门的寂寥景象完全不同。

许光远在路边画一条线，说当天早晨，温颖涛、向楠、金宝囤和钱司机，就是在这里发现三排脚印，通向红楼侧面，当时暴雪初霁，雪地上没有其他脚印，所以一目了然。温颖涛非常机智，曾提醒大家不要破坏脚印。

江风畔说："我查过案发当晚的气象报告，说是溱洧市十年一遇的大雪，从晚上七点一直下到次日凌晨五点，地面积雪二十厘米。"

许光远说："我早上醒来时风停雪驻，没留意降雪的具体时间。"

江风畔："温颖涛当时是白修仪的男朋友？怎么会和向楠在一起？"

许光远："温颖涛说他早已和白修仪分手。至于他和谁在一起是他的自由，没人过问。"

江风畔走到红楼西侧："据警队保存的案卷记载，案发后两名嫌疑人做证，当时苏晓青发短信约他们过来，然后在这里把他俩分别迷晕，时间是一月二十二号晚上八点到九点之间。"红楼西侧夹在墙壁和一排枫树之间，人迹稀少，即使在青天白日，也感觉阴森凄凉。

许光远："金山和武眉的说法一致，确实如此。后来我们找到三人手机，也找回发送短信记录，他俩没有说谎。苏晓青用来迷晕他们的药物是乙醚，金山和武眉都确认过迷药的气味。"

江风畔："事后没有追查乙醚的来源？"

许光远："十年前药物管理混乱，乙醚虽然是处方药，但在许多药店不凭医生处方就可以买到，即使现在，只要肯多花钱，仍然能够买到。药店为逃避责任，不肯对调查人员说实话，所以无法追查乙醚来源。"

江风畔在红楼侧面踱步，观察地形，这里偏僻隐秘，是作案的绝佳地点。苏晓青在这里把金山和武眉迷晕后，用武眉的钥匙打开红楼侧门和资料室大门，然后把两人拖进资料室。（或者另有其人？如果是苏晓青，他为什么要这么做？）

可是苏晓青为什么在资料室里和金山武眉一起醒来，而且同样慌乱惊恐、不知所措？

他怎么做到人在屋内，却从外面锁上大门？

如果不是苏晓青，作案者另有其人，那么他怎样做到从雪地上"飞"走，不留一丝痕迹？他这么做有什么意义？没有人能预料到把三人关在漆黑的资料室里会导致苏晓青被杀害。难道他的目的并不是杀死苏晓青，如此处心积虑仅是一场恶作剧？而苏晓青遇害纯是意外？

江风畔越想越乱，头痛欲裂，用两只大拇指用力按摩太阳穴。

许光远同情地看着他："十年前我和廖局长都曾经像你一样头疼。"

江风畔想金山和武眉仍是揭开谜底的关键人物，于是说："去哪里可以找到武眉？"

许光远："听说她回了墨兹县老家，学生档案里可以查到具体家庭住址。"

江风畔："许校长，麻烦你一件事，通知学校档案室，把武眉、金山、向楠、温颖涛、白修仪这五个人的学生档案分别复印一份，明天我来取。"

离开溱洧大学时天色已晚，许光远留他吃过饭再走，江风畔说老妈在家等他，如果不早些回去，夺命连环call（电话）就要打进来，吃不消，还是乖乖回家为妙。

第二天上午，江风畔去溱洧大学拿到武眉等人的学生档案复印件，回警队翻看。

向楠现在的模样与学生时代没有多少变化，只是那时不施脂粉，青春逼人，比起现在，有种清水出芙蓉的脱俗气质。她的履历光彩夺目，从初中起，学习成绩始终遥遥领先，中考、高考成绩均为全县第一名，大学期间连年荣获最高额度奖学金。温颖涛履历则有人为安排痕迹，学习成绩平平，但一路担任班长、团支书、学生会主席，且在高中时期改过民族，高考时凭借文艺特长、省级优秀学生干部和少数民族加分，成功取得溱洧大学入学通知书，在大学四年级凭借去边远地区支教及在当地乡镇担任团委副书记的经历而获得保研资格。这是外力加持的开挂人生，江风畔想，同样从学生时代过来，对这种履历背后的伎俩和利益交换一目了然。

温颖涛档案照片与苏晓青命案卷宗里的正面免冠照看上去有相像之处，都是长脸，腮骨突出，而且温颖涛的身高体重也和苏晓青接近，温颖涛一米七五，六十五公斤，苏晓青一米七六，六十七点五公斤。向楠对男人的审美前后一致——江风畔想，也许只是巧合吧，两个外表形象、智力水平、努力程度都相差无几的男人，仅由于家庭出身不同，人生境遇天差地别，向楠虽然出类拔萃，到底是女人，趋利避害是天性，选择人生赢家做终身伴侣，无可厚非。

照片上的白修仪长一张刀条脸，额头狭窄，眼神凌厉，眉梢和眼角下垂，略带苦相。单论外表，比向楠差一大截，而智商和能力更不可同日而语。应该说，温颖涛和向楠在人生关键时期甩脱"不良资产"，进行"优势资产重组"，决策不可谓不英明，手段不可谓不决绝，成大事者不拘小节，这特质在他们身上发挥得淋漓尽致。

而金山即使在十年前也看不出青春气息，那时他下巴上已有赘肉，细眉细眼甚是慈祥，嘴唇厚、阔、润泽，代表能吃能喝、能说能讲，正是担任基层干部的一把好手。

照片上的武眉相貌乏善可陈，眼耳口鼻无一处不小，五官平淡得似乎可以一把抹去。她发量稀疏，几根刘海垂在额前，被闪光灯投射出淡淡的阴影，这给她的脸增添些阴郁的气质。江风畔仔细看照片时，感觉她的目光空洞，似乎在凝视镜头，又似乎在遥望缥缈的远方，眼神不能聚焦于一处。盯着她的照片看一会儿，他感觉脖子后面凉风习习，脊背阵阵发麻。

正在这时，警队内勤王娇娇慌慌张张跑过来："江……江队，快去医院看看吧，你家……老太太不行了。"

吓得江风畔失手把一沓档案掉在地上："咋了？咋了？"

王娇娇说不清楚:"市医院打来的,说老太太在医院昏倒,不省人事。"

江风畔脑海里嗡嗡作响,一溜小跑下楼,跳上车,油门踩到底奔市医院而去。

满头大汗地跑进医院,查询前台,说梁素琴在妇科,到三楼妇科一看,他妈好端端在候诊椅上坐着,闭目养神,脸色如常。

江风畔把她摇醒,她见到儿子,立刻夸张地抹眼泪:"妈不行了,过几个月就去和你死鬼老爸会面,你孤苦伶仃,无依无靠,吃饭不知道饥饱,睡觉不知道颠倒,让我怎么放心得下?"

妇产科候诊女人齐齐向他们行注目礼,江风畔脸皮虽厚,却也感觉臊得慌,低声说:"妈,我在你心目里,就是个弱智儿童?"

好容易跟医生搞清楚情况,梁素琴患有子宫内膜异位症,是一种常见妇科疾病,可以通过药物治疗或手术治疗,对人体健康没有重大影响,远远没到"不行"的程度,和他"死鬼老爸"见面的日子尚远。

梁素琴被她"吃饭不知饥饱,睡觉不知颠倒"的弱智儿子送回家。这娘俩住在一栋三十来岁的老楼里,两房一厅,是江风畔他爸因公殉职后有关部门抚恤他娘俩的福利房。江风畔把梁素琴扶到床上躺好,给她盖好毛巾被,沏壶茶水,连同茶杯一道放在床头柜上,说:"妈,你感觉好点没?队里忙,我得赶回去。"

梁素琴有气无力地挥挥手:"妈身体再差,也知道识大体、顾大局,男人要以工作为重,你去吧,别惦记妈。"

江风畔进退两难,又安抚他妈好一会儿,才一步一回头地走出家门。梁素琴听见他下楼,翻身一跃而起,麻利来到窗边,伏在窗台上,目送儿子开车远去。

江风畔跟队里打过招呼,第二次驱车前往墨兹县,按照武眉学生档案中的家庭地址找过去。

武眉家住在县城边上一排低矮破旧平房里,与金山家所在的北方合院派别墅群同属墨兹县城,却仿佛两个世界。这里闹腾过两次拆迁,但其地理位置对开发商来说实属鸡肋，建住宅缺少配套，卖不上好价钱，建商厦又嫌偏远，人流量不足，最终只好作罢。正因如此，武眉家一直没搬迁，江风畔一路顺利找上门来。不巧武眉没在家，说是在县城东郊的好再来驴肉馆帮厨，江风畔又掉头往东。

武眉的相貌与档案照片上大相径庭，以致江风畔见她第一眼没认出来。她比十年前胖好多，三层下巴，肩膀肥厚，腰身粗壮，而两条腿细得不成比例，让人担心撑不住身体。她皮肤粗糙，衣着肥大而油腻，已完全是做粗活的妇女模样。她态度拘谨，怯生生地揉搓双手，不敢抬头看江风畔，只用眼角偷偷瞟他。

江风畔说明来意，给她看警官证，她不接，只盯着封皮上的警徽发呆。江风畔转弯抹角地提起苏晓青的名字，她脸上立刻露出惊恐神色，轻轻"噫"一声，向后退去。

江风畔不忍心过分刺激她，却又不甘心放过这条重要线索，只好耐着性子，慢慢引导她回忆那晚发生的事情。但武眉情绪紧张，思路不连贯，语言也支离破碎，顺着江风畔的话头，指东打东，指西打西，让人难辨真假。江风畔从警十余年，第一次找到诱供的感觉，他想这样得来的线索毫无价值，只好放弃努力。临走前给武眉留下电话号码，嘱咐她一旦想起什么，务必第一时间和他联络。武眉低眉顺眼地答应，不知是否听进去了。

回到溱洧市时月至中天，半座城市已酣然入睡，另半座城市的生活正暧昧地开始。他东奔西跑一天，累得两腿发软，找一家街头小店，点一盘肉菜，一碗汤，一碗米饭，双手开弓，狼吞虎咽。吃饱喝足后，精力恢复些，接到金山从拘留所打来的电话，听声音比几天前稍显振作，语气迫切，求生欲望强烈，先承认江风畔审讯他时亮出的百元钞票折纸是他十年前亲手送给向楠的，意在讨她欢心，但向楠从未对他稍降辞色，连装装样子都不曾有过。至于这枚折纸为什么出现在蒋悦悦书房里，他可以对着拘留所门楣上的国徽发誓，毫不知情，因为"书""输"同音，他怕触霉头，从未踏进蒋悦悦书房一步。这个说法倒与他前妻蒋莹玉的说辞一致。

可江风畔百般诱导，金山仍不肯吐露蒋悦悦的尸体所在，辩称他被人陷害，恳求江风畔为他申冤，并在电话里痛哭流涕，八拜九叩，因情绪过于激动，被拘留所工作人员切断电话。

江风畔坐在小店窗边，呆呆凝望外面，城市街头流光溢彩，红男绿女在酒精作用下精神亢奋，打情骂俏，大声喧哗，空气中充斥浓郁的荷尔蒙味道，而那看不见的黑暗角落，此时在发生什么？多少人欢笑？多少人哭泣？多少奸情上演？多少爱情破碎？多少罪恶在夜色掩护下萌芽、滋生，一发不可收拾？

小店里只剩他一名顾客，店主人眼巴巴看着他，盼他早点走人，自己好打烊休息。在江风畔从警生涯里，不知有多少次被店主人这样暗暗嫌弃过。

十一

上市风波

AT NIGHAT AND DAWN

　　明天是颖楠科技上市的大日子。

　　吸纳风险投资、上市、圈钱、分红，几乎是所有科技企业必经之路。在那面红红绿绿的大盘上抢占一席之地，成为上亿股民每天每夜牵肠挂肚的符号，不仅是企业登堂入室的标志，更是企业持有人身家倍增的途径。

　　向楠和温颖涛兴奋得无心睡眠，躺在瑞典皇室马尾毛床垫上，在法国手工织花蕾丝被的包裹中抵足夜话，情之所至，甚至做了一回爱，虽然质量并不好，没有高潮，但内心仍得到极大满足，也无须高潮，因为这次做爱追求的是仪式感，而非快感。

　　温颖涛无法对同一个女人的身体长期保持兴趣，对向楠也不例外。自从温润出生后，他们做爱的次数已屈指可数，而向邦出生后，他们的繁衍使命宣告完成，再不曾有过亲密接触。温颖涛正当盛年，头顶成功人士光环，主动投怀送抱的年轻女人足够满足他，而向楠也自有喂饱身体的途径，两人彼此知情而互不干涉，以夫妻之名，行经济共同体之实。

行将上市的兴奋导致肾上腺素飙升,他们数年里破天荒在床上疯狂一回,亢奋的情绪稍稍平复。温颖涛着实卖力,浑身瘫软,呼呼喘气。向楠冲他嫣然一笑,脸色绯红,依稀有当年少女的娇羞。温颖涛回报以恩爱,把她搂在怀里。

向楠仍不肯睡,在他耳边黏腻地说:"从头发梢到脚趾尖,每一寸都高潮。和你结婚,是我这辈子做得最正确的决定。"

温颖涛虽然不信,却配合她说:"我这辈子做得最正确的决定,就是娶你为妻。我们从一无所有,到今天的十亿帝国,吃过多少苦头!经历多少磨难!总算苦尽甘来,上市以后,增长到百亿也不是痴人说梦。我总算没辜负你的期望,给儿子们打下一片江山,让他们日后不必再经历白手起家的艰辛。"

向楠感到不悦,他把所有成绩大包大揽,似乎公司发展到今天都是他一人功劳,虽然让他在口头上占些便宜倒没什么,可是公司股份也是他拿大头,未免有失公平,既然他抬出两个儿子做盾牌,日后她不妨以子之矛攻子之盾,以儿子的名义争夺更多股份。颖楠科技虽然起源于你温颖涛的专利技术,但没有我向楠开疆拓土、东挡西杀,恐怕到今天还是创业园孵化器里的一颗臭鸡蛋。向楠这样想着,渐渐感到疲意,沉沉睡去,直到清晨明媚的阳光把她温柔地唤醒。

颖楠科技上市答谢酒会是向楠和温颖涛的高光时刻,冠盖云集,溱洧市政界、商界和科技界的头面人物几乎有半数到场,几个本地影视歌明星出席,更增加话题性,吸引众多媒体竞相报道。

答谢酒会设在溱洧千岛酒店宴会厅,是向楠亲自挑选的地点。她喜欢这里的装修装饰,以纯白、天蓝和玫瑰金为主色调,既华贵又典雅,有淡淡的梦幻色彩,不像其他宴会厅那样千篇一律地在地面铺设红色团花地毯,用金粉粉刷墙壁,加上两米长的黄金吊灯,豪阔而俗丽,让人置身其间有视觉疲劳兼血压升高的眩晕感。

千岛酒店宴会厅占地面积九百九十九平方米,厅高九米,宴开五十席，菜品豪奢，开胃菜有烤北海道扇贝、白松露油、鲑鱼鱼子酱，搭配南瓜浓汤炖八头南非鲍鱼，三道主菜分别是烤神户和牛、芝士焗波士顿龙虾、香煎挪威三文鱼，甜点有意式冰激凌和提拉米苏，酒水为传奇波亚克红、白葡萄酒。菜单也是由向楠亲自酌定拍板。

她意图借颖楠科技上市答谢酒会的契机，无声地向溱洧市上流社会宣布：向楠喜欢钱，会赚钱，同时也能驾驭钱，而不是被钱驾驭；向楠有才华，有容貌，有品位，是天生贵族，而不是底层逆袭，咸鱼翻身，飞上枝头变凤凰的乌鸦；向楠是颖楠科技的操盘手、掌舵人，不是管家、经理人，是谋定天下的元帅，不是马革裹尸的将军。

廖阔和江风畔也应邀出席酒会。他们一周前接到颖楠科技的镀金邀请函时，犹豫半天，决定向局长请示后再说。局长为人开明，并不反对他们参加社会活动，理由是公安机关职责之一就是为经济发展保驾护航，何况颖楠科技还在办案中为警队提供过帮助。得到局长支持，廖阔和江风畔出席酒会时就坦然许多。

男嘉宾照例要穿西装。廖阔还好，穿正装舒适自然，而且身材笔挺，有型有款。江风畔却感觉别扭得很，像野马披戴鞍鞯，浑身上下不自在，总担心走路时幅度太大把裤裆扯开，在宴会厅里寒暄一圈，已汗流浃背，恨不得把好酒好菜端到背人地方痛快吃喝，出门一笑无拘碍，肉在食肠酒在喉。

贵宾致辞和文艺表演穿插进行。董事长温颖涛兴味盎然，亲自登台献唱，模仿港台歌星，亲和力十足，把全场气氛推向最高点。温颖涛读书期间是学校文艺骨干，歌喉优美动听，而且擅于模仿别人声音，能以假乱真，堪称一绝。他久未表演，今天兴致所至，即兴发挥，立刻赢得阵阵掌声和喝彩声。他公司员工为董事长助兴，刻意请烟雾师用干冰营造美轮美奂的舞台效果，温颖涛置身其中，如临仙境，如梦如幻，舞台感染力不亚于正牌歌星。

温颖涛下台后，仍沉浸在兴奋中，与来宾频频碰杯，目光莹润，双颊绯红，不时开怀大笑，志得意满之情溢于言表。

谁料天有不测风云，满堂欢声笑语中突然响起不和谐音，一名不知从何处出现的戴眼镜中年男子站立在宴会厅中央的大吊灯下面，手持喊话大喇叭，声震四座、慷慨激昂地讨伐温颖涛："姓温的小人，毛贼，伪君子！你不学无术，投机取巧，毫无建树，却以科技精英自居，是为欺世；你偷窃成性，不劳而获，鹊巢鸠占，是为盗名。你这个欺世盗名之徒，本应铐镣加身，在监狱里度过下半生，却厚颜无耻地跻身大雅之堂，沐猴而冠，难道就没有丝毫愧疚和羞耻吗？"这名男子显然是有备而来，一套骂辞脱口而出，抑扬顿挫，节奏感十足。

嘈杂的宴会厅里立刻鸦雀无声，数百人错愕地看着那名中年男子，又偷瞄温颖涛，无比尴尬。连舞台上的干冰气雾都凝结不动，似乎拿不定主意是否要继续营造美轮美奂的舞台效果。

那名男子不依不饶，一遍骂完，又重新开骂，只字未改，连语气都一模一样，让人怀疑他的大喇叭里装有一部复读机。

温颖涛的脸色阴沉得像暴风雨来临前的乌云，仿佛随手就能拧出水来："够了，邝瀛！"怒视千岛酒店宴会厅经理，"这人怎么进来的？"

宴会厅经理赵图图对砸场子的行为屡见不鲜，什么婚宴、寿宴、企业年庆，都难免有仇家搅局，所以并不十分慌乱，拿起对讲机召集保安，让他们把邝瀛赶出去。

向楠正在与溱洧市领导言笑款款，忽被突发事件打断，眼看温颖涛出乖露丑，不知出于什么心理，她并未感到同仇敌忾的愤怒，更没有挺身护夫的冲动，反而有种局外人幸灾乐祸的快感。没有人比她更了解温颖涛的虚伪和做作，当他被当众扯下假面具，且看他如何应付？

千岛酒店的保安训练有素，没等邝瀛第二遍骂辞结束，就齐刷刷冲过来，把他往门外拉扯。邝瀛的喊话大喇叭脱手落地，挣扎中皮鞋也甩丢一只，仍然锲而不舍地朗声大骂，直到被拖出大门，远处仍有余音袅袅，不绝于耳。

来宾们哭笑不得，谁也不好率先打破沉默，连一直大吃特吃的江风畔也被迫放下餐具，作出一副无言以对的尴尬模样。

向楠心想自己不能总躲在后面，必要时还需出马，给温颖涛挽回点颜面，于是跟市领导展颜微笑以示抱歉，然后脚踩七厘米细高跟鞋，婷婷娜娜走上舞台，轻咳一声，唤起注意，然后对着话筒说："各位领导，各位来宾，商界同仁，旧雨新知，刚才突如其来的小插曲让人深感意外，是颖楠科技筹备不周，总经理向楠向大家表示诚挚的道歉。闹事人是颖楠科技前员工，因行为不检被公司除名，所以怀恨在心，趁今天公司上市的日子来发泄私愤。从来好事多磨难，做人如此，办企业如此，连办一场酒会也是如此。"说到这里，压抑的人群爆发出笑声，向楠也抿嘴一笑，风致嫣然，"不管风吹浪打，胜似闲庭信步，一向是向楠的人生信条。所以，请大家忘记适才的不快，继续开怀畅饮，今晚不醉不归。"

大家哄笑，鼓掌捧场，既为温颖涛找回面子，也为自己化解尴尬。

等众人转移注意力，向楠把宴会厅经理赵图图叫过来，低声责问："进宴会厅的客人必须出示邀请函，刚才那人怎么混进来的？"

赵图图解释说："宴会厅和隔壁酒会厅共用洗手间，我们总不能在客人使用洗手间前后都检查邀请函吧？相信这样做不仅会激怒客人，也有损贵公司的颜面。那人从洗手间混进来，我们防不胜防。"

向楠说："说到底是千岛酒店在结构设计上不合理，回头找你们总经理算账。"她想着跟这小角色纠缠没什么意思，邝瀛已经被赶出去，酒店门童记得他的长相，不会让他再次混进来，局面暂时安全，接下来还是专心把过场走完，过后再追究酒店责任。想来温颖涛不至于做人这么失败，办一场上市答谢酒会，却引来两拨人捣乱。

一场小风波过后，知情识趣的宾客们都装作若无其事，仿佛已彻底忘记邝瀛带来的尴尬和不快，继续欢声笑语、杯觥交错、颂辞如潮，宴会厅里的气氛比邝瀛捣乱前更加热烈。谁也没想到第二拨闹事的人已来到现场，突发状况将温颖涛精心筹备的酒会搅到不欢而散，也许冥冥中预示着颖楠科技盛极而衰。

白修仪父母突然出现时，连温颖涛都辨认不出，他们的变化实在太大。白凤至早已从教导主任岗位上退下来，十年来为寻找女儿跑遍溱洧市的角角落落，从公安局、民政局、信访办到工青妇、学联，从飞机场、火车站、汽车站到黑车据点、人力三轮，从喧哗热闹的市区到幽静空旷的公园再到人迹罕至的荒郊野外，白凤至生生把自己跑成溱洧市活地图。他天生就长得老相，十年来经受心灵愁苦和风吹雨打的摧残，虽然才六十来岁，却弓腰驼背，颤颤巍巍，看上去已是风烛残年的老人。而一度穿着打扮走萌系路线的云五朵早就不修边幅，曾经染成玫瑰金色的头发现已稀疏花白，身上衣服肥大破旧，看不出本来颜色，眼睛里似乎常年饱含泪水，呆滞而浑浊，她十年前和白凤至在路上行走，会被人错认成父女，而今再没有类似的误会发生。

他们和酒会的气氛格格不入，所以早在温颖涛留意之前，就有许多宾客斜视他们，暗自揣测，预料又一场风波在酝酿中。

向楠并不认识白凤至夫妇，但看外表就知来者不善，她想息事宁人，并未声张，低声通知千岛酒店工作人员，让他们把两个乞丐模样的老人赶出去。

白凤至和云五朵寻女多年，与各部门打交道的经验十分丰富，遭人驱赶是家常便饭，有几十种对策傍身，千岛酒店保安才一靠近，他们立即躺倒，仰面朝天，放声大哭。年轻的保安没经过这阵势，眼看他们老态龙钟瘦骨嶙峋，似乎轻轻一碰就会散架，没人敢用力在他们身上拉扯。

哭声一起，全场愕然，几个正谈笑风生的省市领导脸上挂不住，晴转多云，山雨欲来，在心里盘算，不要闹出笑话，给人留下话柄，要找借口尽早离场。

温颖涛这时才认出他们，脑袋瞬时涨大一圈，像有人手持榔头在脑壳里敲打，咚咚作响。如果说邝瀛是他肉中刺，白凤至和云五朵就是他骨中钉，是他今生最不愿见到和面对的人。他当年知道白修仪已怀身孕，却把她视为最大累赘，处心积虑想摆脱她，心心念念盼她消失，当白修仪终于神秘蒸发，他不仅没有心疼、愧疚、难过，反而窃喜、庆幸、感谢苍天，所以白修仪虽然并非死在他手上，但和他亲手所杀其实也相差不远。他这些年吃斋念佛、供养三宝，无非是救赎罪愆，解脱苦海，求得内心平安喜乐。可是当他财富愈增长才愈明白，真心欢喜远比巨额财富更难求得。

白凤至和云五朵寻女十年，别人对他们的态度逐年改变，从同情、帮助到厌烦、躲避，再到呵斥、轰赶，他们早已把脸面在泥潭里揉搓数十遍，把心灵在石头墙上打磨上百回，把老骨头铺在地上让人踩踏几千次，灵魂低到尘埃里，再也感受不到任何形式的羞辱。温颖涛事业越成功，家庭越美满，他们对他的憎恨越强烈。他们到颖楠科技上市答谢酒会来闹事，并没有具体诉求，纯粹是为发泄情绪，当众给温颖涛难堪，所以他们蓬头垢面，撒泼打滚，嘴里哭诉辱骂，每一句都针对温颖涛，把他描述成薄情寡义的陈世美，唯利是图的伪君子。虽然他们遣词造句比不上邝瀛那样讲究，但杀伤力有过之而无不及。

聪明如向楠，冷眼看温颖涛反应，不用问就猜到两个老人身份，她此时内心情绪比温颖涛更加复杂，一时不知如何应对。穷生奸计富长良心，这句俗话虽然偏颇，却也有一些道理。十年前向楠觉得世界亏欠自己，一心出人头地，不择手段，在失手打死白修仪后，只有害怕，没有歉疚。但是后来财富逐年增长，外界对她的尊重逐年提高，她于夜深人静时，偶尔会想起白修仪临死的惨状，想起白凤至夫妇中年失独的痛苦，而她的良心会感到不安，承受无声鞭挞和拷问。

白凤至和云五朵的动作幅度越来越大，语言越来越夸张粗俗，把温颖涛骂得狗血淋头。赵囡囡担心酒店管理层事后追责，拿她顶包，工作不保，强硬命令手足无措的保安，抬胳膊抬腿，把两个老人扔出去。几名保安都是二十来岁的农村进城务工人员，心肠不硬，抬老人时动作笨拙，好半天捉不住手脚。有的宾客看到如此乱象，内心暗自好笑。向楠见有人正拿手机拍照，想着明天颖楠科技的丑闻就会传到网上，大家都闹得灰头土脸，恐怕还要得罪出席酒会的省市领导，这个差错不知要花多大力气才能弥补回来。她咬咬牙,亲自指挥保安把两个老人硬行拖出宴会厅。白凤至在大门口用力挣扎,一个保安手滑,白凤至的后脑勺重重磕在大理石地面上。

费了好大力气,把两个老人扔到门外,赵囡囡为安抚他们,派人给他们送些精细食物,轻言细语安慰,盼望能化解冲突。

至此,上市答谢酒会无法继续进行,省市领导先行告辞,然后宾客相继散去。只有江风畔眼睁睁看着满桌佳肴,龇牙咧嘴地表示可惜,但他肚子里已沟满壕平,再没有空间塞下多余食物,有心打包带走,实在拉不下脸。

向楠站在门口送别几位贵宾时,保镖兼司机唐骏急匆匆走过来,趴在她耳朵边说:"老头不行了。"

向楠惊愕:"什么不行了?"

唐骏压低声音:"死了。"

白凤至的身体底子不好,十年来悲伤、焦虑、急怒攻心,健康每况愈下,高血压、心脏病、糖尿病集于一身,刚才闹事时情绪激动,被保安丢出酒店后,心脏病发作,在急救车赶到前就咽了气。云五朵抚尸恸哭,破口大骂千岛酒店和颖楠科技,污言秽语花样翻新,层出不穷,围观人群把千岛酒店门口堵得水泄不通,乱成一团。

颖楠科技早已官司缠身,哪知道在上市酒会当天,又惹上一桩旷日持久的官司——云五朵起诉千岛酒店和颖楠科技"伤害白凤至致死"一案,经媒体连续报道,在溱洧市引起广泛争议,两家被告企业的社会形象大打折扣。

这天日光熹微,是温颖涛在道谛寺短期出家的第三个清晨。道谛寺后院设有十间客房,俗家弟子可体验为期三日、七日、一月、三月的"禅坐游",道谛寺提供早晚餐,短期出家弟子每天与僧人一起朗诵经文,并做些清扫杂务。温颖涛法号晦明,虽未摩顶受戒,但身着锱衣芒鞋,现在正挥舞扫把,和僧众打扫庭院。

这是他十年里第二度短期出家,为的是躲开红尘喧嚣、名利争夺,在寺院过几天宁静日子，边整理充实自己，边修习佛法，积福积德。此时晨钟响起，碧空如洗，几朵淡淡的白云若有若无，鸟儿鸣啾，花香袭人，心情说不出的轻快平静。阳光穿过寺院内老槐树的叶子，斑斑驳驳打在他僧衣上，这是生命的本来面目吗？同为科技精英出身，周廷真和温颖涛正走在不同道路上，哪一条才是人生真谛？

温颖涛扫除后，洗手净面，把一枚装有百万元支票的信封交到都监法明手中，双手合十："晦明供养和尚。"

法明轻念佛号，接过信封，说："施主一粒米，大如须弥山，今生不了道，披毛戴角还。"

法璨微笑说："晦明出家功德，高于须弥，深于大海，广于虚空，不可称量。"

温颖涛说："这几天在道谛寺听晨钟暮鼓，吃清粥素食，寻求心灵宁静，受益匪浅。"

晨斋后，温颖涛向法璨诉苦，说邝瀛在颖楠科技上市答谢酒会上大吵大闹，破坏公司形象，对他造成巨大心理压力。白凤至和云五朵与法璨无关，所以他绝口不提。

法璨："邝瀛目前执掌震荣公司帅印，在商界早闯出一片天地，何苦总去找你麻烦？"

温颖涛："他性格执拗，就是不肯放手，我显然没有把柄在他手上，否则他早已打赢官司。可是尽管如此，作为同门师兄弟，我仍希望能与他和睦相处，最坏结果，相忘于江湖也可以。他这样不依不饶，我真是没有办法。"

温颖涛犹豫再三，终于提出请法璨出面为他调和的请求。在溱洧市，甚至全国范围内，邝瀛最敬重的人就是法璨，如果他肯出面调和，说不定能化干戈为玉帛，让邝瀛放自己一马。温颖涛天性自负，如果不是被邝瀛搞到头痛，说什么也不肯出言哀求。

法璨灵台清明，了然于心，不置可否。

温颖涛知道这位师兄聪明过人，不仅佛法精湛，更通晓人情世故，寥寥数语，早洞悉他心意。法璨是道宣传人，律宗弟子，严守四律五论，他愿意做的事，不必多说他也会去做；他不愿意做的事，苦苦哀求也没用。所以温颖涛点到即止，就盼望法璨看在他心诚意坚、亲近佛法的分上，替他出头。

如果温颖涛所说属实，没有把柄在邝瀛手上，为什么这样忌惮他呢？

温颖涛在道谛寺短期出家的最后一天，是白凤至出殡的日子。

白家人丁不旺，白凤至这辈只有一个堂兄，侨居爱沙尼亚，久未通讯，不知是否还活在世上；云五朵有个嫡亲姐姐云三朵，远在千里之外，孤寡老人，下肢截瘫，吃喝拉撒都在床上，由当地政府出资，雇护工照料。白凤至和云五朵常年寻女，魔魔怔怔，把单位同事得罪个差不多，所以出席他葬礼的人寥寥无几，身后事办得冷冷清清。

出殡前照例要整理遗容。整容师贺小艺今年三十五岁，身体开始发福，十年前苗条纤细的女孩，现在肩宽背厚，腹部脂肪堆积，把衣服撑得圆滚滚，下巴上层层叠叠，有三四层赘肉，只有皮肤一如当年细腻白嫩，整个人看上去好似泥人大阿福。她一直没结婚，一个人乐得逍遥自在，偶尔夜深人静时会想起苏晓青，如果他不死，现在也是胡子拉碴的中年人了吧？会不会和她一样心宽体胖呢？这些年，她只对死人感兴趣，喜欢和死人待在一起。在活人世界里，除去父母，只有苏晓青曾经让她有一些温暖的感觉，只是那感觉淡淡的，来不及捂热。

云五朵和几位亲朋坐在遗体沐浴室中观礼。穿一身黑色制服的贺小艺站在白凤至遗体前，点燃熏香，播放轻柔的音乐，向家属浅浅鞠躬，念开场白："沐浴是我们每个人来到这世上，亲人为我们做的第一件事情，让我们能清爽无碍地开始幸福的一生。在此也希望借由今天这场沐浴仪式，为白凤至先生洗去人世间的一切疾病、辛劳与痛苦，让他能承载着各位的祝福，了无牵挂地开始人生的下一段旅程。现在沐浴仪式正式开始。"时下把整理遗容过程称为沐浴仪式，有照顾家属情绪的考虑，也有祝福逝者往生的意思。

云五朵心如死灰,对丈夫去世并未感到过度悲痛,反正她自己也将不久于人世,去另一个世界与丈夫和女儿团聚。所以她今天刻意打扮,灰白头发盘成发髻,穿一身纯黑色中式盘花扣套装,虽然难掩苍老憔悴,到底比以往蓬头垢面的样子整齐些。她凝视着丈夫尸体,他前所未有的安静,安静到一动不动,他与这个世界无关,哪怕天崩地裂,他也不会眨一眨眼睛——他已彻底解脱。

整容师的手在他脸上抚弄,像变魔术一样,他的脸颊慢慢增添几分血色,他的嘴唇开始变得红润,他的脸鲜活起来,似乎随时会睁开眼睛,亲切地喊她乳名。怎么回事?她的眼睛怎么模糊了?他一忽离她很近,一忽离她很远,云里雾里,飘忽不定。他去了天上吗?

遗体沐浴室里死一般沉寂,能清楚听见彼此呼吸声,静坐观礼的云五朵却忽然发出一声歇斯底里的惊呼,尖利刺耳,在一片死寂中尤其骇人。她身边的两个亲朋几乎吓得心脏骤停,一人当即从椅子上滑落,叉开腿坐到地上,瑟瑟发抖,说什么也站不起来。连贺小艺都被吓一跳,手滑,眉笔在白凤至脸上划出一道弧线,从额头连到下巴。云五朵发疯般冲上来,死命抓住贺小艺左手,瞪眼龇牙,似乎要往她胳膊上啃下去。

以贺小艺的体格,足够对付两三个云五朵而有余,但她毕竟是顾客,而且看上去没什么杀伤力,所以贺小艺任由她抓着,吼她:"你疯啦?放开我,有不满意的地方可以修改。"她以为云五朵对遗体整容有意见,才做出过激行为。

云五朵直勾勾地盯着贺小艺手腕上的金镯子:"这……这是什么?龙凤镯,小仪……小仪的龙凤镯。"

贺小艺不耐烦地推开她:"什么小姨小姑的,我叫小艺,你不要胡说八道。"她用力稍大,云五朵被她推得倒退几步,后背重重撞到墙上才没摔倒。

云五朵毫不在意自己并不是对方敌手,置胜负于度外,不屈不挠地扑上来,拼命拉扯贺小艺左臂:"镯子,小仪的镯子。"

大家这时才隐约猜到云五朵发疯的原因，所谓小仪，并不是小姨，也不是小艺，而是白修仪——云五朵声称贺小艺手腕上的金镯子是她女儿白修仪的。白修仪失踪后，云五朵变成祥林嫂，逢人就颠三倒四地说车轱辘话，所以熟悉的人都听她说过龙凤镯，甚至一度怀疑白修仪是因为佩戴龙凤镯才会惹祸上身。

这么重要的线索绝不能放过，云五朵与贺小艺打成一团，不可开交。贺小艺虽然有主场优势，体力也远胜对手，但顾虑对方年长体弱，所以全部采取守势，而云五朵是亡命之师，出手没有丝毫顾忌，连抓带挠，奋勇直前，很快贺小艺脸上就挂了彩。事情越闹越大，终于有人报警，当地派出所遣人来调查。

安德殡仪馆在三界派出所辖区，出警的是刑侦副所长齐天牧，今年五十七岁，属猴，长得瘦削干瘪，性格滑稽，所以地方上相熟的人都喊他"齐天大圣"，促狭的在背地里称他"弼马温"。齐天牧虽然其貌不扬，但脑子转得快，侦查经验丰富，是个反扒好手，安德殡仪馆一带的毛贼被他抓绝了迹，而流窜扒手久闻齐天牧大名，轻易不会往枪口上撞，所以他辖区内极少发生拎包、掏兜、撬门压锁的案子。

齐天牧开一辆老式绿皮吉普车，几分钟就来到现场，连吼带骂地把厮打在一起的云五朵和贺小艺分开，把其他无关人员赶出去，关上门，他们三个在沐浴室里办案子，白凤至的尸体作陪。

云五朵情绪激动，说话不清楚不连贯，齐天牧花很长时间才弄明白整件事情的来龙去脉。龙凤镯牵涉到失踪十年的人口，齐天牧的办案态度越发慎重起来。

争执双方各执一词。云五朵宣称这枚镯子是白修仪的，她在失踪前几天一直戴在手上。贺小艺则说这是她母亲传给她的镯子，她已经佩戴十几年。要命的是双方都没有任何证据，如发票、购物收据之类，也没有其他人证。相比之下，贺小艺对镯子有关细节说得更清楚，比如它净重三两四钱，镯身外侧刻有一条龙，镯身里侧刻有"玉和"二字，是相互协调的意思，那是长辈们对贺小艺父母的婚姻祝福。

齐天牧的古董知识贫乏，听贺小艺说得有板有眼，难辨真假。而云五朵的诉求无凭无据，按说捉贼捉赃，她该提供证据，否则派出所没必要掺和进来。但一枚黄金手镯价值不菲，他不能撂挑子不管，何况牵涉到十年前的失踪人口，更是事关重大。

齐天牧想，贺小艺是遗体整容师，工作时从尸体上顺点值钱物件，神不知鬼不觉，一般人很难抵挡这种诱惑。假设云五朵的主张成立，而贺小艺作为有稳定工作和持续收入的女人，杀人越货和拦路抢劫的可能性极小，最大可能是从尸体上顺手牵羊。他大半辈子反扒，对人性的贪婪非常了解，无论外表看上去多么正直、无辜的人，都不能想当然地排除嫌疑。

如果这种假设存在，那么白修仪应该已经死亡，而且尸体在安德殡仪馆火化。继续追查下去，这起普通盗窃案将牵出一起失踪案，甚至杀人案。

齐天牧认为事关重大，将引发争执的手镯扣留，说等真相大白后物归原主。贺小艺虽然感觉委屈，却只好同意。齐天牧向安德殡仪馆索取白修仪失踪后半年内的火化人员名单，连同手镯及案情汇报一起送往市局刑警队。

十二 千头万绪

AT NIGHAT AND DAWN

秦洧大学"一·二三"命案让江风畔越陷越深。他起初接触这起案件，不过是出于对苏晓青日记的好奇，但随着侦查工作深入，这起案件牵扯的人员越来越多，案情越来越复杂，让他对十年前发生在秦洧大学的一系列往事产生浓厚兴趣，也激起他解开谜底的好胜心。

苏晓青的命运令他唏嘘不已，直觉告诉他，苏晓青是个心地善良的好人，甚至，如果现在他还活着，江风畔不介意和他做个朋友。

心地善良的人会做坏事吗？当然会，只要形势所迫，任何人都可能做错事、坏事、违法的事。江风畔从警多年，早就学会不简单粗暴地把人分成好人坏人，更多时候，坏人可能做好事，好人可能做坏事，每个人一生中，灰色地带远远多于黑白分明的地带。

探索苏晓青内心深处的秘密，不能绕开三个对他至关重要的女人——他母亲、他初恋女友向楠、他妹妹苏晓白。他母亲已去世多年，而向楠呢，江风畔暂时还不想直接和她谈起苏晓青，他不认为向楠会开诚布公地和他谈论她的初恋，如果她抵触、逃避，或者撒谎，那么这样的对话毫无意义。江风畔最希望找到苏晓白，在不出意外的情况下，她对哥哥的描述会比向楠更客观、中立、贴近事实。

苏晓白消失得无影无踪，这让江风畔十分困惑——苏晓青是她最重要的亲人之一，按照常理，他死得不明不白，苏晓白应该非常悲痛，复仇心强烈，十年里不间断地向刑警队追问破案进度。可事实上，苏晓青死后，苏晓白不曾露过面，至少，廖阔和许光远作为"一·二三"案直接经手人，从未见过她。

难道，苏晓白故意躲避办案人员，是因为藏有什么重大秘密？

十年前苏晓白就读于华岱师范大学中文系，位于邻省华岱市，与溱洧市相距三百公里。江风畔以溱洧市刑警队名义，向华岱师范大学索取苏晓白的个人资料，对方反馈信息是：苏晓白确实曾在本校就读，学习成绩优异，曾荣获全校作文大赛一等奖，及华岱市"新苗杯"征文大赛学生组一等奖，是个非常有潜力的文学新秀，但她在大学一年级离校后就再没回学校报到。她曾给辅导员打过一个电话，说家里发生重大变故，所以决定辍学。

华岱师范大学能提供的信息只有这么多。苏晓白告别大学校园后，再未与老师和同学联系过，像细沙落在江岸，像水滴融入海洋，悄无声息又踪迹全无。在当今时代，社交软件发达，银行卡广泛应用，每个人都难免在网络上和生活中留下丝丝缕缕痕迹，而苏晓白竟能隐藏得滴水不漏，着实让江风畔疑窦丛生。

华岱师范大学传过来的苏晓白档案照片只有一寸大小，但影像还算清晰，照片中的苏晓白十分清秀，眼睛黑白分明，眼神清澈，鼻梁挺拔，嘴唇红润，秀发如丝般黑亮润滑，披散到肩头，即使在江风畔这种对女人妍蚩反应迟钝的男人眼里，苏晓白也算得上美女。

江风畔越看她越觉得眼熟——怎么会和蒋悦悦如此相像？照理说，照片上的蒋悦悦和苏晓白相差十来岁，一个成熟，一个青涩，一个淡妆浓抹，一个不施粉黛，一个风情万种，一个羞涩内敛，在阅女无数的男人看来，几乎没有丝毫共同之处。但江风畔对女人是否化妆并不怎么在意，反而能看到表象下的本质——蒋悦悦和苏晓白的眼神和脸型都太像了，在苏晓白的眼睛里添加些历练和风尘气息，分明就是蒋悦悦的眼睛。

如果蒋悦悦就是苏晓白，那么就可以解释她为什么藏有苏晓青的遗物和日记，以及为什么苏晓白在辍学后再没有丝毫音讯。

蒋悦悦案发生后，江风畔曾核实过她的身份——她出生于邻省华岱市城乡接合部，农村户口，高中辍学，在溱洧市打工数年后突然发迹，居有豪宅，出有名车，家乡人羡慕之余，都风传她被富商包养——当下社会中的故事光怪陆离，但基本面总归差不多，所以蒋悦悦家乡人胡乱猜测她的经历，八九不离十。包养她的金山并非富商，但财力比普通富商更加雄厚，乡亲们的猜测略有出入，总归在误差允许范围内。

蒋悦悦身份证上的照片与她微博上的艺术照并不完全一样，但是现在女人公开发表的照片与本人有出入再正常不过，所以江风畔此前并未对蒋悦悦的真实身份产生怀疑。

而现在，蒋悦悦可能就是苏晓白的念头如醍醐灌顶般击中他。蒋悦悦这个人是真实存在的，苏晓白可能在早年与她互换身份，或者干脆就是冒名顶替。"蒋悦悦"现在已经被杀害弃尸，绝大部分残骸仍未找到，如何能核实江风畔的大胆假设呢？

他再次求助颖楠科技。

这次他没能马上见到向楠，而是在会客室里坐等近一个小时——颖楠科技临时召开全体副总裁以上高管的紧急会议，由温颖涛和向楠共同主持。会议结束后，看上去与会者心情不错，表情如沐春风，江风畔猜想应该是公司业绩飙升，大家有红利拿，所以开心。温颖涛特意走过来与江风畔握手，嘘寒问暖，态度十分亲热，又叮嘱向楠一定办好江警官布置的任务，向楠呛回去，她和江警官多次合作，不用他多嘴。三人哈哈一笑。

江风畔先恭喜颖楠科技业绩飘红，然后把苏晓白的档案照和蒋悦悦微博照片交给向楠，请她鉴别是不是同一人。

向楠看见苏晓白照片时，眉头微微皱起，似乎有些吃惊，又似乎在仔细辨认。江风畔正等待这样的机会："向总好像认识这个人？"

向楠并不掩饰："她有点像我一个高中同学的妹妹，我在她十一二岁时见过一次，印象不深，所以不敢确认。"

江风畔摆出一副诚恳的表情——许多人有类似的心理错觉，认为胖子更加诚实憨厚，所以江风畔曾以他的外表赢得许多犯罪分子的信任，最后稀里糊涂地栽到他手上——江风畔貌似对向楠毫不设防："她叫苏晓白，墨兹县人——哎，我记得向总老家好像也是墨兹县？苏晓白是一起命案受害人，她家里人都死光了，所以核实起来很麻烦。"江风畔有意不提苏晓青的名字，以观察向楠的反应。

不知向楠是精明老练，还是问心无愧，她压根没想跟江风畔玩心机，漫不经心地说："她是苏晓白，那就对了，她哥苏晓青，和我是高中同学。她怎么了？"

"遇害了。"

向楠的脸色发白："真惨。"停一会儿又说，"这么年轻，可惜。"

她把全部照片输入系统，反复比对半天，然后把屏幕转向江风畔："这是溱洧市目前最先进的人脸识别系统，对比结果是……'否定'，两组照片中不是同一人。"她指着屏幕上硕大的红叉，以强化自己的结论。

江风畔大失所望："不是同一人？"

向楠摊开手，表示爱莫能助："尊重科学。"

江风畔只好表示感谢，泄气离去。向楠按铃召唤唐骏，让他送江风畔出门。

从背后看上去，江风畔矮、胖、敦实，唐骏高挑、瘦削、矫健，对比鲜明。但仔细看，两人走路姿势有相似之处，都挺胸抬头、从容不迫，虽是升斗小民，却有点坐拥四海、指点江山的气度。

是男人味道吧，向楠饶有趣味地观察两人渐行渐远的背影。她忽然注意到唐骏不仅双腿修长，而且屁股结实有力，肌肉线条性感流畅，随着脚步有节奏地跃动，她忽然心猿意马，心跳加速，有股莫名的热力升腾，从心头迅速弥漫全身，令她燥热不堪。

江风畔回警队后越想越不甘心，向楠的表情让他止不住怀疑，而且她轻描淡写地提起苏晓青到底是什么意思？苏晓青和她相爱六年，结局如此悲惨，她提到他时仅浮皮潦草地说一句"高中同学"，应该不是在人前故作矜持吧？而且当他说起苏晓白遇害身亡时，她也仅仅简单地表达一下惋惜之情。按常情常理，忽然闻听兄妹两个都遇难横死，即使不相干的人也不会是她这样冷淡的反应吧。

与向楠接触越多，越感觉她深不可测。

江风畔拉开办公桌抽屉，那里面品种丰富的零食堪比杂货店：开心果、巧克力、蚕豆、薯片、小甜饼，琳琅满目。他拆开一包巧克力豆，一粒粒往嘴里扔，心想虽然人脸识别系统给出否定答案，却不能排除科技也有失误的时候，如果能找到苏晓白的DNA样本，甚至苏晓青的基因片段，都可以确认蒋悦悦和苏晓白是否同一人。可是，苏晓青早已烧成灰，苏晓白下落不明（或者已经碎尸万段），哪里能找到他们的基因样本和残骸比对呢？

江风畔接连消灭一袋巧克力豆和一包薯片，胃里充实，脑子就转得快，灵机一动，想起邝瀛来。上次在颖楠科技上市酒会上见过他一次，留下深刻印象，他是温颖涛的师兄，在人脸识别领域的造诣应该不逊色吧？不如再找他帮忙对比一下，别在向楠这一棵树上吊死。

江风畔找人本事一流，很快查到邝瀛在道谛股份任技术总监兼下属震荣公司总经理——那是十年前周廷真做过的职务。道谛股份曾经一度辉煌，在溱洧市科技企业中首屈一指，如今后起之秀频仍，发展乏力的道谛股份渐渐褪去光环，在竞争中艰难求生，成为老牛拉破车的典型——步履蹒跚，大而不倒，开发能力与颖楠科技不可同日而语，业绩上更是瞠乎其后。

邝瀛志向远大，却囿于平台而不得施展，难免满腹牢骚。古语云，良禽择木而栖，可当今社会，是不是良禽要由掌握资本的人说了算。邝瀛年近四十，资历不浅，所以处境相当尴尬，跳槽到同等规模公司很难攫取总监职位，从底层做起又不甘心，只能在道谛股份坐困愁城，心气不顺，把肚子撑得溜圆，不亚于身怀六甲的孕妇，好在他年轻时爱好运动，底子不错，虽然发福，却是个灵活的胖子。

江风畔直接找过去，邝瀛惊愕之余，多少有些受宠若惊，刑警队上门求助，说明道谛股份名声在外，他这个技术总监与有荣焉。张罗着给江风畔泡茶，稀里呼噜把一大堆东西丢进开水里，说是有枸杞、党参、罗汉果、菊花。"我每天都喝，大补。"他拍着溜圆的肚子说。

邝瀛虽然要面子，到底有几分自知之明，等江风畔取出照片后，他脸上一阵红一阵白，终于实话实说，道谛股份在人脸识别技术上，远远落后于颖楠科技。他虽然是温颖涛的师兄，但两人专业方向不同，他其实是人脸识别的门外汉。

"但是，"邝瀛说出这两个字时，挺一挺腰杆，有点扬眉吐气的意思，"我司目前正在开发的步态识别系统，是新兴生物特征识别技术，只需通过走路姿态，就能进行身份识别。"

"哦？"江风畔很感兴趣，"这项技术发展成熟后，对刑事侦查工作大有帮助。"

邝瀛掩饰不住得意，高谈阔论："在智能视频监控领域，步态识别比图像识别更具优势。每个人走路姿势都不同，因为在肌肉力量、骨骼长度、协调能力等生理条件上的差异，导致个人行走风格存在细微差异。要伪装走路姿势非常困难，可以说，步态是人体更宏观的指纹，具有排他性。"

江风畔如获至宝："步态识别让犯罪分子无处遁形！邝总别卖关子，拿点干货出来让我开开眼界。"

邝瀛才涨红的脸又转白："不敢胡说，我司步态识别研究虽然领跑全行业，却仍处于起步阶段。到目前为止，国内还没有商业化的步态识别系统。"

江风畔听他说得热闹，却是画个大饼，看上去油光锃亮、焦黄喷香，其实不能解决实际问题，就有些失望。想起此行另一个目的，于是耐着性子套他话："有邝总领衔，相信成功就在不远的前方。邝总不知道吧？今天不是我第一次见到你。"

邝瀛好奇："我们在哪里见过？恕我眼拙，没有丁点印象。"

江风畔："几天前，在颖楠科技上市答谢酒会上，邝总露过面。"

邝瀛想起自己当天表现，尴尬地哈哈一笑，好在脸上表皮黑色素含量高，盖得住羞涩的红晕。他丝毫不掩饰对温颖涛的反感、厌恶，甚至仇视："这人品质太差，他的博士学位是拉关系走后门的结果，凭他自己本事，拿到本科学位就是人生巅峰。"

江风畔心想你总不至于因为别人学不配位就厌恶到这种程度，何况你大闹颖楠科技上市酒会时自编自唱的一套词明显另有深意，于是继续刺激他："温颖涛读书不行，做公司却蛮有天分，颖楠科技从无到有，再到目前规模，在溱洧市称得上商业奇迹。"

邝瀛又急又恼："他算个屁！人脸识别技术是我老师高华天的学术成果，温颖涛厚起脸皮据为己有，他是个骗子！小偷！强盗！早晚有一天，我打赢官司，要把他送进深牢大狱！"他如此激动，把装有"枸杞党参罗汉果菊花茶"的保温杯在桌上重重一蹾，发出震耳欲聋的巨响，水花四溅，烫痛右手，于是偷偷拿到桌子下面揉搓。

江风畔接茬说："听人说你跟颖楠科技打了几年官司，判决结果出来没有？"

邝瀛怒气冲冲："法官是个傻子！事实这么明显，就摆在他眼前，非说我起诉证据不足，证据早被姓温的浑蛋毁了，我到哪里找去？"

江风畔："原来你没有证据，那确实很难打赢官司，民事诉讼法的原则是'谁起诉，谁举证'，这倒怪不到法官头上。"

邝瀛咬牙切齿："姓温的蹦跶不了多久，早晚有一天……"

江风畔讪讪地离开道谛股份，心情郁闷，两起命案办到现在，都不能让人满意，蒋悦悦的尸体残骸仍未找到，而犯罪嫌疑人金山的供词颠三倒四，忽而认罪，忽而翻案，拿到法庭上恐怕难以让人信服。苏晓青命案扑朔迷离，而且旷日持久，恐怕证据早已湮没，自己搅和进来，多半没有好结果。每天忙碌奔走，有时甚至不知道自己在干什么。

回到警队，坐在办公桌前发一阵呆，在白纸上勾画涉案人物关系，以溱洧大学为原点，辐射到墨兹县、颖楠科技、道谛股份、安德殡仪馆，苏晓青、苏晓白、向楠、温颖涛、金山、蒋悦悦、邝瀛、贺小艺，对，还有白修仪、白凤至、云五朵，这些人到底有什么恩怨纠葛？那个青春飞扬的年代，是怎样的爱恨情仇，让他们不惜以命相搏？他勾画到后面，又在白纸底部添加一个名字——道谛寺住持法璨，以他和温颖涛的关系之深，恐怕也是涉案关键人物之一。

从抽屉里翻出苏晓青的塑料皮日记本，仔细数一数，前后共三百多篇日记，只有一天中断，想来日记主人有持之以恒的品质。苏晓青当时二十四岁，年轻气盛，又做火化工，字迹却不张扬，而是细腻工整，毫无棱角，像文静女孩临摹小楷字帖般中规中矩。所以苏晓青应该是性格温和、亲切、顺从、不善坚持自我的人吧？江风畔想，这样的男人是好丈夫的人选，但年轻时因侵略性不强，很难赢得女孩青睐。

前面二百多篇日记风格一致，无非是与向楠在一起时的生活琐碎，以及见不到她时的刻骨相思，江风畔从小到大都不解风情，对这些文字完全没有共鸣。在后面百十篇日记里，苏晓青流露出情感波动，字里行间充斥强烈的自卑和自我怀疑，而且语言也开始支离破碎，似乎不敢直面自己内心。

根据案卷记录，苏晓青被害于十年前一月二十三日，而这本日记止于一月二十二日。最后一篇日记里写道："贺小艺说她昨晚看见我穿着连帽衫，往太平间方向走，她在背后喊我名字我没应声……我的那件连帽衫……难道……难道……"他欲言又止的到底是什么？

三百多篇日记，唯一中断的一天是一月十五号，而且后面日记对这天行踪没有任何补充。那是苏晓青遇害的前一周，那天一定有惊天动地的大事发生吧？以致让苏晓青这么有恒心而且情绪平和的人也受到严重影响。

苏晓青呵，你隐藏十年的秘密，难道不想向人倾诉吗？

江风畔正出神，梁素琴的电话打进来，语气病恹恹的，毫无精神："妈突然肚子疼，怕是老毛病又犯了。你如果工作忙，就别急着回家，妈能挺住。"

江风畔"嗯嗯"地应着，把塑料皮日记本塞进抽屉，抓起车钥匙急匆匆跑出门。

打开家门，梁素琴见到他立刻脸上乐开花："儿子，快，快坐下吃饭，今天有你最爱吃的梅菜扣肉和红烧羊排。"

江风畔狐疑道："妈？你肚子不疼了？"

梁素琴眼珠转动，手在肚子上揉揉，说："怪事，看见儿子突然就不疼了，儿子就是灵丹妙药。"

江风畔哭笑不得，拉她坐下来："妈，你如果肚子疼，能做这么大一桌子菜？你儿子是干刑警的，你骗不了我。往后，咱有病就说有病，没病别装病，想让我回家吃饭就实话实说，整天喊狼来了，喊多了就不灵。"

梁素琴把脸一黑："让你回家吃饭有什么错？跟谁没大没小的，敢情你咒我撒谎的孩子被狼吃？"

江风畔："没人咒你被狼吃，这不是打个比方嘛。你三天两头说自己有病，把我往家里诓，如果我刚好在前方办案子，被你一搅和，会耽误大事。"

梁素琴不乐意了："你真没良心，怎么就不想想把你妈一个人丢在家里，万一出点事怎么办？"

江风畔说："所以我跟你说再找个老伴，你守寡几十年，再往前走一步也不算对不起我爸。"

梁素琴啪地呼他一巴掌："放屁！你爸活着时不是什么好东西，跟你一个德行，一年到头在家吃不上几回饭，但是我这辈子就认准了他，不管他是死是活，在我心里没人能取代他。以后再说让我改嫁的话，我捏死你。你如果真有心，趁早娶个媳妇回家，陪我说说话，到时候哪怕你三月两月不着家，我也不喊你回来。"

江风畔摆出苦瓜脸："就我这样的，要长相没长相，要钱没钱，我倒是想找，谁跟我呀？"

梁素琴立刻换副面孔，笑眯眯地："你只要有这心，问题就解决一半。你单位的张小唐离婚两三年了，模样俊，嘴甜，工作能力强，娘早就相中她，如果能把她娶进门，你老江家祖坟上呼呼冒青烟。你要是不好意思，娘替你说合去，这种事就要大胆捅破窗户纸，厚起脸皮，说不定就成了。"

江风畔吓得连连摆手："你可别，给你儿子留点脸。张小唐是我局里一朵花，眼光高着哪，跟我好？那不糟践了人家。"

梁素琴的声音提高八度："你别把自己说得不堪，你这五官端正，浓眉……浓眉小眼的，还当着队长，年年往家里拿奖状，怎么就糟践她了？"

江风畔哄她："好好好，这事咱们以后再说，吃饭，先吃饭。"

说到吃饭，这娘俩都是一把好手，满满一桌子菜，梅菜扣肉、红烧羊排、醋熘白菜、蒜蓉茼蒿，没多大工夫就见了盘底。

十三

身份疑云

AT NIGHAT AND DAWN

三界派出所刑侦副所长齐天牧把安德殡仪馆的出现场结果汇报到市局刑警队，并将云五朵与贺小艺的争端写成书面材料，连同那枚龙凤镯一起交上去。

江风畔并不知道白凤至在颖楠科技上市酒会上猝死后又发生这么多事情，所以一听到齐天牧汇报就表现出极大兴趣，仔仔细细阅读书面材料，对齐天牧的分析更是首肯。

如果云五朵所说属实，这枚龙凤镯是白修仪失踪前所佩戴，那么，诚如齐天牧分析的那样，白修仪的尸体很可能已经于十年前在安德殡仪馆被火化。

她是怎么死的？谁火化了她的尸体？这是眼下需要解开的谜团。说不定这起十年悬案因此一举侦破，至死也不瞑目的白凤至终于可以合上眼睛。

江风畔从抽屉里取出一袋水蜜桃果干，丢给齐天牧："你这只老猴，真鬼道，亏得是你出现场，换成别人，搞不好会当成普通民事纠纷处理,白白错过重要线索。"他把抽屉里的零食当心肝宝贝,如果不是对某人极有好感,绝不肯拿出来分享。

齐天牧嘿嘿一笑,接过果干,一枚枚往嘴里扔,吃得不亦乐乎。两个大老爷们儿对着吃零食,不知道的会以为是幼儿园大班小朋友。

江风畔早就认识齐天牧,知道他是刑侦好手,而且侦查经验丰富,于是虚心地请教说:"齐所,你认为怎么做才能套出双方当事人的实话?"

齐天牧摇摇头说:"这案子难在两点,一是镯子太老,由祖上传下来,双方都没有证据证明手镯的归属,一是发案时间太长,即使贺小艺是小偷,这么多年过后,内心的愧疚感和恐慌感已经淡化,甚至可能在心理上自我暗示,认为镯子就是她的,所以攻心战的胜算不大。"

江风畔说:"你倾向于镯子是贺小艺偷来的?"

齐天牧说:"在真相大白前,我不预设立场,只是考虑各种可能性而已。"

江风畔说:"咱们再和双方当事人做一次正面接触,让她们各自拿出能证明镯子归属的证据。"

接触下来,贺小艺的态度明确而强硬:一,龙凤镯是母亲给她的;二,没有证据,不需要证据;三,派出所必须马上返还镯子,否则她将诉诸法律。

江风畔和齐天牧对她晓之以理动之以情,一个唱红脸一个唱白脸,连哄带吓唬,均告无效。贺小艺连死人都不怕,对活人更加无所畏惧,心理素质之强算得上千里挑一,两个侦查经验丰富、洞悉人性弱点的老警察使尽浑身解数,而她说话始终无懈可击。

云五朵与贺小艺则截然相反,走在另一极端,她无须盘问,话像开闸放水般倾泻而出,前后矛盾,漏洞百出,要想辨别真假,着实不易,更不要说从中捕捉有用信息。

江风畔和齐天牧心里清楚,云五朵接连遭受重大打击,神志恍惚,她的话不能全信,也不能不信,只好因势利导,帮助她回忆过往,或者能有所收获。

云五朵哭哭笑笑，好半天后情绪慢慢平复，说话的逻辑性增强，可信度提高，和两位警察有问有答，交流顺畅些。

齐天牧在派出所工作三十来年，处理过不少民间老货盗窃案，对其中路数多少有所了解，于是尽量缓和语气，向云五朵询问龙凤镯来历。可云五朵翻来覆去只说，龙凤镯是她家世代传下来的宝贝，具体来历无从查考。

江风畔便有些失望，想这两名当事人一个铁嘴钢牙，一个痴痴呆呆，讯问时事倍功半，恐怕不会有什么结果。正沮丧时，齐天牧忽然联想起曾经办过一起鸳鸯玉佩案，灵光一闪，脱口说："这只镯子上只刻有一条龙，为什么叫作龙凤镯？保不齐还有一只凤镯，两下凑成一对。"

江风畔受到启发，想老猴说得蛮有道理，便问云五朵："家里是不是还有一只相似的金镯子？"

云五朵半张着嘴，努力回想半晌，终于摇摇头，实在想不起来。

齐天牧问她："你家里还有什么人？"

这问题云五朵回答得痛快："姐姐，云三朵。"

两名警察调查户籍倒不为难，很快查明云三朵现年七十一岁，居住在千里之外一座小城，瘫痪在床，由当地政府出资雇人照顾，好在头脑还算清晰，说话有条理。

江风畔向当地公安局说明龙凤镯案情，并传过去几张不同角度的手镯高清照片，请兄弟派出所配合调查。如果云三朵手上有一只类似镯子，务必暂借，用作证物鉴定，事后归还。

江风畔和齐天牧折腾大半天，日已偏西时才各回单位。云三朵居住地派出所已做回复，将全力协助调查，尽快给出结果。话虽这样说，但云三朵手上是否藏有"凤镯"，即便有，她是否愿意配合警方工作，都还是未知数。失踪十年的白修仪的下落，竟然全系于一只不知是否存在的"凤镯"上。

江风畔在值班室的行军床上放倒片刻，想稍事休息，却怎么也睡不着。调查越深入，他越发现案情复杂，隐约觉得，白修仪失踪案与苏晓青遇害案，乃至蒋悦悦碎尸案，存在某种说不清道不明的关联。如果蒋悦悦没有遇害，也许白修仪和苏晓青案永远不会重启，两人的冤屈永远不会得到昭雪。

可是，你江风畔是否有足够的智慧和动力，或者还需要足够的运气，去揭开这两起陈年积案的盖子？

他第三次翻看苏晓青的遗物，那本塑料皮日记，那个老式青铜八音盒，那枚用百元钞票折成的心。苏晓青在日记里曾提到那个八音盒，是他送给向楠的礼物，也许是六年相处中，他送给向楠的最贵重礼物。

今天的向楠，恐怕会对这种礼物嗤之以鼻吧？

可是，送给向楠的礼物为什么会出现在苏晓青的遗物中？是向楠移情别恋后退还他的？不像，从日记中看，苏晓青直到遇害前，一直和向楠保持恋人关系。

江风畔把八音盒拿在手里，通体青铜制成，手感特别沉，起码有三四斤重吧。苏晓青显然不懂得女人需要什么，买的礼物不大靠谱，江风畔想，虽然他自己在这方面也不在行，但是似乎比苏晓青强一些。如果我是苏晓青，该如何拴住向楠的心呢？他闭上眼睛想半天，结论是：怎样也拴不住。

他轻轻叹气，握住老式八音盒的摇把，想给它上紧弦，听听它能播放什么音乐。但稍稍用力，竟然没能转动。难道是锈住了？他凑近灯光，查看八音盒的齿轮，见两片齿轮间卡着什么东西，眯起眼睛细看，竟是半枚指甲，而且边缘如锯齿般参差不齐，像是折断在里面的。

谁的指甲卡在齿轮里？江风畔感觉事情越来越有意思，再把八音盒放在灯光下左看右看，闭上一只眼睛像瞄准似的看，除去表面的斑斑锈迹，什么也看不出来。

是锈迹吗？铜锈要多少年才能形成？江风畔没有古董知识，索性不去费脑筋思考，他拿起电话，拨给张小唐："用指甲能鉴定DNA吗？"

"能。"张小唐的回答简短有力。

"折断十来年的指甲呢？"

"能。"一个字都没多说。

"那我过去。"

江风畔提着牛皮纸袋走进张小唐办公室，神秘兮兮地从里面取出八音盒，指给她看齿轮之间的半截指甲："做个鉴定，查查是谁的指甲。"

张小唐说："行。"

江风畔奇怪地看她一眼："你今天咋了？"

张小唐反问："咋了？"

江风畔："说话一个字一个字地蹦。"

张小唐说："一向如此，言简意赅。"

江风畔："得得得，咱俩谁不知道谁，你话痨的时候我又不是没见过。"

张小唐反驳他："你才话痨。"

江风畔不愿和她就谁更话痨的问题展开深入探讨，说："这八音盒表面有锈迹，你也帮我做个鉴定。"

张小唐说："行。"

江风畔感觉她今天说话有点异样，猜不透她心思，只好说："拜托你了。"

张小唐说："行，有结果我给你电话。"

江风畔走到门口，张小唐在背后叫他："还有事吗？"

江风畔诧异地说："没别的事。"

张小唐说："哦。"

江风畔正要拉门出去，张小唐说："哎！"

江风畔："嗯？"

张小唐说："梁姨和我说了，那事，我觉得可以处处看。"

江风畔愕然："哪个梁姨？"

张小唐："你妈呀。"

江风畔突然明白过来，面红耳赤："行，行行行，我……我回头和你说。"拉开门逃也似的走掉。

回到办公室，心怦怦跳，半天回不过神来。梁素琴竟然真的替他跟张小唐表白了，我的妈！你可真莽撞。万一出点差错，我以后没脸在刑警队待下去了。

张小唐刚才怎么说？好像是"我觉得可以处处看"，这算是同意了？接下来我该怎么办？请吃饭，看电影，这是最基本的吧？然后呢，买花？

江风畔无法想象自己手捧鲜花的模样，真糗。他才发现，事到临头，他追求女人的本事和苏晓青不过是半斤八两而已。

正神游天外之际，张小唐打来电话，语气像没事人似的："听廖局说，你怀疑碎尸案的受害人蒋悦悦和苏晓白是同一人，却找不到苏晓白的DNA样本？"

江风畔说："你……你有办法？"声音在颤抖，像歌坛巨星的花腔，起伏跌宕，余音袅袅。

张小唐说："有蒋悦悦的指纹就好办，你去墨兹县教育局提取苏晓白的指纹，比对后就知道是不是一个人。"

江风畔不明白："墨兹县教育局怎么会有苏晓白的指纹？"

张小唐："你不看新闻吧？墨兹县十几年前出过一起大规模高考替考舞弊案，从那以后，所有考生进场前都必须核对指纹。苏晓白参加高考时，这项政策已经执行几年，所以当地教育局一定有她的指纹留底。"

江风畔大喜过望："对对对，我真是榆木脑袋，怎么会想不到？感谢你指点迷津，等结案后我请客。"

张小唐啪地挂断电话，把江风畔震得脑袋里嗡嗡响，像有一只蚊子在耳边飞。咋了？我说错什么了？琢磨半天，明白自己最后一句话说得不对，总结下来有两点错误。一是请客时间不对，等到结案后是不是太晚了？请客不能推三拉四，你今晚为什么不能请客？明晚为什么不能请客？为什么要等到结案以后？二是请客理由不对，你可以说追求她，喜欢她，或者仰慕她而请她吃饭，但不能以感谢为由头，一提到感谢，两人关系就变得客气而疏远，缺乏亲密的意味。

江风畔轻轻给自己一耳光："缺少历练。"他怕疼，所以这个耳光只具有象征意义，力度相当于抚摸。

他在男女情事上瞻前顾后，办案子却雷厉风行，当即联系墨兹县教育局，情况果然如张小唐所说，近十五年来高考考生指纹都有留底，所以前后不到一个小时即取得苏晓白的指纹。

经比对，碎尸案断指指纹与苏晓白的指纹一致。蒋悦悦就是苏晓白。

江风畔挥拳重重捶在墙上，五指关节"咔"一声响："蒋悦悦就是苏晓白！嘿！"虽然对这结果早有预料，却仍感到震惊，说不出心里是什么滋味。

他深深同情苏晓青和苏晓白兄妹，虽然算得上良才美质，却命运不济，以致在世时际遇悲惨，尝尽生活苦涩、世态炎凉，又都在二十几岁年纪遇害离世，一个沉冤未雪，一个尸骨不全。江风畔不是多愁善感的人，但此时心中充满感慨，造化弄人，何其不公？

指纹比对与人脸识别结果相反，江风畔选择采信前者。与颖楠科技的前面几次合作都高效准确，最后一次却出现重大失误，到底是技术缺陷，还是有人故意为之？

十四　密室夯气

AT NIGHAT AND DAWN

三天后，云三朵终于被当地派出所民警的诚意打动，承认她家里藏有一只凤镯，是祖传的宝贝，与云五朵手上的龙镯是一对。当地民警按照云三朵的指示，从她的衣柜里面取出一个绣花包裹，一层层打开，是她视若珍宝的凤镯。民警星夜兼程，亲自把这个重要证物送到溱洧市公安局刑警队。

江风畔郑重接过这只来之不易的凤镯，见它色泽金黄，尽管已有些年头，但稍加擦拭，光彩照人，他虽然不识古董，也知道它价值不菲。金镯表面刻有一只凤凰，凤首顾盼生姿，金色尾羽与翎羽气派高贵，仿佛随时将振翅高飞，凤鸣九天。凤镯里侧刻有"善缘"二字，与龙镯上镌刻的"玉和"二字呼应。

江风畔目测它与龙镯是一对无疑，但他的判断不具有法律效力，尚需送到权威部门鉴定。

在等待鉴定结果期间，精神状态日益好转的武眉忽然从墨兹县乘车来到溱洧市，称她回想起与苏晓青案有关的一件往事，向江风畔提供线索。

武眉的外表与以往有所不同，虽然朴素的黑衣黑裤不变，但洗得干干净净，熨得板板正正，头发梳理得一丝不苟，整个人显得更有活力和精气神。她的表情仍羞涩内敛，但不见往日的怯懦，言语中增添几分自信。十年前那场噩梦在她心灵上造成的阴影正在逐渐消弭。

江风畔到警队门口把她接进办公室，沏茶，端出一碟开心果，问她怎么来的，要不要帮她找地方住宿。寒暄好一阵，才转入正题。

武眉的表情像国产剧中特务接头一样神秘兮兮，一只手压在嘴上，以防声音泄露："高教授去世前几天，曾经交给我一个移动硬盘，让我保存在红楼资料室。苏晓青遇害后，我受打击太大，把这件事忘得一干二净，前几天不知道为什么，脑子清醒些，忽然想起这件事来。"

江风畔："你说的高教授就是高华天？"

武眉说："是，他在溱洧大学名气很大，差不多每个人都认识他。"

江风畔："他没说硬盘里存储的是什么内容？"

武眉："他不会跟我说这些。许多老师把暂时不用的教学和科研材料保存在红楼资料室，一般是直接交给我，至于里面有什么内容我从来不打听，其实他们说了我也不懂，都是专业的东西。"

江风畔说："既然经常有人在资料室里保存东西，你为什么觉得高华天转交给你的硬盘是一条重要线索？"

武眉："直觉吧。高教授托我保存东西，我当时感觉责任挺重大的，尤其是高教授叮嘱我几遍，让我把那个硬盘和他的其他材料分开保管。你知道，资料室里看起来杂乱无章，其实每个学院、每个老师的东西都有固定区域，每件物品上面都写有个人名字和所属院系，这样方便查找。但是高教授让我不要把硬盘放在他名下的柜子上，好像担心有人偷盗一样。而且这件事过后没几天，高教授就因病去世，苏晓青也发生意外，我感觉这一切巧合得让人害怕。"

江风畔说："苏晓青遇害前后，资料室里有没有被人翻动的痕迹？"

武眉说："我当时又惊又怕，压根没留意资料室的情况。不过我和苏晓青……还有金山，被反锁在资料室的那段时间，没有人翻找老师们保存的物品，至少我没什么印象。"

江风畔："事发当天夜里，有人拧掉资料室的灯泡，里面一片漆黑，你怎么能确定和你同处一室的是苏晓青和金山？"

武眉微微一怔，说："我当时被人迷晕过去，醒来后就躺在那里，非常害怕，大喊大叫，吵醒他们两个，然后三人同时喊叫起来，声音越大越害怕。可能在恐惧中嗓子都有些嘶哑吧，好一会儿我们才互报身份，毕竟是同乡，他俩一正常说话我就辨认出来了。"

江风畔："你不确定迷晕你的人是苏晓青？"

武眉说："开始我以为是他，因为是他约的我，而且那地方别人很少去。可苏晓青在资料室里说不是他干的，而且他本身也是受害者，我后来静心想想，苏晓青似乎没有害我的理由，就更加不确定。"

江风畔说："红楼四周都有遮挡，非常僻静，苏晓青那么晚约你过去，当时你一点顾虑都没有？"

武眉说："没有，毕竟是在校园里，而且我在资料室勤工俭学，常来常往，没什么好怕的。我和苏晓青非常熟，高中同学三年，知道他为人善良，乐于助人，一点坏心眼没有，我对他很放心。"

江风畔提议武眉和他去红楼资料室碰碰运气，说不定可以找到高华天的硬盘。

武眉说："哎，突然又想起来，高教授说那是一块加密硬盘，如果不知道密码，强行解锁的话，试过三次后硬盘里的内容就会自行删除。"

江风畔："放心，即使找到硬盘我也不会尝试解锁，我是电脑盲，有起码的自知之明。"

两人来到溱洧大学时天已擦黑，不巧许光远在外地开会，一位校办工作人员替他们打开资料室铁皮门，又问是否需要帮助，江风畔摆摆手，把他打发走。

进门后打开灯，亮如白昼。资料室有三十五平方米，层高三米，没有窗，室内有两盏顶灯，只有一扇铁皮门可以进出，格局与十年前毫无变化。

有两排顶天立地的架子在左右两侧靠墙而立，上面摆满书籍、文件、录像带和电脑光盘，覆盖着厚厚的灰尘，显然已有很长时间无人打扫。

武眉故地重游，既激动又紧张，也有少许害怕，十年前那个恐怖的夜晚仿佛又在眼前上演，她感觉身上微微颤抖，汗毛都竖立起来，原来那场噩梦对她的影响如此深远。

资料室角落里堆着几根椅子腿，当年打死苏晓青的凶手就是从那里信手拈来，连续在他头部打击多次致死。武眉留意到江风畔的目光在那堆椅子腿上停留，不知怎么，心中泛起阵阵寒意。

武眉把江风畔领到左侧架子前，从顶上数第三行取下两个一米见方的硬塑料储物箱："这里面都是高教授的遗物。他去世后，他太太曾经跟学校协商，想把这些资料跟高教授遗体一起火化，学校驳回了她的请求。主要是出于知识产权方面的考虑吧，校方还是希望这些东西能留个底，尽管可能永远都用不上。"

江风畔见箱盖上用黑墨水写着"高华天"的字样，打开盖子，里面散发出浓重的发霉味道，所有纸张都已泛黄，字迹模糊难辨。他在两个箱子里翻找一遍，说："你没把硬盘放在这里吧？"

武眉皱眉说："应该没有，因为高教授特意嘱咐过，把硬盘单独存放，可是这么多年过去，我实在想不起当时把它放在什么地方。"

江风畔再次打量资料室内环境，除去两排架子外没有多余家具，四壁白墙，所有角落一览无遗，唯一能藏东西的地方只有资料架。移动硬盘体积小，随便塞到哪里都很难被发现。目光在资料架上逡巡，忽然眼前一亮，落在架子顶端的一个小小盒子上，那上面分明写有"硬盘"两个字。

"应该不在那个盒子里，"武眉说，"那里面装的是无人认领的硬盘，是我从地上捡到的，保存起来，以防日后有人来找。"

"拿下来看看，万一混在里面呢。"江风畔固执己见。架子顶端几乎顶到天花板，他站在地面上无论如何够不到。

"要踩在隔板上爬上去。"武眉说，"架子固定在墙上，不会倒。我比你身体轻，我来吧。"

武眉登上第三层隔板，伸手把小盒子拿下来，打开给江风畔看："不在这里面，这些硬盘都是黑色的，高教授的硬盘是银色，和这个有点像。"她从中拣出一个硬盘，"外壳亮闪闪的。"

"你确定不是它？"

"不是。"武眉说，"我确定，这盒子我打开过几十遍，这些硬盘早就在里面了。"

江风畔略感失望。"能藏到哪里呢？"他低声说，像在询问武眉，又像自言自语，"每个储物箱上都有名字，总不会把硬盘藏在别人箱子里，那样做风险太大。架子隔板的空隙这样宽，如果把硬盘放在上面，稍有摇晃就会掉下去。"他灵机一动，开启手机上的电筒，身体平平趴在地面，把电筒光线照进储物架底部，来回搜寻。两分钟后，他欢呼一声，手伸进去，抓住一样东西。

站起来后，江风畔头上和身上沾满灰尘，像刚从矿井里爬出来的采煤工人。他顾不上拍打自己，向手里那东西呼呼吹气，露出它本来面目。

武眉又惊又喜："高教授的硬盘，就是它！"

江风畔也掩饰不住喜悦："不虚此行。"

他把这块长宽只有寸许的移动硬盘装进衣袋，又用手捏一捏，似乎担心它漏出去，跟武眉说："等胜利归来，我们找个地方去好好吃一顿。"

他边往门口走边扑打身上灰尘，忽见铁皮门关着，脸上立刻变了颜色，斜眼看武眉，她神色自若，还没意识到危险。

江风畔在距门口一米处站住，取出手机拨打队里电话，听筒传出"嘟嘟"的忙音，再看看手机屏幕，显示没有信号。"你手机有没有信号？"他问武眉。

"有啊。"武眉说，"整个溱洧大学的手机信号都很好，没有盲区。"她掏出手机一看，"哎，怎么回事？"

江风畔低声说："有人在附近使用手机信号屏蔽器。"

武眉没反应过来："什么？"

江风畔继续解释："有人想把我们困在这里。"

武眉似懂非懂："谁想把我们困在这里？"忽然一阵彻骨的恐惧袭上心头，"你不是警察吗？谁有那么大胆子，竟然敢对你下手？"她越说越激动，声音渐渐变得尖厉，四壁传来阵阵回音。

江风畔知道亲历苏晓青遇害的密室体验给她留下巨大阴影，此时稍有不慎就会让她情绪失控，只好安慰她说："你别担心，有我在就不用怕，我一定会救你出去。"

武眉叫起来："你在和我开玩笑，是吧？我们这就出去。"她不顾江风畔阻拦，冲过去用力推门，整个人被反作用力向后弹退几步——铁皮门被人在外面锁死了。

江风畔说："我进屋时为防止门自己带上，在它下面塞了一块木楔，所以一看见门关着就知道有人做手脚，一定是趁我们趴在地上找硬盘时偷偷把门锁死。"其实当时只有江风畔一人趴在地上，而武眉站在旁边，她理应留意到门口的动静，但是她没受过专业训练，警觉性不够，也怪不到她头上。

武眉瞬间身心崩溃，虚脱般滑坐在地上，凄厉哀鸣声刺人耳膜："又来一次？我是被鬼缠上了吗？"她的情绪如此激动，脸色苍白如纸，泪水滚滚而下，五官扭曲变形，狰狞可怖。

江风畔这时才切身体会到她在凶案当晚的经历和感受——在这四面都是冰冷墙壁，唯一进出的铁皮门被牢牢锁死的封闭空间里，很快就会让人陷入无边的恐惧和绝望。

怎么办？电话打不通，四周是冰冷墙壁，而且资料室位于地下，左邻右舍都是空房间，平时难得有人过来，除了坐以待毙或等人救援，似乎没别的办法。

江风畔忽然大声问:"楼上房间是做什么的?"他必须竭尽全力吼叫,才能盖住武眉的哭叫声。

武眉一怔,说:"以前是一间大会议室。"

她的哭叫暂停,江风畔声音也放低些:"这会有人来吗?"

武眉摇头:"除去开会和上公开课时有人,平时都锁着,对,有时打扫卫生的会过来,不过这个时间段多半不在。"

江风畔说:"碰碰运气,总好过坐以待毙。必须制造点动静,万一被人听见呢,就可能得到救援。我们从架子上拆两块隔板,轮流敲打天花板,现在是六点半,到九点半之前,都不排除有人来。"

他的语气笃定,武眉受到感染,心中燃起希望,情绪冷静下来,说:"架子顶上有个工具箱,里面有尖口钳和螺丝起子,可以用来拆隔板。"

江风畔爬上储物架,伸手拿下工具箱,从中取出尖口钳,然后拧开固定隔板的铁丝,拆下一段两米多长的窄木条,足够从地面捅到天花板。他正拆卸第二条隔板时,武眉忽然手捂额头,说:"我的头好晕。"

她这么一说,江风畔也感觉头晕乎乎的,脚底发飘,似乎身体失去协调能力,随时可能栽倒。他抽抽鼻子,斜眼看看铁皮门和门框间约一指宽的门缝,心里一片冰凉:有人正从门缝输入一氧化碳,欲置他们于死地。

一氧化碳无孔不入,毒性极强,而且己方在明处,对手在暗处,在这密不透风的空间里,再怎么反抗、封堵也无济于事。事已至此,死亡距离他只剩几分钟而已。

他悲悯地看一眼武眉,她仍懵懵懂懂,完全没意识到死亡已近在咫尺。她是个苦命的女人,活到三十几岁,没结过婚,没谈过恋爱,十年前经历一场噩梦般的遭遇,以致神志恍惚,到现在才有好转,却又要不明不白地死在这里。还是不要告诉她吧?让她平静地、不知不觉地死去，让她在生命尽头的最后几分钟得到片刻安宁。

他的意识越发模糊，内心悲哀凄凉，鼻翼已经嗅到死神的气息，像腐败的臭鸡蛋的味道。妈妈，我要先走一步了，三十年前，你失去了丈夫，今天，你又要失去儿子。是我不好，没能陪你走到最后，把你一个人丢在世上。你千万不要太伤心，我和爸爸会在另一个世界注视你、关照你，保佑你晚年健康平安。妈妈，儿子不孝顺，到死没完成你的心愿，没能娶一个媳妇回家，张小唐是个很好的女人，很好很好，我配不上人家。妈妈，你不要哭啊，儿这辈子，挺值的。

哎，怎么说呢？到死也没破案，真是惭愧，苏晓青、苏晓白、白修仪，你们的冤屈，只能期待别人来昭雪了。杀死我的那个人，你敢不敢露个脸，让我看看你到底是谁？

江风畔早年在禁毒支队，说不上有多少次与死神擦身而过，与毒贩肉搏、刀战、枪战，身上伤痕累累，凶残的毒贩曾经出千万元赏金买他的脑袋，却都比不上这一刻与死亡如此贴近，近得能看清他的嘴脸，闻到他的呼吸。死神，原来你长得这样丑陋、滑稽！哈哈，你细细长长，像一条竹竿；你的脸色惨白，像涂了几层粉；你的眼睛像铜铃，嘴巴像没擦干血迹；你的喉咙嘶哑，呼吸臭不可闻。死神，不要以为人人都怕你，我爹就不怕，我爹的儿子也不怕……

说不清过去多长时间，神秘、死寂的红楼资料室淹没在沉沉夜色中。万家灯火燃起，钢筋水泥的鸽子笼里透出点点昏黄而温暖的光芒，每盏灯火后面，都有柴米油盐的故事在上演，都有喜怒哀乐的剧情在推进，可是谁会想到，溱洧大学的一栋楼宇中，有两条危在旦夕的生命，如风中烛火般摇曳不定，随时可能熄灭。

刚做好一大桌菜的梁素琴几次拿起电话，想拨打江风畔手机，却又轻轻放下，儿子上次的"谆谆教诲"犹在耳边回响，还是忍忍吧，不要拖他后腿。

江风畔和武眉俯卧于红楼资料室地面，生死未卜。资料室的铁皮门忽然打开，闪进一条人影，幽灵般漂移到江风畔身前，抬脚往他腰肋上用力踢去，寂静中听得到皮肉和骨骼被挤压时发出的沉闷声音。江风畔的身体没有丝毫移动。人影冷笑，露出两排雪亮牙齿，阴森可怖，好像藏身丛林中的啖血野兽。人影俯身在江风畔衣服口袋里摸索，掏出那枚亮闪闪的移动硬盘，举到眼前仔细端详半晌，脸上浮现出心满意足的笑容。在转身离去之际，人影又折回来，抬脚踩在江风畔头上，狠狠碾压，聆听他头骨与地面摩擦的声音，仿佛欣赏曼妙的仙乐。临出门前，人影拾起江风畔刚才从储物架上拆下的窄木条，把天花板上的两盏灯打碎，室内刹那间如泼墨般漆黑，像混沌未开时的世界，没有一丝光线。

铁皮门重重关上，门锁"嗒"地锁紧，资料室复归沉寂。

俯卧地面的江风畔的身体忽然轻轻蠕动，头顶传来剧痛，他发出痛苦的呻吟。怎么回事？耳畔有风声传来，好像有人挥动重物，他来不及反应，头顶又被重重一击，脑海嗡嗡作响，眼前金星飞舞，几乎失去意识，黏稠而有腥味的热血从头顶流淌到嘴边。剧痛促使他的神志稍稍恢复：有人在攻击他。

第三下重击袭到头顶时，他拼尽力气滚动，重物落在他脸颊旁的地面上，发出沉闷的巨响，他凭感觉奋力一扑，准确抱住攻击者的双腿，狠命一甩，将其摔倒在地。攻击者"咿呀咿呀"乱叫，双腿乱蹬，狠狠踹在江风畔肩膀上。他万分诧异，脱口而出："武眉？你疯啦？"

武眉真疯了。她在十年前亲身经历苏晓青在密室中遇害，精神受到强烈刺激，一度恍恍惚惚，处于半清醒半疯癫状态，后来生活稳定，有意识地自我调整，精神状态慢慢好转，直到江风畔去找她问话时，她已经与正常人无异。但这次故地重游，她心里本来就忐忑不安，直到资料室的铁皮门忽然被人锁死，可怕的往事重回脑海，她在短时间内遭受剧烈打击，情绪濒临崩溃边缘。在不知不觉中中毒昏迷，醒来后眼前漆黑一团，仿佛十年前的噩梦重新上演，苏晓青的恐怖死状重现眼前。她在黑暗中胡乱摸索，摸到江风畔的"尸体"，在极度恐惧中失声大叫，声音凄厉，连自己都辨认不出。她完全失去理智，受潜意识驱使，摸到一根手臂粗细的椅子腿，往江风畔头顶狠命砸去。

万幸她在黑暗中失去准头，而江风畔在遭到第二下打击后苏醒，奋力反抗，把她扑倒在地，否则江风畔难免和苏晓青一样，头顶遭受多次连续重击，头骨碎裂而死。尽管如此，他此刻头痛欲裂，两边太阳穴上的血管剧烈跳动，好像脑壳里藏着一个小人，手持锤子和钢钎敲击，欲破壳而出。

武眉大喊大叫，双腿乱踢，终于让江风畔意识到：她已经完全失去理智。

置身于黑暗密室中，与外界彻底失去联系，头顶伤势严重，一氧化碳余威犹在，全身酸痛，使不出力气，身边还有一个随时发作的疯女人，江风畔处境糟糕，无以复加。

好在还没死——他此时来不及细想放毒人为什么没索性杀死他，却给他留下半条命——只要还剩下一口气，就要努力自救。

为防止武眉再次发动袭击，他将她双手背过去，解下自己鞋带，把她两只大拇指绑在一起，打个死结，往日极熟练的一套动作，此刻完成得磕磕绊绊，出一身大汗。这是他抓捕毒贩时常用的捆绑方法，因为许多场合需要乔装改扮，不方便携带手铐，突袭抓人时就要用到鞋带，把对方双手反剪，捆绑大拇指，令其瞬间失去反抗能力，而且绑缚足够结实，对方如果没有刀剪在手，无论如何挣脱不开。

武眉被捆绑后仍声嘶力竭地吼叫，但是对他已不再具有威胁。

他摸索着站起来，头脑仍昏昏沉沉，扶墙站立半晌，做几次深呼吸，感觉好些，四肢比刚才更加协调。

他手扶墙壁在室内缓慢逡巡，确定除他和武眉外再没有其他人。然后挪到铁皮门前，用力一推，门锁得死死的。

怎么办？坐等救援？给他们开门的校办工作人员明天未必会来查看，许光远在外地开会，也未必想到他们会遭遇危险。但他还有廖阔可以指望，因为他和武眉来溱洧大学前向廖阔汇报过，所以最迟到明天早上，廖阔找不到他，就会意识到危险，一定会来救援。

但他不甘心在这里苦熬一宿，何况，不能保证放毒的疯子会不会折回，再次往房间里注入毒气，置他们于死地。一氧化碳无色无味，毒性剧烈，几分钟内就能杀死人。他被困在这无窗密室里，即使明知门外有人放毒，也毫无办法，只有束手待毙的份儿，所以眼下当务之急，还是想办法逃离。

红楼资料室的门锁多年未换，江风畔曾几次研究它的结构——是一把市面常见的不锈钢插芯锁，里外都有拉手，非常安全，所以多用在宾馆或办公楼大门上，比室内门用的球形锁和把手锁更难打开。

江风畔在禁毒支队工作多年，破门抓捕毒贩或吸毒人员是日常工作，所以对不锈钢插芯锁的结构非常熟悉，且掌握几种无须钥匙的开锁方法，但这几种方法都需要人在室外操作。他平生第一次被反锁在室内，必须找到从里面开锁的方法。

铁皮门上的插芯锁是十几年前的老式设计，有三道锁，第一道是斜舌，第二道是主锁舌，有三条不锈钢锁杠，第三道是保险舌。门在外面被反锁，意味着三道锁都已锁紧，所以必须一一打开。

江风畔思考好一阵，想出一个开锁方法，认为可行，伸手在门锁拉手上摸索，在它颈部摸到一个小洞，这种老式门锁的安全性能较差，他心里又增加几分把握。

他慢慢挪到储物架前，根据记忆，把昏迷前从储物架上拆除的铁丝以及掉在地上的尖嘴钳和螺丝起子捡起来，再摸回门边。

他用力深呼吸，尽量排除武眉尖叫声的干扰，让情绪平静下来，然后把铁丝一端插进门锁拉手颈部的小洞，调整几下，凭感觉已触到卡榫，于是左手握紧铁丝，插平卡榫，右手用力往外拽门锁拉手，试到第三次，门锁拉手应声而落。

他在门锁护盖上摸索到两颗螺丝钉的位置，用起子慢慢拧开，然后撬开护盖，伸手往里面摸索，触到锁体，用力向外推，第二道主锁舌和第三道保险舌脱落，只剩下第一道斜舌。他用尖嘴钳把斜舌勾住，横向拨动，另一只手轻轻一推，铁皮门应声而开。

走廊里同样黑黢黢，寂静得令人窒息。江风畔不敢确定危险是否已经解除，背靠墙壁，一步步挪到电源开关位置，打开灯，但见一条长长的走廊，幽暗深邃，并没有半条人影。

武眉凄厉的叫声在走廊里久久回响。

十五

攻心战术

AT NIGHAT AND DAWN

    江风畔在医院病床上醒来，睁开眼睛就看见三张最熟悉的脸：梁素琴，张小唐，廖阔。每张脸都笑容可掬，五官几乎堆在一起，样子又亲切又奇怪，都凑到他面前。他猛然看见这离奇景象，以为自己还在睡梦中，拼命挤挤眼睛，见他们仍是同样表情，才知道自己确实是醒过来了。

    梁素琴甜腻腻地叫声"儿子"，张小唐像八哥似的一迭连声说："好啦！刚进医院时，你血液中碳氧血红蛋白占比百分之三十，人已经虚脱，脑袋又像个血葫芦，好家伙，再晚几个小时，不知道会有什么严重后果，幸好你懂得自救。"廖阔说："怪我，对危险估计不足，让你孤身涉险，万幸你捡回一条命。"

    三人乱糟糟地吵成一团，江风畔听得糊里糊涂，好容易插进嘴去："武眉怎么样？"

    廖阔："已经脱离危险，身体恢复得很好，就是受到刺激，脑子有些糊涂，不时惊叫，情绪非常不稳定。"

廖阔问:"你头上的伤,是武眉打的?"

江风畔下意识地摸摸头上厚厚的纱布,麻药劲已过,丝丝麻麻地疼。关于昨天夜里的记忆有些模糊,虽然是几小时前发生的事情,惊心动魄的感觉还未褪去,记忆中的影像却空洞而遥远,缺乏真实感,更像一场荒唐的噩梦。他说:"是武眉打的,她当时已完全失去理智。"

张小唐说:"皮外伤,头骨没裂,侥幸,捡回一条命。"虽然江风畔已脱离危险,她此刻回想起当时情景仍心有余悸,"案发现场密不透风,当一氧化碳达到一定浓度后,人在十分钟内就会昏迷,十五分钟休克,三十分钟以上心脏衰竭。凶手控制时间非常精准,目的是让你们昏迷,而非致命。否则,即使武眉不对你下毒手,一氧化碳也能要你的命。"

江风畔说:"这次经历虽然惊险,却并不完全是坏事,人在临死前头脑特别清楚,我在红楼地下室里想明白许多事情。对我和武眉下手的人,和十年前杀害苏晓青的凶手很可能是同一人,至少是知情者,而且我在绝境中求生时复制凶手的犯罪手法,想通了许多长期困扰我的问题。"

廖阔恨得咬牙切齿:"敢对刑警下手,他是活腻歪了。不过,凶手既狠毒又狡猾,没在现场留下证据,接下来局里会集中警力,加大力度,争取早日破案。"

江风畔摇摇头,案发当晚的场景历历在目,既心悸又感慨:"当时被反锁在红楼资料室里,就是待宰的羔羊,我已经做好光荣牺牲的心理准备。"

梁素琴哇的一声哭出来,虽然极力控制,但心疼和恐惧都写在眼睛里,脸颊苍白,干裂的嘴唇控制不住地抖动,似乎随时可能昏厥过去。廖阔忙让张小唐把她扶到隔壁休息:"照顾一个病人就够乱的,千万别让她倒下,给医生添麻烦。"

等她们走出门口,廖阔神秘兮兮地指指张小唐背影,小声说:"非要跟我到医院来看你,拦都拦不住。你们啥时候好上的?瞒得太结实了，这可不对。"

江风畔苦笑："瞒谁也不能瞒您哪，这不是八字还没一撇吗？她同意跟我处处看，到现在连顿饭还没在一起吃过。"

廖阔说："你小子又精又灵，就是在搞对象这事上木讷。张小唐是谁呀？心跟蜂窝煤似的，全是眼，她跟你同事这么长时间，早把你了解个底透。她既然说同意跟你处处看，意思就是看好你，这事八九不离十，你别拖泥带水，要短平快，把她拿下。人家可是咱局里的警花，你如果把她娶进门，你老江家门楣生辉。"

江风畔说："你这话说得跟我妈一样。张小唐别的都好，就是听人说她脾气挺大，她前夫就是受不了她脾气才……我怕她跟我妈处不来。"

廖阔说："你听别人胡说八道！张小唐脾气怎么样你会不知道？好着呢。她前夫……"他压低声音，似乎怕被别人听了去，"是咱局里老政委的公子，从小惯坏了，吃喝玩乐，拈花惹草，张小唐和他离婚一点不理亏，责任不在她这边。"

江风畔说："张小唐说同意处处看以后，我压力很大，不知道下一步怎么办。"

廖阔说："该咋办咋办，拿出诚意来，不能老让女方主动。"

江风畔伤势很快好得七七八八，廖阔给他上爱情课正上瘾，迟迟不批准他结业，抽空就向他灌输理论，指点迷津。但他的理论缺乏实践基础，华而不实，江风畔具体执行时非常吃力。

三天后，龙凤镯鉴定结果出炉：云三朵持有的凤镯与贺小艺持有的龙镯出品于清末民初时期，材质、做工、图案均吻合，互为阴阳，寓意忠贞、永恒、好事成双，仅有一对存世。

这个期盼已久的鉴定结果让江风畔兴奋不已——两只手镯配成一对，即证实龙镯的真正主人是云五朵，或者说，是她失踪多年的女儿白修仪。而贺小艺，极有可能见财起意，在值班时从白修仪的尸体上摘下金镯，据为己有。

至此，不仅破获一起陈年盗窃案，更刺破笼罩在白修仪失踪案上的重重迷雾，露出冰山一角。

当然，这仅是建立在物证基础上的逻辑推理，眼下更重要的，是获取贺小艺的供词。十年时间，能洗去许多记忆，贺小艺是否能提供更多线索，谁也没有把握。

两起案件的牵头人，江风畔和齐天牧联合提审贺小艺。

贺小艺对从女尸上盗窃手镯的罪行供认不讳。她在审讯开始时情绪非常激动，两眼含泪，声音嘶哑，脸色由红转白，又由白转红，看得出她内心充满愧疚和悔恨。

贺小艺品质不坏，算得上淳朴善良，她性格开朗大方，并不贪图小便宜，更没有顺手牵羊的恶习。当年从白修仪尸体上偷窃手镯，完全是出于女人爱美的天性，对那只做工精美的黄金手镯一见倾心，爱不释手，一念之差铸成大错。她偷到手镯后，没敢马上佩戴，而是藏起来，在没人时取出来偷偷欣赏。几年以后，始终不见有人来寻找这只手镯，她才敢公然戴出来。有同事或顾客看到后表示喜欢，她不自禁地得意，时间一长，在心里认定它就是属于自己的，完全想不到会在十年后突然有人认领。案发后，她曾无数次自悔自责，痛恨当年一时糊涂，鬼迷心窍，以致现在人近中年，却面临牢狱之灾，而且名誉扫地，以后在人前抬不起头来。

检测中心出具的报告上显示，这只龙镯净重一百六十七克，仅黄金价值就接近十万元，叠加工艺价值及古董价值，估价超过二十万元。

江风畔在审讯室现场普法：按现行刑法，盗窃二十万元属数额巨大，可处三年以上至十年以下有期徒刑。这对贺小艺来说无异于晴天霹雳，刑期远超她的心理预期，瞬时情绪崩溃，涕泗滂沱，足足耗费一整盒纸巾才渐渐止住。

江风畔和齐天牧都是修行千年的老狐狸，对付在刑事犯罪领域里白纸一张的贺小艺自然是手到擒来。眼看火候已到，一锅菜已经炖得烂熟，于是一个唱红脸，一个唱白脸，把贺小艺在肚子里埋藏十年之久的秘密悉数掏出来。

江风畔一字眉倒立,杏核眼圆睁,搭配一张不怒自威的大圆脸,让人不敢直视:"贺小艺,现在是你戴罪立功的机会,你要老老实实交代,不隐瞒,不撒谎,明不明白?"

贺小艺羞愧难当,恨不得找个地洞钻进去:"明白。"声音微细,像蚊子叫。

"老实交代你偷盗手镯的时间、地点和过程。"

"是十年前的冬天,快过年的时候,具体时间记不清了,我从安德殡仪馆停尸房的一具女尸手上偷来这只手镯。"

"那具女尸的体貌特征?姓名?"

"报告,我当时没留意尸体姓名。那是一具年轻女人的尸体,死时年纪在二十五岁左右,上下差不到三岁。体长一百五十五到一百五十八厘米之间,体重大约四十五公斤。"

江风畔和齐天牧交流目光,都感到诧异——贺小艺对十年前的一具女尸的体貌特征交代得如此准确而清楚,令人难以置信,是随口胡说还是言之有物?究竟有多少可信度?当然,这具女尸对她有特殊意义,说不定事后曾在她脑海中多次回忆,所以她印象深刻,倒也说得过去,可是,女尸体貌特征的具体数字又是从何而来?

齐天牧皱紧眉头——他脸上褶子叠褶子,本来就像橘子皮一样块垒不平,而眉头紧锁时只会更加拧巴:"你为什么观察这样仔细?"

话题转到这里,贺小艺精神振奋,好像暂时忘掉牢狱之灾,语调变得自然流畅:"报告,我并没有刻意观察,纯粹是职业习惯,我从小就对人体非常敏感,只要看一眼,就能判断一个人或者一具尸体的年龄和身高体重,误差不超过五个百分点。"

"你看我旁边这个人,"齐天牧指指江风畔,"多大?多高?多重?"

贺小艺抬头扫一眼江风畔:"三十五岁,身高一百六十九厘米,体重七十九公斤左右。"

江风畔冲她挑挑大拇指，心想这种本事自己也有，但是只限于活人，看尸体的眼光就差些，这个贺小艺常年和尸体打交道，在她眼里，恐怕活人和尸体没多大差别。这么想着，他忽然感到身上发冷，脖子后面好像有阴风吹过。他瞄一眼外表平平无奇的贺小艺，下意识地扯扯警服，仿佛那身衣服有伏魔驱邪的作用。

齐天牧继续出题，指指自己鼻尖："说说我的年龄，身高，体重？"

贺小艺："五十七岁，一百七十一厘米，五十五公斤。"

齐天牧冲江风畔点点头，示意贺小艺的判断全中。

江风畔心服口服："还好不是每个人都有你这本事，否则颖楠科技的人脸识别系统恐怕没有用武之地。"

贺小艺非常认真地回答："在辨认体貌特征方面，我不输给电脑。"

齐天牧说："你已经通过测试，证明你有超越常人的体貌特征辨认能力，供词准确可信。你在近距离观察那具女尸时，有没有看见她身上有明显外伤？"

贺小艺对尸体的辨识和记忆几乎已成为一种本能，好像牙医对于牙齿，外科医生对于伤口，养殖专业户对于牲畜，常年的职业生涯浸润，使得这些生命体征成为他们日常生活的一部分，任何微小的变化都能引起他们注意并牢记。她言之凿凿地说："女尸头上有一处外伤凹陷，是硬物撞击造成的，如果由我给她整容，首选方案用骨水泥填充……"

江风畔做手势制止她的尸体整容方案，说："那处外伤在头部什么位置？"

"左边太阳穴附近，"贺小艺伸手在自己头部左侧比画，"这里。"

"根据你的经验，伤口是怎么形成的？"

"硬物撞击导致，具体没法判断。"贺小艺小声说，"如果不小心磕在硬物上，比如桌角、石头棱，就会造成类似外伤，也可能是被人用棍棒或铁器击打导致的伤口。"

齐天牧的两道一字眉斜斜立起来，眼里射出凶煞之气："那具女尸停放在往生室的外围，所以你心里十分清楚，那是一具第二天早上就要火化的尸体？"

贺小艺明白他话里的意思，心虚，却不想撒谎，低眉垂眼地说："是。"

齐天牧："一具有外伤的尸体在几小时后就要火化，却没经过任何修复，这种情况多不多？"

贺小艺："不多，很少。"

齐天牧："但是你为了掩盖偷盗黄金手镯的行为，从未向任何人提起那具尸体的可疑之处。"

贺小艺的声音低得像蚊子叫："是，我怕我的盗窃行为败露，有意无意地忽略了那具尸体的外伤。"她又愧又悔，恨不得钻进地底去。

"假设，"江风畔说，"假设啊，那具尸体是被人偷偷放在停尸房里，谁最有条件做到？"

贺小艺显然早就思考过这个问题，并没有迟疑，说："最有方便条件的肯定是苏晓青，他住在殡仪馆的院子里，出入自由，而且他每天早上第一个进停尸房，每具尸体都要过他手。别人即使有能力把尸体偷放在那里，也逃不过他的眼睛。所以，那具尸体要么是他经手的，要么他是知情人，两者必占一个。"

贺小艺既熟悉情况，脑筋又清楚，虽然没有亲眼看见，但分析有条有理，与真相相差不远。

江风畔心想，对警方而言，贺小艺算得上"年度最佳犯罪嫌疑人"，不仅态度老实，有问必答，而且十分聪明，记忆力超强，有过目不忘的本事。这样的人如果是对手，就会让人头疼，而作为"友军"，则求之不得。他顺势抛出困扰他很长时间的一个问题："警方案卷记载，苏晓青被害时间是十年前一月二十三日。苏晓青在世时有写日记的习惯，每天都写，持之以恒。他的最后一篇日记截止于一月二十二日，里面提到了你。"

这句话与今天的审讯主题没什么关联，来得有点突兀，贺小艺的脑筋一时没转过弯来，不知怎么接话，结结巴巴地说："提到……提到了我？"

江风畔："苏晓青最后一篇日记的最后几句话是这样的：'贺小艺说她昨晚看见我穿着连帽衫，往太平间方向走，她在背后喊我名字我没应声……我的那件连帽衫……难道……难道……'"江风畔停顿片刻，似乎给贺小艺留出思考时间，"当时的场景……还有印象吗？"

江风畔并不指望贺小艺能想起多少，毕竟是十年前的一个普通夜晚，一个寻常场景，可能早就像过眼云烟，不在脑海里留一丝痕迹。

但他虽然精明能干，却不懂女人的心理。贺小艺活到三十几岁，唯一令她动过心的男人就是苏晓青，关于他的一举一动、一言一笑，她都曾在独处的寂寞中反复回味。她的绝大部分生命被殡仪馆的肃杀、停尸房的黑暗、尸体的冰凉腐臭所占据，她惧怕活人，离群索居。只有苏晓青，曾带给她轻浅而短暂的心动，温暖和绮丽的幻想，虽然那幻想没来得及开花结果，却足够她用一生去细细回味。

所以当江风畔抛出这个问题，她脑海中立刻浮现出十年前那个夜晚的情景——那是苏晓青辞世的前一天，曾与她擦肩而过，而十几小时后，苏晓青就莫名其妙地丧命在溱洧大学地下室，永远告别这个世界，永远离她而去。

苏晓青的尸体在安德殡仪馆停放整整一年后，才被丢进火化炉焚烧成小小的一堆骨灰。有关部门耗费很多精力，却始终联系不上他的家人，据说他的母亲病故，妹妹失踪，他的前女友向楠呢——算了，前女友本来也不能算作家人，没有义务料理他的身后事，所以苏晓青的尸体只能由有关部门处理。在火化前一天，贺小艺亲手给他的遗体整容，共事那么久，她却才知道，他的手，他的脸，竟然那么冷，冰冷刺骨。

"那天晚上，大概是八点多吧，也许早一点，也许晚一点，大致不差。你知道，溱洧市的冬天黑得早，八点钟已经漆黑一片，而安德殡仪馆院里，到夜里只亮两盏引路灯，作用是带领鬼魂找到回家的路，所以光线很暗，两个人要面对面才能勉强认出对方。"

齐天牧听她胡扯鬼神什么的，咳嗽一声，说："有事说事，别扯封建迷信那一套。"

贺小艺说："是，说溜嘴了，我们都是唯物主义者，不怕鬼不信神。那天晚上我有个急活，加班到八点多才赶完，走到殡仪馆门口时，隐约看见苏晓青急匆匆地往停尸房方向走，我喊他一声，他没回应。"

江风畔："既然天色漆黑，你怎么能辨认出是苏晓青？"

贺小艺："我熟悉他的身高体形，即使当时他穿着那件连帽衫，还把帽子扣在头上，我也能辨认出来，而且那么晚还往殡仪馆里头走的，除苏晓青外没有别人，连我们总经理，过了七点都不再进入园子里，嫌晦气。"

江风畔顾不上批评她最后一句话说得不怎么唯物，反复琢磨她描述的当时情景，隐约感觉有什么事情不对劲，于是确认说："其实当时一片黑暗，你只看见那个人的侧影，仅凭衣服和体形判断那人是苏晓青？"

贺小艺不解地说："什么……什么意思？难道还能不是苏晓青不成？"

江风畔："你第二天跟苏晓青问起这件事的时候，他怎么说？"

贺小艺："没怎么说，当时忙，有个溱洧大学的教授出殡，好像是个大人物，来了好多人，好多车，还有几个电视台的，扛着摄像机跑来跑去。苏晓青没来得及跟我说话就被人叫走了，但他没说那人不是他啊，不然我肯定会记得。"

她当时怎么可能想到，那天晚上，苏晓青就急匆匆地辞别他短暂来过的人间，她再见到他时，已是阴阳永隔。当天的场景曾几十遍地在她脑海中回放，她清楚地记得他做过的每一个动作，说过的每一句话。

"苏晓青没说那人不是他，也没说那人是他，就被人叫走了，是不是这样？"江风畔说。

贺小艺还没转过弯来，她无法想象十年里多次回味的夜色里的擦肩而过，主角竟然有可能不是苏晓青。事实上，她从没往那个方向想过。人在感情中沉迷时往往是盲目的，即使贺小艺也不例外。

她忽然感到，她活得有些悲哀，好像一个上帝没设计好却匆忙丢出的玩笑，于是，笑容和泪水，都不那么尽兴。

在审讯结束前，齐天牧表情严肃地说："你是否保证以上供述属实？"

贺小艺戴罪立功心切，为表决心，习惯成自然地"祭出"从偶像剧中学会的发誓手势——食指、中指、无名指并拢，大拇指和小拇指弯曲："我发誓，每一句都属实。"

她一笔一画地在审讯笔录上签上自己的名字。

十六 日衰夜血

AT NIGHAT AND DAWN

今年溱洧市的冬天来得晚，看看已到十一月底，气温仍在七八摄氏度徘徊，不凉不热，温噉水，这让早早买好高档羽绒服的女孩子们心焦不已。现在穿出去吧，怕人说迫不及待，何况也不应时应景，显得扎眼；忍着不穿呢，省吃俭用攒出来的一件衣服闲置在衣柜里，难免让人心痒难搔。

今天是万圣节。照例溱洧市官方不鼓励市民过洋节，但是挡不住年轻人追逐潮流、标新立异的热情，这每年一度的"时装秀""化妆秀"，有愈演愈烈之势。

天刚擦黑，大街小巷上已云集各路"魑魅魍魉"，有头颅被利斧一劈两半者，有嘴巴撕裂到耳根者，有开膛破肚、肠胃流出者，也有走可爱路线的漫画人物，穿一身鲜艳到夸张的亮粉色、翠绿色套装，头发染成五颜六色，好像盛夏里争奇斗妍的花圃，整个造型透着嚣张和诡谲。这些稀奇古怪的扮相穿行于市井集市，使得平日熙攘喧闹的溱洧市平添古怪阴郁的气息。

晚上八点多钟，劳碌一天的向楠才结束工作，轻轻合上羊皮卷宗，关闭玫瑰金苹果电脑，穿好圣罗兰大衣，脚蹬巴黎世家麂皮靴，拎起限量版爱马仕皮包，全身上下无一处不精致，无一处不华贵，这一身金雕玉砌的行头，相当于普通员工二十年的收入总和。

向楠莲步轻摇、意气风发地走出办公楼，高跟鞋在大理石地面上敲出一曲张扬而优雅的乐章。户外万圣节气氛正浓，天空飘起轻雪，整座城市，整个溱洧的街巷，都像滤镜里的童话世界，泛起朦胧的白光。

按惯例，向楠的司机应该提前五分钟在楼门外泊好车等她，可今天这条主干道的地下管道泄漏，有几队市政工人在抢修，路面被翻得一塌糊涂，方圆五百米内执行交通管制，向楠的车停在三个路口以外等她。

奇形怪状的人群在向楠身旁走来走去，并未引起她多看一眼的兴趣。向楠从小就对名目繁多的节日毫无期待，什么元旦、端午、清明、重阳，或者圣诞节、感恩节、万圣节，她统统无感。人类的悲欢并不相通，凡俗的热闹与她无关。对她来说，每一天都至关重要，每一天都无法重来，所以无论是不是节日，都不能干扰她的节奏，不能乱她的心。

走到办公楼东北角，与两个凸眼吐舌的吊死鬼擦肩而过，迎面遇见一名身穿暗红色连帽衫的青年男子。这个转角处灯光昏暗，他又恰好走在灯影里，所以五官模糊不清。虽然他外表平平无奇，既无血腥的化妆遮面，也无奇装异服傍身，看去就是一个再普通不过的路人，但是在向楠看来，却远比任何妖魔鬼怪都更可怕——他活脱脱就是十年前的苏晓青！

必须说，向楠的心智成熟程度，或者说，坚硬程度，远远超过平常人，她早在十几岁时，就树立明确而坚定的人生目标——跻身上流，人前显贵。当同龄女孩还在多愁善感、伤春悲秋，做着不切实际的爱情美梦时，她已经认识到爱情、亲情、友情都是虚妄，这熙熙攘攘的大千世界，只有自己才靠得住，只有利益才是生命真谛，只有钱才是永远不变心的爱人。她善于见风使舵、投人所好，善于忘记过去、把握当下，善于隐藏情绪、喜怒不形于色，在走出校园步入商场后，与奸狡险诈、唯利是图的商界伙伴们虚与委蛇、短兵相接,更练就辗转腾挪的身手,刀枪不入的心灵,百毒不侵的气墙。

或许,苏晓青是唯一让她心存歉疚的人。他曾是她的初恋,痴心刻骨、生死相许、倾囊相赠,这样感天动地的爱情,也许是某些恋爱脑女人的终极梦想,但是在向楠心中,如风过境,仅激起微澜而已,涟漪过后,水面平静无波。在她意识深处,苏晓青和她不是一个阶级的人,而他对她的爱恋,是夏虫对蝴蝶的仰慕,是燕雀对鸿鹄的艳羡,是癞蛤蟆对天鹅的痴心梦想,他的苦恋、奉献、牺牲,一切理所当然,本该如此。她甚至曾动念杀死他,让他永远消失,既为杜绝后患,也为给那段不堪的青春画一个休止符,从现实中、记忆中彻底抹除。既然每个人最终都难逃一死,那么苏晓青为她而死,也算死得其所,在这种社会底层,多活几年、少活几年,到底也没有多大差别。在这十年里,她刻意压抑、扭曲、回避、遗忘和苏晓青有关的一切,对他的记忆和歉疚感已极浅极淡。但在她平静如水、坚硬如铁的情感世界深处,唯一柔软、不可碰触的角落,却仍被苏晓青牢牢占据着,非他莫属,说不清是什么原因,或许是初心未泯,或许是对爱情的原始渴望,或许是人性的本真,苏晓青在她生命中出演的角色,无可替代。

此时此刻,在暮色四合中与她狭路相逢的路人,像极了十年前的苏晓青——他的生命在那个时候戛然而止,他在向楠心目中的形象也永远锁定在青年时期的模样。

迎面走来这人,轮廓、身材,无一不与苏晓青神似,而那件暗红色连帽衫——向楠记得清清楚楚——与苏晓青的那件一模一样。

向楠像遭到迎头痛击,脑海中茫然一片,来不及做出反应,甚至来不及惊慌和恐惧。

那人与她擦肩而过。他和她距离如此之近,她甚至能闻到他身上散发出的味道。

等等,那味道?年轻男子的汗味,旧衣服的霉味,以及说不清道不明的火葬场特有的死亡气息。混合在一起是什么特殊味道?这世上闻过这种味道的人不多，而向楠恰好是其中之一，恰好她对这味道记忆深刻、至死难忘——那是苏晓青的味道！

她浑身的汗毛都乍起来。

等她缓过神，再回头看时，那人已消失得无影无踪。万圣节的出游人群意兴正酣，僵尸、鬼魅、杀人狂魔，各种恐怖装扮竞相登场。

他们刻意寻求的恐惧是假的，而向楠猝不及防的恐惧是真的。

她甚至能听见自己心脏狂跳的声音。

是幻觉吗？

是幻觉吧？

她试图说服自己——是幻觉，都怪你工作太辛苦太投入，从今天起，要注意休息。

座驾在下一个路口等她。豪华、舒适、安全、温暖的座驾，只要坐在里面，她就会立即返回自己的世界。在那个世界里，她得心应手、游弋自如，她是主宰、女王，有操纵一切的力量。

这样想着，她加快脚步，巴黎世家皮鞋在青石地面上敲击出急促的"嗒嗒"声。

司机兼保镖唐骏恭谨地伫立车外。唐骏今天穿一套黑色修身西装，愈显得身材健硕挺拔，潇洒帅气，而且他并未因深受向楠宠信而傲慢自大，一以贯之地服务周到、态度恭谨，更衬托出向楠"时代精英、美女总裁"的高尚定位。

这个街角路灯明亮，向楠在三五米外就看见唐骏展露笑容的脸，心里感觉温暖，加快脚步向他走去。忽然，有七八名化着浓妆、扮相怪异的人从街角转过来，恰好隔在她和唐骏中间。

向楠差点和一名满身血污、手持拆骨刀的"杀人魔"撞个满怀，不由得出声惊叫，向后退去，可是退无可退，后背结结实实地撞在谁身上。向楠下意识回头，想说声"对不起"，那人却向她咧嘴一笑，露出森森白牙。

向楠这一次受到的惊吓比刚才更甚，双腿发软，差点瘫倒——那人竟然也穿着"苏晓青同款"暗红色连帽衫，只是面相更加恐怖。那人（或者说那只鬼？）的脸上布满疤痕，是烧伤的疤痕——向楠并没有亲眼见过烧伤患者，也不懂区分烧伤、烫伤、利器伤所造成疤痕的区别，但是她直觉认为，那张脸上的疤痕，长长短短、红红白白、深深浅浅的疤痕，一定是烧伤留下的。有的地方皮肉外翻，坏死的组织和新生的嫩芽和谐共处，有的地方深可见骨，骨膜发黑，散发出腐臭的气味，活像一具骷髅在地底埋葬多年，又重见天日，再度长出皮肉来。

不知怎的，一个恐怖而坚定的想法在向楠心中浮现：他的扮相分明是苏晓青在火化炉中走一圈，没烧干净，又活过来，穿上旧衣服，在人间行走。她当然知道这个想法多么荒诞不经，可是它莫名其妙地浮现，支配她的全部思想和理智。

那一小群人完全没留意她的失态，连"苏晓青"也似乎不认识她，并未稍做停留，而是继续向前走去，脚步声踢踢踏踏，只留下向楠木然站在原地，外表平静，心中却翻江倒海，强行把恶心呕吐的感觉压下去。

唐骏未察觉她的异样，手扶车门，微微躬身，略带谦卑地说："向总，请您上车。"

向楠好像没听见，面向"苏晓青"远去的方向，目光呆滞，脸色苍白如纸。

唐骏见她魂不守舍，不敢过问，小心翼翼地护送她坐上车，一路忍着没说话，连呼吸都不敢大声。车停后，向楠却不下车，从背后伸手过去，隔着座椅靠背紧紧拥抱他。唐骏轻抚她双手，以示关心和安慰，却不敢询问她的遭遇。向楠一向骄傲、内敛、自信、从容，这样失态，在唐骏印象里，是绝无仅有的事。

向楠惊魂未定，心神恍惚，喃喃低语："和你在一起，很温暖，很有安全感，只有……和你在一起……"

唐骏身体僵硬，却紧紧握住她的手，光滑、纤细、冰冷的手。

良久，向楠才缓缓放开，调整呼吸，推门下车。唐骏一直目送她到家门口，等她走进去，反锁大门，才转身离开。

温颖涛今晚难得在家，独自躲在楼上书房里，不知在忙什么。向楠疲惫不堪地瘫坐沙发上，没跟他照面，他也没下来打声招呼。这是他们夫妻的相处之道，虽然同在一家公司，同居一个屋檐下，却各有各的空间，无论身体空间还是精神空间，都彼此独立，互不干扰，礼貌地戒备，高贵地疏远。

保姆钱阿姨在二楼卧室里哄温润和向邦入睡。这套六百多平方米的复式住宅，隔音非常好，不管楼上怎么吵闹，楼下都听不见一点动静。整个空间宽阔、明亮、寂静、华贵、严肃、冷漠，像一个不食人间烟火、高不可攀的贵族，可惜因缺少生活气息，奢华得不太真实。

向楠在宽大的皮沙发里蜷成一团，惊魂未定，贴身衣服被冷汗浸透，潮湿冰冷。如果世上有穿越时空的照相机，如实记录下她此时的狼狈模样，堪比十年前打死白修仪的那个肃杀的夜晚，或者赫然发现苏晓青尸体的那个漫天飞雪的早晨，而惊悚恐惧的心情，犹有过之。

苏晓青今晚两次在她面前"复活"，距离如此之近，感觉如此真实，即使镇定如向楠，冷酷如向楠，无所畏惧如向楠，也难免心惊、心慌、心悸！

她竭力保持心神冷静，梳理这极度恐怖的两次邂逅。第一个"苏晓青"，除去脸之外，全身上下，体形、味道、气质、感觉，无一不和十年前的他一模一样，尤其那件暗红色连帽衫，她记忆如此深刻，绝对不会认错。

而第二个"苏晓青"，她清清楚楚看见他的脸——或者说，那不是脸，而是一团被烧焦的肉，焦煳的、翻着肉芽的、血肉模糊的残颜，难道是在暗示苏晓青的火化工身份吗？这样一张脸，与她狭路相逢，面面相觑，是真实发生的吗？还是她的错觉？

不，不是错觉，更不是巧合，向楠深陷在沙发里，双手紧紧捧头，手指插在凌乱的头发里揉搓，试图缓解皮下神经的剧烈跳动。两边太阳穴里好像有两个小人手持铁锤在敲打，节奏整齐划一地、坚持不懈地敲打，让她担心脑壳有随时裂开的可能。

只有两种可能，她想：一是非常了解她的人假扮成苏晓青——目的不是单纯地吓她，而是别有深意。这个人对她非常了解，既洞悉她的过去，她和苏晓青的出身、恋情、纠缠、恩怨，甚至苏晓青的着装，说得上事无巨细，都了如指掌；又把握她的现在，她的办公地点、家庭住址、下班时间、乘车习惯，如高高在上的神灵，冷眼旁观她的一举一动。

这么了解她的人，据她所知，这世上只有一个人。她丝毫不怀疑他能使出这种手段，无论多么荒唐、无底线、匪夷所思的手段，只要有必要，他绝不会有丝毫犹豫。令她百思不得其解的是：他这么做的动机是什么？

第二种可能，这是一种超自然现象。这样想着，向楠觉得湿透的贴身衣服越发冰冷，她不想从沙发里起来换衣服，只把搭在扶手上的花栗鼠绒毛毯紧紧裹在身上。超自然现象？向楠虽然学历不低，学识不浅，且事业有成，见多识广，但对怪力乱神之说一向将信将疑，或者是童年时受老家的迷信传说影响太深，或者是前半生向上攀登的过程中不择手段，做事决绝，对人亏欠太多，心中难免有歉意，担心往后遭受报应，所谓"疑心生暗鬼"，就是这个意思。

她今生亏欠最多的非苏晓青莫属，如果他死不瞑目，魂魄不散，受浓重的怨气驱使，在她身边搞些事情，也说得过去。

如果这样，她倒并不十分担心，苏晓青生前对她苦恋痴恋，言听计从，从未对她说过一句重话，即使她让他去死，他也不会违背她的意愿。无论苏晓青是人是鬼，她都有十足把握对付、控制、搞定他。

她最怕的，是第一种可能。

这世界上，比鬼更可怕的是人，比人更可怕的是亲人，比亲人更可怕的是枕边人。

在沙发里萎靡了一个多小时，她终于掀开毛毯，走进浴室，痛快地洗个热水澡，感觉舒服了好多。

她裹着粉红色浴巾，玲珑的身材曲线迷人，胸部高耸，纤腰一握，香肩、小腿、玉足都暴露在外，皮肤光滑细腻，皮下暗青色的血管隐约可见，让人浮想联翩。

她虽然已经三十几岁，青春不再，却仍具有让男人神魂颠倒，不惜铤而走险的致命魅力。

她就这样性感十足地走进温颖涛的书房。必须说，温颖涛作为上市公司董事长，工作足够努力，极少在凌晨两点前睡觉。她推开门时，温颖涛正眉头紧锁地盯着电脑屏幕。她脚上的毛绒拖鞋轻而柔软，踩在地板上没有声音，所以直到她来在书桌前，温颖涛才察觉。

可以看出他感觉惊讶，因为向楠很少走进他的书房，在这套硕大而空旷的复式豪宅里，两人各有独立空间，各安一隅，似乎比同居室友还疏远些。

温颖涛的惊讶一闪即逝，眼角眉梢现出刻意的笑容："什么时候回来的？澡都洗过了。"

向楠："才回来没多久，知道你忙，就没过来打扰你。"

她扭动腰肢，像风摆杨柳般靠过来，一阵阵性感的栀子花香气钻进温颖涛的鼻翼，他不知道她用意何在，暂时没有男欢女爱的情绪。于是把她揽住，温柔而敷衍地抚摸她的后背、纤腰和玉手，顺势把她按到身旁的小沙发上坐下。

向楠察觉到他的敷衍，但她原本就没有求欢的意思，仍嘴角含笑、媚眼如丝地说："你知道今天是什么日子吗？"

他夫妻俩虽然不同床且异梦，但表面功夫还是要做足的，好似夫妻关系之间最后一层窗户纸，薄而透明，谁都看得见后面的真相，但是谁也不肯率先捅破它，而外人远远看过去，它完好无缺，隐约透出莹润而温馨的光，仍不失为一段美满婚姻。所以，每逢重要日子，比如情人节、生日、结婚纪念日，两人照例要互送礼物，而且出手大方，高调张扬，无论当时心情如何，事务繁忙与否，这个环节必不可少。

温颖涛的脑子转得飞快，向楠既然问起，他立刻想到莫非今天是个特殊日子，而生活秘书竟然完全没有提起？这算得上重大失职行为。但他搜肠刮肚，实在想不出今天有什么特别之处，谎言不如实话，掩饰不如认错，于是满脸堆笑地问："是什么日子？该死，我竟然给忘得一干二净。"

向楠用手在他脸上轻轻抚摸："我以前从没跟你提过，又不是你的错。今天对别人来说，不过是一个普普通通的日子，对我却有特别的意义。十一年前的今天，我第一次看见你，从那以后，心里就有了你的存在。"

十一年前，温颖涛博士在读，向楠硕士在读，两人要几个月后才确立关系。严格来说，十一年前的今天，两人作为校园内风云人物，知道彼此的存在，但是还没有开始接触。温颖涛饶有兴趣地说："居然有隐情？如实交代，你是怎么对我有印象的呢？"

向楠说："十一年前的那个万圣节下午，溱洧大学召开'南洋华侨许文友奖学金'颁奖大会，你作为一等奖学金获得者上台领奖，还讲了几句话，我就是从那天起，开始注意你。"

温颖涛说："上学期间不知领了多少次奖，'许文友奖学金'最不值一提，想不到命运竟因此给我配送一位贤妻，真是冥冥中自有天意。"

向楠撒娇："让你捡了大便宜。"

温颖涛心里不认同，嘴上只好附和："那是那是，算命的说我家祖坟位置选得好，藏风聚气，感通天地，所以男娶好妻，女配佳婿。"

两人蜜里调油地说笑好久，向楠才貌似不经意地说："我们刚开始交往的时候，我和苏晓青还没彻底了断。那天你去过我宿舍后，把他忘在那里的一件红色秋衣拿走了。你后来怎么处理那件衣服？是不是妒火中烧，把它烧成灰了？呵呵。"

温颖涛摸不透她旧事重提的用意，含糊地说："哪里，哪里。"

向楠不依不饶："你真把它烧了？"

温颖涛矢口否认："什么衣服，我压根没有印象。你和苏晓青交往，我早就知道，他是你前任，就算有醋，也应该是他吃。十年前的事，你该不会记混了吧？"

向楠说："怎么会？那件衣服是我亲手洗净晾干的，准备第二天拿给他，跟他把分手的事说清楚。那天晚上你走后衣服就不见了，宿舍里又没有别人来过。"

他俩在一起后心有默契，绝口不提"苏晓青"和"白修仪"的名字，今晚向楠不仅破戒，而且步步紧逼，大有不挖出真相不肯罢休的姿态，温颖涛愠怒，说："陈芝麻烂谷子，没意思，早点睡吧。"现在才过午夜，没到他睡觉时间，那么最后四个字是说给向楠听的，等于是驱逐令。

向楠虽然没得到确切答案，但根据他支支吾吾的言语和不悦的神色来判断，那件衣服八成是被他偷偷拿走了，而具体用途尚不得而知。

今晚从天而降的两个"苏晓青"，和温颖涛有关联吗？是他刻意安排，是对她的警告？提醒？暗示？

虽然与温颖涛夫妻多年，对他的感觉依然遥远、陌生、无从捉摸。他们也像其他夫妻一样，在人前表现恩爱、出双入对，私下里调笑、狎戏、亲热。但无论真情假意，无论怎样努力，他们之间始终隔着一道无形的墙，半透明的墙，似乎可以看穿，似乎触手可及，但是当真正试图穿越时，就会结结实实地撞一回南墙。

尽管如此，向楠对这种不温不火、不咸不淡的婚姻状态其实是接受且满意的。如果在开始就没有太多期待，那么对过程和结局就不会有太多失望。

如果不是在今晚突然出现这个"插曲"，也许他们的婚姻会在这种微妙的平衡中长久地保持下去，直到共白头、共墓穴，就像这世间数不胜数的貌合神离的婚姻一样。

可是，"苏晓青"毕竟是在沉寂多年后再次出现了，这个她忘不掉、绕不开、逃不脱的名字，在今晚重新介入她生活，究竟是昙花一现，还是她生命转弯的信号灯？

一夜思绪万千，辗转反侧，她昏昏入睡时，东方渐白。

温颖涛每天在九点半准时走进办公室，那是股市开盘时间，然后根据股市走向对一天的工作内容做出调整。昨晚与向楠的一番对话令他情绪激动，心潮起伏，早晨罕见地赖床，到办公室时已经上午十点多。才推开门，就感觉气氛不对，员工们大多低头工作，躬腰缩肩，恨不得钻进电脑里，变成隐形人，以免被老板看见；逃不过去的则神情紧张地跟他打招呼，声音轻得像蚊子叫，一副唯恐惹祸上身的模样。

温颖涛预感不妙，坐到办公桌后面启动电脑，果然见创业板形势大好，全国山河一片红，只有几家公司的股价下跌，而颖楠科技尤其扎眼，股价呈断崖式狂泻，一枝独衰，绿得让人心惊胆战。

温颖涛莫名其妙：颖楠科技昨天才发布季度财报，形势不是一般的好，而是大好、暴好、好上加好，怎么今天就毫无征兆地急转直下？莫非是财报造假被拆穿？不会，他想，谁家财报不造假？何况关键财务证据都由他亲自掌握，除非他自己揭发自己，否则不可能翻车。而且投资人也清楚，创业板公司绝大多数是烧钱的企业，要旨在于圈钱而不是赚钱，玩的是击鼓传花游戏，只要自己不是最后接盘侠，多多少少都有赚，所以财务报表只是走走过场，并不会对股价产生决定性影响。

他正摸不着头脑，电脑屏幕上跳出一则内部短讯，是由董事会秘书群发给公司高层管理人员：道谛股份公司技术总监邝瀛正在召开新闻发布会，多家电视台及线上直播平台同步播出，发布会内容对我公司非常不利，已导致股票大幅跳水。

如醍醐灌顶般，他猛然悟到事态的严重性。虽然他在短时间内尚不能将清整起事件的来龙去脉，但这则短讯带给他的冲击是极其巨大的，脑海中被不祥的预感充满——他面临的，也许是自创立颖楠科技以来的最大危机。

他点开短讯里附带的链接，邝瀛的那张硕大而令他厌烦的圆脸跃然于屏幕上，手里挥舞一沓打印稿，正神情激动、慷慨激昂地演说。

而那演说的内容，正如温颖涛所料，好比一颗长期埋藏在心中的地雷被引爆：颖楠科技的一切专利、技术、产品，都是其创始人使用非法手段偷窃而来，这家被誉为"科技新星、溱洧瑰宝"的上市公司，不仅毫无光彩和商誉可言，而且其经营的合法性存疑。目前，直接受害人、溱洧大学已故教授高华天的家属已掌握翔实而充分的证据，委托律师向法院提起诉讼，要求颖楠科技的法人代表、董事长温颖涛公开道歉，挽回受害人名誉，赔偿巨额经济损失，并同时提出刑事诉讼，要求公安机关依法追究温颖涛的刑事责任。

邝瀛在近十年里与温颖涛纠葛不断，结怨颇深，说不清有多少次公开对质，除去徒然给温颖涛增添烦恼，并未动摇其根本，但这次讨伐的力度、气势、实料，都远超从前。虽然他手里握有多少证据尚不得而知，但温颖涛凭直觉判断，那些证据一定是颠覆性、毁灭性的。

他一手创建、视若生命的颖楠科技，如一艘光鲜、豪奢、招摇的大船，在万众瞩目和如雷掌声中，不经意驶进惊涛骇浪，这艘大船能否抗得住一波暴击，他没有一点把握。

如果抗过去，这艘大船将驶向更加辉煌的未来；如果抗不过去，它势必像泰坦尼克一样，于盛极时拦腰折断，沉入海底，徒留一段传说而已。

屏幕上邝瀛的大脸越逼越近，怒目圆睁，厚嘴唇上下翻飞，焦黄的牙齿咯吱作响，让温颖涛感到说不出的厌烦，强行压下一阵阵恶心的干哕，手持鼠标想关闭视频窗口，但手指抖动不停，以致光标在屏幕上左闪右躲，说什么也关不掉视频。他怒火攻心，俯身拔掉电脑电源插头，恶狠狠地甩到落地窗玻璃上，砰地发出一声巨响。

温颖涛的心脏狂跳，脸色紫红，好像新鲜饱满的猪肝。他脑海里嗡嗡作响，神经一跳一跳，有提起刀去把邝瀛干掉的冲动。

"冤家！孽畜！"他恶狠狠地骂。

作为颖楠科技的最大股东和董事长，他此时有义务召开董事局全体会议，对邝瀛的挑战做出正面回应，他是造谣污蔑也好，是证据在握也好，温颖涛都没有权利做缩头乌龟，必须站出来给股民一个交代。

可是他现在还没准备好,没有有力的应对手段,不愿意出去面对董事会,更不愿面对股民和媒体。

思维散了,像一团乱麻,找不到头尾,也归拢不到一起。恍惚中,一个灰色人影忽然出现在视野里,他木然抬头看去,原来是向楠——当然是她,能自由出入他领地的人,非她莫属。

她注视他的目光中似乎蕴含着无穷无尽的意味——同情?气恼?质疑?同仇敌忾?她的城府如此之深,他一向读不懂她,在这心神不定的时候,更无须尝试解读。

向楠直截了当,简短而有力:"邝瀛说的,是不是真的?"

温颖涛躲闪她的目光,无奈地叹气,避而不答。

向楠步步紧逼:"你不说话,我就当你是默认。所谓颖楠科技,庞大的商业版图,原来建立在一个偷盗而来的基础上,从成立那天起,根子就是烂的。"

温颖涛受不了她讥讽的语气,绝地反击:"争端刚刚开始,鹿死谁手还是未知,你不要急着下结论。高华天当年的科研成果,发表的没发表的,有专利的没专利的,没有一项是独立完成的,都是他和他的研究生集体智慧的结晶。人脸识别技术的专利证书在我手上,这最说明问题,谁也夺不走。退一万步讲,科研成果如果躺在架子上发霉,不能变现,不能带来现实的好处,它就是个屁。颖楠科技这个如日中天的局面,是高华天能做到呢,还是他的团队能做到?这是我,"他指指自己鼻子,"温颖涛,一手打造的商业帝国。"

向楠从内心深处厌恶他好大喜功、狂妄自傲的性格,在她心目中,颖楠科技能走到今天,至少有一半是她的功劳,或者还要多些,占到七成功劳也不为过。尤其是公司成立初始、扩张、上市等几个关键节点,她甚至不惜委身于主管部门的几名高官,才一路过关斩将,攻城拔寨,成就了颖楠科技的伟业。否则,以你温颖涛微不足道的本事、学术造诣,一个说大不大、说小不小的专利,能长成今日的商业帝国?纯属痴心妄想。溱洧市最不缺的就是人才,最臭大街的就是科技成果,芸芸众生，轮到谁出头，那要看上面大力扶持谁，政策倾向谁，资本向谁集中。如果没有向楠的风情万种和舍生取义，你温颖涛最多是个高级打工仔罢了。

向楠心里这么想，却从不讲出来。对温颖涛甘当王八，她倒有几分佩服，古今中外，成大事者必须有这样宽广的胸怀。夫妻二人，不管人前人后，都长年保持着恩爱和睦、相敬如宾、比翼双飞的形象，相当不容易。

向楠昨晚被身穿连帽衫的"苏晓青"吓得不轻，疑心生暗鬼，难免胡思乱想，到现在还没能平息。今天上午股票暴跌，邝瀛声色俱厉地讨伐，大有不打死颖楠科技绝不收手的气势，更给她迎头暴击。

在生死存亡之际，什么风度、情分、颜面都抛在脑后，当下至关重要的，是找出真相，然后对症下药，找到对付邝瀛，挽救颖楠科技的方法。

当然，这同时也是自我救赎。"苏晓青"和邝瀛的法律诉讼双重夹击，绝不可能是巧合，背后一定有只看不见的手在操纵。颖楠科技在明处而对手在暗处，已经落在下风。所以，一定要逼温颖涛说出实情，哪怕夫妻反目，也在所不惜。

向楠的语气极尽讽刺和挖苦之能事，丝毫不留情面："说得好，够霸气，不愧是温总、温董事长、温老板，你这前半生，一帆风顺，一马平川，蹦得高，飞得远，这是你天生的本事，你的人品和思维方式，就是为这个弱肉强食的丛林社会量身定制的，甚至不需要后天打磨，你生来就与它完美契合。可惜，你虽然在这片丛林中游弋自如，却从没有机会以旁观者的身份审视和了解它。这片丛林物产丰富，应有尽有，让每个人都垂涎三尺，但它并不任由你予取予求，它从来不是吃素的，花是食人花，树是食人树，把你养肥以后，它就会凶狠反噬。而你，温董，你虽然吃人不吐骨头，捞钱不顾吃相，却压根没有应付反噬的手段，你的下场，注定被丛林吞噬，连渣都不剩。"

温颖涛做梦也想不到优雅、干练、大气的向楠会劈头盖脸地对他说出这样的话，语气中饱含指责、教训、蔑视。即便是训斥犯错的下属，她的遣词造句也非常过分，更何况对方是她结婚十年的丈夫、生意伙伴。

他被训蒙了，空洞无神的眼睛对着她，一时不知道该怎么接招。

向楠跨前一步，凑到他耳边，声音低沉而凄厉："十年过去了，到现在我还记得清清楚楚，高华天出殡的前一天，苏晓青忘在我寝室的那件红色连帽衫不见了，那是寒假期间，除你以外没有别人去过我寝室。你和苏晓青的体形非常接近，如果穿上他的衣服，一打眼几乎就是同一个人，连我都很难分辨。你偷走他的衣服干什么？这个问题困扰我多年，直到颖楠科技上市当天，邝瀛大闹庆功现场，我才突然想清楚，你偷走那件连帽衫，当然是为了冒充苏晓青，趁天黑潜入殡仪馆，盗窃高华天的遗物。高华天走得急，没来得及留下遗嘱，他家人不了解他的研究课题，为安慰他在天之灵，索性把他的遗物一股脑打包陪葬，准备在第二天火化时一道烧成灰烬。而当时只有你最清楚高华天研究的人脸识别技术的进展和市场前景，邝瀛或许也略有耳闻，但毕竟没有直接参与项目，远不如你知道得详细。你当晚装扮成苏晓青，骗过殡仪馆守门人，偷走高华天的研究成果，之后一路顺风顺水，成立公司，拿到风投，站上互联网飞速发展的风口，成为溱洧市IT界巨头。谁能想到这一切辉煌，都是公司当家人偷来的！"

"你今天吃错了什么药？和我这样说话！"温颖涛急怒攻心，双眼通红，却强行遏制咆哮的冲动，竭力保持已濒临崩溃边缘的君子风度。向楠的话语让他既震惊又恼怒，却猜不透她用意。他天性冷漠而多疑，除自己外，从未完全信任过任何一个人，即使对待亲生父母和结发妻子，他都在许多方面有所保留。虽然和向楠在一起生活多年，却互相存有默契，绝口不提苏晓青和白修仪的名字，以及与他们有关的一切往事。但是今天向楠不仅打破禁忌，大谈特谈苏晓青，而且就选在颖楠科技面临重大危机的节点，有点后院起火、落井下石的意思。温颖涛眼下的处境可谓内忧外患，两者都不容忽视，外患处理不好，可能断手断脚,而内忧出现闪失,可能直捣心窝。

温颖涛在情绪极端激动时仍能勉强控制,试图摸清对手意图,这深沉的城府让向楠由衷佩服。但眼下是十年不遇的最佳战机,绝不能轻易放弃,她必须硬起心肠,奋勇追穷寇,一举解开困扰她多年的谜团,并由此占据上风,奠定日后夺取颖楠科技绝对掌控权的基础。

向楠斩钉截铁:"我就要你一句实话,人脸识别技术是不是高华天的研究成果?是不是你潜入殡仪馆偷来的?"

十七 众叛亲离

AT NIGHAT AND DAWN

向楠穷追猛打，温颖涛到现在才明白过来：原来她乘人之危，试图抓住颖楠科技摊上官司、股票大跌的战机，翻出掌门人的旧账，将把柄握在手里，用作日后篡宫夺权的筹码。

向楠和温颖涛都是心机深沉、操弄权术的人，在处世哲学和做事手段上往往不谋而合，相互引为知己，所以对于彼此的心意，无须挑明，一猜即中。这次向楠主动发起进攻，虽然战机把握得好，推理逻辑严密，语气咄咄逼人，占尽上风，但苦于事情过去多年，无迹可寻，当事人只要矢口否认，谁也拿他没办法。

温颖涛眼见向楠有备而来，不知道她是否藏有录音录像设备，于是哂笑说："你受了什么刺激？胡说八道。"顾左右而言他，无论如何不肯亲口说出真相。

夫妻两个争执未休，稍后召开临时董事会，又是一番没结果的论战。董事们垂头丧气，推诿责任，但最终形成统一战线，都夹枪带棒地攻击温颖涛，暗指他是造成当下局面的祸首。

董事会持续到下午三点多钟，董事们急火攻心、口干舌燥、疲惫不堪，却提不出一条行之有效的对策。眼看大盘上的股票一路下跌，董事们的心脏跟随着沉下去，沉下去，似乎深不见底，于绝望中忽而峰回路转，曲线抵达谷底，开始向上反弹，且上升趋势锐不可当，使得平日喜怒不形于色的董事们按捺不住，都喜上眉梢，连声说"透亮了，透亮了"，既有自我安慰的成分，也有虔诚祈求命运女神垂青、放我一马的意思。但话音未落，大盘又劈面一个耳光打来，打得人人脸红耳热、惊恨交集，那支曲线才回调一半，又掉头跌下去，刚才的升势有多迅疾，现在的跌势就有多割心。这次曲线下定决心，瞅准方向下跌，绝不回头，转眼跌破谷底，仍"跌跌"不休。

"哐当"一声，执行董事乘人不备，连人带椅摔倒在地，脸皮充血，猪肝般红。大家吃惊，把冲到口边的话咽回去，纷纷向俯卧在地的执行董事行注目礼，等他自行爬起来。温颖涛座位离执行董事最近，于是伸手捅他几下，叫两声，没有回应，才惊呼："不行了，人不行了。"

大家手忙脚乱，掐人中的掐人中，打电话的打电话，不多时叫来救护车，把执行董事送往医院。这么一搅和，董事大会无法继续开下去，大家悻悻而去。

颖楠科技迎来上市后第一个跌停板。

温颖涛心里窝囊，喉咙里像堵着个棉球，鼓鼓的，一阵阵犯恶心。在宽大的真皮座椅里呆坐小半天，终于打定主意，跟谁也没打招呼，一个人走消防梯下楼，启动车子，径直往道谛寺驶去。

在距离道谛寺数百米外停好车，徒步走向寺院大门。此时已是黄昏时分，橙色的夕阳穿透云层，将余晖洒在古朴的寺院上，灰砖青瓦泛起微光，越发显得法相庄严。温颖涛步履沉重地拾级而上，忽有一刻魂游天外，身心灵与夕阳古刹融为一体，浑然忘忧，隐约悟到法璨禅师舍弃俗世荣光遁入空门的大智慧。他生平第一次对曾经坚定执着的人生目标感到迷茫：这一场狠狠争来的荣华富贵，到底是得是失，恐怕不到最后关头，谁也没有定论。

但这动摇的念头在心中一闪而过，一缕夕阳余晖如利剑般刺得眼睛生疼，他左脚绊上右脚，踉踉跄跄地摔倒在石阶上，虽然右手撑地，迅速爬起来，但膝盖和手掌都擦破皮，渗出血丝。

法璨禅师不知什么时候站在石阶尽头处，面无表情，似乎有意在迎他，见温颖涛凭空摔一跤，双手合十，微微欠身，说："在寺庙门前跌倒的香客，不知有多少，但历来只有柴陵郁禅师因此悟道，留下一首流传千古的偈语：我有明珠一颗，久被尘劳关锁，今朝尘尽光生，照破山河万朵。悟道不拘泥于形式，全在唤醒自身佛性。"

温颖涛以前多次来道谛寺礼佛，法璨从未曾到寺外迎接，而且他念诵的偈语看似即景生情，却仿佛另有寓意，让温颖涛顾不得身上疼痛，隔着几步远就向他躬身行礼，说："师兄，有些日子没见，你又清减了。"法璨出家前就和温颖涛以师兄弟相称，出家后这称呼沿袭下来，并不违和。

法璨凝视他眉心良久，摇摇头说："施主的来意都写在脸上，这次事情太大，和尚恐怕无能为力。你命中注定逃不过此劫，人生在世，顺势而为。无论福报业报，都是自己求得，自己承担，佛度有缘人，却不颠倒造化格局。"

温颖涛被兜头浇一瓢冷水，心沉到谷底。法璨是他在困境中的最后一根救命稻草，是搞定邝瀛的唯一指望。邝瀛为人倨傲，脾气臭，历来只服两个人，一是已经化成灰烬的高华天，一是遁入空门的法璨，除他俩外，连天王老子都不给面子，连亲生父母和结发妻子的话都听不进去。温颖涛到现在还不确认邝瀛手中掌握什么证据，却能猜个八九不离十，那是一柄能断送他事业和名誉的达摩克利斯之剑。他最后的幻想，是恳求法璨出面调停，阻止邝瀛把证据公之于众。温颖涛在开车赶来的路上，下定决心，如果能私下和解，他不惜把全部身家一分为三，与法璨和邝瀛均分，虽然这样做难免大伤元气，却至少能保留一线生机。

法璨是有大智慧的人，在俗世时，不仅专业精湛，而且洞察人情通达世故，是非常难得的复合型人才；而出家为僧后，饱览佛经，妙悟禅机，又成一代高僧。温颖涛虽然城府深沉，擅长操弄权术，在法璨面前，却束手束脚，半点施展不出来。

温颖涛不甘心，还想继续恳求："师兄，邝瀛……"

法璨念声佛号，打断他说话，又念诵说："假使千百劫，所作业不亡；因缘会遇时，果报还自受。"这首偈语与他上一番话大意相仿，讲的是因果业报。佛教以为，福是自己修来的，祸也是自己感召的。人的一生，就是个因缘果报的过程，前世因，今生果，时机一到，因缘生果，自作自受，丝毫不差。万法皆空，因果不空。

出家人打机锋，法璨把话说到这地步，已经相当明确，他对温颖涛做过的事情未必一清二楚，但大致上知晓。他和温颖涛曾是高华天的得意门生，两人资质和成就最高，邝瀛的天赋稍差，但是和高华天感情更加深厚。温颖涛的所作所为，不仅有愧天地良心，而且亵渎高华天的亡灵，法璨再怎样慈悲，终究不可能倒戈，反过来帮助他对付师门。

温颖涛见法璨挡在前面，不肯让他进寺，摆明是置身事外的态度。他对这位师兄十分敬畏，以财物贿赂的话更加不敢说出口，只好合十致意，转身离去。

法璨目送他步履沉重地走下台阶，不禁想起多年前和他同门求学的场景，昔日的快乐时光已一去不复返，少年的意气风发演变成今天的各怀心腹事。法璨微微摇头，世人贪婪，世事险恶，和尚终不能度。夕阳残照下，一中年僧人独自伫立，神情落寞，晚风轻拂他的宽袍大袖，仿佛一幅水墨画，笔酣墨饱，却意兴阑珊。

温颖涛心里郁闷，想今年命犯太岁，什么事都不顺，先是向楠和他翻脸，两人心里有了疙瘩，往后婚姻更难维系，然后邝瀛又抛出重磅炸弹，把颖楠科技的股票炸得七零八落。这两个残局都要花心思收拾，而且操控和运作起来困难重重，结果如何，他没有半点把握。

来到半山腰，忽然看见一个明亮的秃头，在斜阳映衬下熠熠生辉，仔细看过去，竟是道谛寺都监法明。他心里一动，按一按口袋里事先写好的三百万元转账支票，向法明走过去。

法明正专心致志地挥舞铁锹，铲除在山坡上野蛮生长的几丛野花，没留心有人靠近。温颖涛在几步远的地方喊声"师兄"，法明才看见他。

温颖涛脸上堆笑，念诵佛号，寒暄几句，说："师兄，你在道谛寺的地位崇高，还亲手做这些粗重活计，果然是简朴淡泊的大师风范。"

法明微笑，指向那几丛野花说："彼岸花是《法华经》中的四华之一。经书说：'彼岸花，开一千年，落一千年，花叶永不相见。'此花只开于黄泉，是黄泉路上唯一风景，当灵魂度过忘川便忘却生前种种，把曾经的一切留在彼岸。方丈吩咐，此花是不祥之物，如果在道谛寺寺产内见到它，务必除去。"

温颖涛才注意到那几丛野花红艳艳的，花瓣左冲右突，妖娆而张扬，与道谛寺肃静庄严的气象格格不入。仔细看那花瓣时，又好像一只只人手，从地底探出来，伸向天空祈祷，说不出的诡异。此时残阳如血，山坡空寂，温颖涛心里突地一跳，不自禁地打个冷战。

法明看出他的异样，说："施主别来无恙？这次大驾光临，不知有什么贵干？您从山上下来，应该已经见过方丈师兄了？"

温颖涛说："一切安好。刚和法璨师兄小晤，承蒙他指教，受益不浅。这次上山不为别的，只为供养我佛，圆我福报。"取出那张三百万元的转账支票，双手捧着，递到法明胸前，说，"请师兄助我达成心愿。"

法明退后一步，双手合十，谦恭地说："施主虔心礼佛，可喜可贺，但是没有方丈首肯，法明万万不能擅自接受布施，请施主先向方丈说明，否则法明担当不起破坏戒律的罪名。"

法明在道谛寺出任都监，精明干练，擅长与外界打交道，他眼看温颖涛从山上下来，脸色不善，显然是在法璨和尚面前碰了一鼻子灰，而这次供养礼佛的金额巨大，事出反常必有妖，所以说什么也不肯接受。

温颖涛在上山前虽然惴惴不安，并没有十足把握，却仍抱有很大希望，想凭借自己和法璨的多年交情，以及每年巨额供养，法璨或许会顾及情分，帮自己出面与邝瀛斡旋。他也不要法璨彻底平息纷争，只要他给他争取一些时间，说服邝瀛不把证据公之于众，不走法律程序，私下里，他付出再大的物质代价也甘心情愿。

但法璨和法明像事先商量过一样，对待他的态度出奇一致，温和而坚决，没有半分回旋余地。

法璨究竟在顾虑什么？他究竟知道多少内情？温颖涛不敢深想。法璨虽然已斩断红尘，但是他出家前和高华天师徒情深，不输父子，如果他相信邝瀛的指控，选择置身事外已是最温和的反应。即使更进一步，在邝瀛点燃的熊熊烈火中再添一把柴，也在情理中。

温颖涛到这地步才彻底断绝幻想，道谛寺从此对他合上大门，成为一堵厚重冰冷的铜墙铁壁。

他迷迷糊糊地辞别法明，深一脚浅一脚地来到山脚下，转了两圈才找到车子。一辆藏蓝色的几百万级豪车，低调奢华，自带贵族气质，是他今年年初才入手的最新款，此刻孤零零地趴在山脚停车场中，遗世而独立。温颖涛满腔邪火无处发泄，拼尽全力挥拳砸在车身上，激发车载报警系统，"呜啦呜啦"的警笛声在山谷中久久回荡。

突然，他在狂乱中嗅到一股刺鼻而奇异的气息，刹那间天旋地转，身体好像不再是自己的，萎靡无力，软绵绵地栽倒在石板地上。

十八

来者下善

——

AT NIGHAT AND DAWN

温颖涛在道谛寺前连续吃闭门羹的时候，江风畔按事先约定，正施施然地行驶在赶往颖楠科技总部的路上。

江风畔今天心情不错，中午吃饭后又犒劳自己两大块黑巧克力，然后在毛衣外面套上挺括的藏蓝色西装，往桀骜不驯的头发上喷点水，整一整造型，走到镜子前自我欣赏。他向镜子里的自己竖起大拇指，以示对自己的造型非常满意，内心深处伸出一只手，在自己肩头拍一拍："老江，够帅。"

天公作美，晴空万里，天色像品质上乘的蓝缎子，蓝得剔透、爽利，不掺一丝杂质。夕阳柔和的光辉被稠密的榕树叶子剪碎了打在城市身上，光影斑驳错落，像一件神仙缝制的特大号迷彩服。

向楠早派唐骏在门前等候，引导江风畔乘电梯直奔位于顶楼的总经理办公室。颖楠科技于日前上市后，大举扩充公司规模，吸纳新生力量，并增购所在商务大厦的两个楼层。外界看上去，颖楠科技如日中天，前景光辉灿烂。

向楠一如既往地打扮得漂亮得体，似乎昨晚的"见鬼"经历、今天的股票暴跌以及杂乱无章的董事会都没能影响她的好心情。她穿一身阿玛尼青灰色套装，配巴黎世家白色亮面皮鞋，玉颈上戴一条卡地亚限量版钻石项链，长发如瀑布般倾泻在肩头，她的发质极好，油黑乌亮，纤细柔软，随意披散，就有万种风情。

颖楠科技上市以后，向楠的名气远播，责任沉重，工作越来越忙碌，但她并未因此而忘乎所以，或像暴发户一样增长坏脾气，反而态度更加亲和，身段更加柔软，大有举重若轻的统帅风度。从内向外散发出令人无法抗拒的人格魅力，仿佛这是她命中注定的人生，皇天赋予的使命，所以荣耀加身而漫不经心，富贵逼人而云淡风轻。

秘书上茶，茶具异常精美，据说是大师手绘的紫砂壶，少不得一番吹捧和客套，然后江风畔跟向楠简单介绍过贺小艺盗窃金手镯一案的案情，说："一起盗窃案，牵扯出一起陈年失踪案，有多种迹象表明，停尸房里那具佩戴金手镯的女尸，有可能是十年前离奇失踪的溱洧大学研究生白修仪。"

江风畔此前在电话里跟向楠说案情紧急，需要专家级人脸识别服务，并未提到白修仪的名字。这时他貌似漫不经心地脱口而出，如同一个惊雷在向楠耳边炸响，她猝不及防，即使再怎么冷静，再怎么城府深沉，仍难免心头巨震，脸色有异。

江风畔察觉她的异样，关切地问："向总，你身体不舒服？"

向楠忙故作镇定地掩饰："不知道江警官平时是否留意股市？今天颖楠科技的股票下跌，虽然没什么大碍，但开了大半天会，有点疲劳。"

江风畔的歉意溢于言表："向总业务繁忙，我在这时候上门打扰，真是没有眼力见，该打。"

向楠说："不要紧，创业这么多年，我早就把身体的生物钟调节成高强度和快节奏，习惯了像陀螺一样旋转，也习惯了疲劳的状态。"她借着这几句无关痛痒的话，岔开和白修仪有关的话题，借机思考应对办法。她脑筋转得飞快,几秒钟就做出决定,不回避"白修仪"这个名字,直接谈论她,就像局外人谈论一个记忆深处的、遥远而模糊的名字一样,有回忆,有猜想,有惋惜,甚至,有共情,才不会引起江风畔的疑心。

她好像才反应过来一样:"你刚才提到的那个失踪的女研究生,叫什么来着?"

江风畔:"叫白修仪。"

向楠貌似下意识地屈起两根手指敲击桌子,语气感慨:"白修仪,对,我想起来了,是我上届的学生,不同专业,在读书期间失踪,活不见人,死不见尸。虽然没见过面,但多次听人提到这个名字。"

江风畔诧异地说:"日前在颖楠科技上市答谢酒会上,白修仪的父母一起到场,我还以为向总曾经和白修仪很熟,和她的父母也认识。"

向楠埋下伏笔,等他抛出这个问题,顺势不着痕迹地把疑点转移到温颖涛身上:"这件事说来话长,而且牵扯到感情纠纷,不容易说清楚。白修仪生前和温颖涛……"

江风畔插话:"你确定白修仪已经死了?"

向楠一怔,掩饰说:"这么多年杳无音讯,大概率是不在人世了。"她怕越描越黑,轻轻一带就滑过去,"白修仪失踪前一直追求温颖涛,而且追得很苦,很痴心,温颖涛不堪骚扰,曾经跟导师高华天诉苦。"她想高华天死去十多年了,这话是真是假,让警方跟一抔骨灰去核对吧。

江风畔似乎对她的话深信不疑:"确实听过关于白修仪和温颖涛的风言风语,想不到是白修仪单相思,温颖涛没对她动过心。"

向楠微笑,眼角眉梢流露出胜利者的大度和宽容:"温颖涛学历高,能力强,家庭条件好,人长得不难看,读书时有很多追求者,白修仪只是其中之一。不知怎么,白修仪父母一厢情愿地认为他们是男女朋友关系,四处宣扬,想来是能找到温颖涛这样的女婿,他们脸上有光彩。"向楠虽然眼睛长在头顶,自命不凡,但在男欢女爱这件事上,仍

169

难免心胸狭隘，尖酸刻薄。

江风畔像鸡叨米似的点头："和我的判断相差无几，相差无几。"

向楠受到鼓励，几乎也信了自己编织的谎言，继续说："那年冬天，是学期末寒假初的时候吧。"她做出努力回忆的表情，"大概就是那个时间段，白修仪突然失踪，没有任何痕迹，好像是凭空消失，校园里传得沸沸扬扬，曲折离奇。白修仪的父母性子偏激，当然，人到中年，痛失独生女，精神受到刺激，也在所难免。于是杠上了温颖涛，非说白修仪失踪和他有关系，哪想到这一杠就是十年。当时出于他们的压力，溱洧大学保卫处长，呃，就是现任副校长许光远，对温颖涛的行踪进行细致调查，有大量人证物证表明，温颖涛和白修仪的失踪毫无关系。调查过程十分缜密，但凡有点头脑和理智的人都深信不疑，却无法取信于白修仪父母，这是神仙也没办法的事。"

江风畔压低声音，有点和向楠越说越投机的意思："咱关起门来说话，想什么就说什么。依我看，那老两口，都疯疯癫癫，胡说八道，不可信，不可信。"

江风畔的信任让向楠十分开心，转到正题："刚才秘书没转达清楚，江警官这次过来，有何贵干？"

江风畔倒不急，一改往常雷厉风行的作风，慢条斯理地说："根据犯罪嫌疑人贺小艺的描述，制作了一张疑似白修仪的女尸的画像，请向总帮助确认两者的相似程度。"却又不立即把画像拿出来，发了一通感慨，"贺小艺这人本质不坏，甚至可以说是热心肠的好人，但是好人也有犯错误的时候。人这一辈子，有许多试错机会，也有试错权利，但是凡事有尺度，有些错误绝不能犯，一错误终生，没有回头路。哎，向总知道贺小艺这个人吧？她是安德殡仪馆的遗体整容师，苏晓青生前的同事。"

江风畔今天来者不善，大剌剌地提起向楠最忌讳的两个名字，每提一次，都让向楠心头"突"地一跳。她又想起昨晚在街上劈面相逢的"苏晓青"，以及那件像凝结的血液般暗红的连帽衫，骨髓里向外透出寒意，全身起一层绵绵密密的鸡皮疙瘩。

江风畔见她忽然没有回应，呆呆地面向前方，却眼神涣散，有点魂不守舍的意思，不明所以，凑近一步，低声招呼："向总，向总，你咋啦？"

向楠"离魂"片刻，又被他召唤回现实世界，余悸未消，勉强遮掩："没事，失礼了，抱歉。我在想贺小艺这个名字，有点耳熟，你如果不提，可就完全想不起来。"

江风畔非常理解："毕竟不熟悉，又过去十来年，想不起来也正常，正常。"

向楠轻轻地摇摇头，说："我没和贺小艺见过面，只通过一次电话。"她稍做停顿，似乎在努力挖掘遥远而模糊的记忆，"那是苏晓青遇害的那天清晨，贺小艺曾给我打来电话，询问苏晓青的去向，那是我们仅有的一次接触。"

江风畔不无感慨地说："怎么说呢，这么类比也许不大合适，但是我真心觉得，我和贺小艺从事的工作都是特种行业，和普通老百姓的生活有距离。我在转刑警前做过近十年的缉毒警，那段日子，不堪回首啊，说是脑袋系在腰带上、朝不保夕也不算过分。而贺小艺呢，和死人打交道的时间比活人多，年纪轻轻，就见证过数不清的生离死别。这样的人生经历，注定会造成思维方式和生活追求都与普通人不同——"他似乎下了很大决心似的说，"有人说啊，贺小艺这辈子唯一喜欢过的男人，就只有苏晓青，但那时候，苏晓青好像是向总的正牌男朋友？"

这是江风畔第一次当面和向楠说起她和苏晓青的关系。于情于理，向楠和苏晓青要好六七年，见证者众多，不可能也没必要隐瞒这段经历。向楠对苏晓青的感情深刻而复杂，到后期，她对他由爱转恨，她痛恨他对自己太好，痴心苦恋，痛恨他辛苦打工、省吃俭用地供她读书，痛恨他在两人前程地位相差悬殊时还不自行消失，让她禁锢在道德枷锁里左右为难。她甚至以为，这是苏晓青处心积虑设计的圈套，利用她的天真纯情，让她在十七岁花季深陷情网，并施以小恩小惠，让她无法自拔。

当然，她以为的"小恩小惠"，倾注的是苏晓青的全部青春和血汗。趋利避害是人的天性，即使在选择性记忆时也是如此。

向楠心想男欢女爱的事情，别人说什么都是扯淡，只有当事人说的才算数。江风畔这人貌似憨厚，其实一肚子坏水，这会儿突然提到苏晓青，保不准在打什么鬼主意。她必须掌握对话的节奏，不能被他牵着走。

向楠面露微笑，云淡风轻地说："年轻时瞎胡闹，已经过去这么多年，还提它干什么。"这句话既没承认也没否认江风畔的问题，进可攻退可守，先摸清对方底细再说。

江风畔貌似毫无心机，仍不知好歹地替向楠打抱不平："向总和他——怎么说呢，差距太大，年轻时胡闹也就算了，万一弄假成真，向总这一辈子可不是耽误了吗？"

向楠心有戚戚焉，却在脸上做出不悦的表情，刻意显示念及旧情，不愿听见关于苏晓青的负面评价："人死为大，十几年前的往事，还说这些有什么意思。"担心言多必失，不再和江风畔东拉西扯，提醒他，"江警官，你刚才说有一张白修仪的画像需要识别？"

江风畔忙不迭地从拎包里取出一个信封，打开封口，小心翼翼地取出一张挺括的A4纸，递给向楠。

贺小艺的记忆力超强，而溱洧市公安局的模拟画像师专业能力过硬，向楠才接过那张A4纸，白修仪的面部画像就映入眼底，跃然灵动，栩栩如生，连凄苦悲怆的表情都描绘得细致入微，如泣如诉的眼睛与向楠对视，似乎在质问她为什么要痛下杀手，让她含冤地底，魂魄飘飘荡荡，无所附丽？

向楠下意识地把画像甩开，好像它是一块灼热的烙铁，烧痛了她的手。

江风畔目不转睛地盯着她的一举一动，见状忙问："向总，有什么不对劲？"

向楠心里尴尬，脸上掩饰地笑："没什么，画得真像，突然看见一张死人脸，怪吓人的。"

江风畔："画得真像吗？向总刚才好像说从没见过白修仪？"

向楠的心往下一沉，意识到自己说走嘴，但她反应快，随口圆谎："呵，我是说画得跟真人一样，这张脸倒是眼生。"

江风畔倒不急着办正事，忽然又多愁善感起来："如果最后证实这具女尸就是白修仪本尊，真应了那句老话：造化弄人。她单恋温董事长，结果死于非命。而苏晓青对向总一往情深，同样年纪轻轻就含冤而死。反观温董和向总，不仅姻缘和谐，儿女双全，而且事业腾飞，荣华富贵。人这一辈子，生生死死，浮浮沉沉，没处看去，真应了《菜根谭》里那句老话：人生无常，盛衰何恃，念此令人心灰！"

向楠听他越说越直白，按捺不住火气，心想你江风畔是个什么东西，我冲着你帽子上顶的警徽和肩膀上扛的警衔才给你面子。脱掉这身制服，你就是一个油腻腻的大肉球，才懒得正眼瞧你。她天生性格内敛，待人和气，但多年商场博弈，性格磨炼得越来越强硬，既然江风畔一再触及自己底线，她索性撕开伪装，把话挑明："江警官今天来者不善！听你话里话外这意思，怕不是来鉴定那具女尸是不是白修仪，而是早已经确定是她，特意来试探我口风来着？我和温董与两起案件扯上关系——你叫它命案也好，意外也好，就算我们倒霉，虽然洁身自好，奈何四周都是沼泽，再怎样小心，也难免惹一身泥。但这两起案子过去十年有余，而且当时已经有结论。如果我没记错的话，苏晓青案的经手人还是市公安局现任副局长廖阔，现在又来翻弄这些陈芝麻烂谷子是什么意思？就算江警官不把我们平头百姓放在眼里，这样大模大样地打廖局耳光，真的好吗？"

向楠的最后一句话说得难听，威胁意味十足。其实她和温颖涛又哪里是什么平头百姓呢？两人名片上的各种头衔加起来，有几十种之多，在溱洧市算得上手眼通天的人物。江风畔但凡有几分世俗的聪明，就不该来招惹她。十年前的积案，在案发时就没取得证据，没锁定任何一名嫌疑人，而时间如流水，洗去所有记忆和物理痕迹，如今旧事重提，几乎没有拿到铁证的可能。如果江风畔仅仅凭空怀疑，那么他怀疑白修仪是被苏晓青杀害也好，被向楠杀害也好，被不相干的路人杀害也好，任由他怀疑，对向楠毫发无损。而且，不要以为向楠手无寸铁，逆来顺受，如果他没有任何证据，却恣意做出超越尺度的执法行为，那么，向楠一旦缓出手来实施反击，一定让他不死也脱层皮。向楠在溱洧市经营十年，人脉盘根错节，不夸张地说，在溱洧市范围内，任何一个领域，她都能伸手进去，搅起一波风浪。

江风畔倒也识趣，不和向楠硬来，她的脸色撂下，他马上赔笑："向总，误会，误会。这话怎么说的。"他隔空往自己饱满红润的胖脸蛋上虚挥一巴掌，"该打，该打！向总，你和温董，都是我真心敬佩的人，至于廖局，那是我的领导、长辈、恩师，我再怎么犯浑，也不敢冒犯你们，从想法到言语，都不敢。我这才从医院出来没几天，脑子不清楚，胡言乱语，你千万别和跟我一般见识。"

向楠明知道他心口不一，嘴上道歉，心里憋着坏主意，但他到底是刑警队长，身后是执法部门，既然肯屈尊低头，给她说小话，她也不能不依不饶，至少面子上要过得去，于是大度地挥挥手："能理解江警官办案子的急切和压力，咱们说到哪儿了。如果警方没有取得实质证据，我和温颖涛都不希望再卷进十年前的案子里，往事重提，会加重我们的精神痛苦和思想负担。希望你能理解这里面的难处，也希望你能把这些话转达给廖局。"

江风畔乖巧地说："一定做到，一定做到。"

不出意料，人脸识别结果再次证实警方判断，根据贺小艺的记忆绘制的女尸面容，与白修仪的生活照对比，相似程度达百分之九十以上，加上女尸腕部佩戴的黄金手镯为佐证，基本可以确定，那具在安德殡仪馆被悄无声息地火化的女尸，就是消失多年的白修仪。

云五朵得到消息后，出奇地平静，在蒙着一层油腻和灰尘的老房子里呆坐半响，才强撑着站起来，一步一挪地走进卫生间，洗把脸，把灰白蓬乱的头发在脑后梳成一个娇俏的丸子。然后从衣柜里翻出多年前最喜欢的鹅黄色长款羽绒服，修身牛仔裤，紫色厚底短靴，靴筒上绣有两个可爱的卡通人物，远远看上去，俨然青春少女，近观却颇有惊悚的效果。

云五朵魂不守舍地走出家门，等公交车，迈上公交车，落座，到站下车，木然走到白凤至墓地前，对路人的指指点点和哂笑喝骂充耳不闻，活像一具行走的僵尸。

她端坐在白凤至墓碑前，喃喃地对着它说话，声音低沉而含糊，只有她自己才能听清说的是什么。她从正午时分开始喃喃自语，直到日落西山，直到暮色四合，她口干舌燥，疲惫不堪，却仍然不肯停歇。

夜色笼罩的墓地更加静谧，割面如刀的北风中隐约传来几句断断续续的话："亲爱的……凤……心肝呵……宝贝，你再等等，等抓到杀害小仪的凶手……等我亲眼看见凶手伏法，就去那边陪你……咱一家三口……团圆……"

白凤至的墓碑旁，有一株彼岸花正盛开，花瓣似钩，挺拔遒劲，艳红如血。

十九
十年未晓
AT NIGHAT AND DAWN

云五朵在夜色笼罩的墓地里喃喃自语时，温颖涛正从昏迷中慢慢苏醒。

恢复意识的瞬间仍然半清醒半糊涂，头晕，隐隐作痛。渐渐睁开双眼，眼前一片漆黑，耳边静得可怕，完全辨不出身在何处，甚至不能笃定他还活着——毕竟，死亡是一条不归路，谁也不曾从幽冥世界回来过，说不清那边的真正模样，万一现在就处在鬼门关的入口呢？鬼知道。

在冰冷和恐惧中迷茫良久，他尝试抻抻胳膊，踢踢腿，都还听使唤，心底竟萌生劫后重生的侥幸，慢慢整理思路和情绪，回想起白天发生的事情，以及昏迷前的刹那——在道谛寺山脚下的停车场忽然失去意识，醒来就到了这里。

他才明白自己的处境——被人暗算了，危险还没解除，暗算他的人就在身边，虽然还不清楚这人的用意，但是不排除杀害他的可能。

更深的恐惧袭来，他忽然感到四肢发软，全身无力，裤子里冰凉一片，是小便失禁？身体好像不是自己的，若即若离，无法做出正确的判断。

在绝望中寻找希望——他忽然想起这句他时常用来激励被裁员工的"名言"，当此情境，他必须自救。

这是哪里？手指在地面上摸索，是冰凉坚硬的水泥地，忽然，他被一个极可怕的念头击中，瞬间意识到自己的处境，身上沁出细密的冷汗。

如果所料不错，这应该是十年前苏晓青遇害场景复现，他现在就置身于溱洧大学红楼资料室。

谁干的？谁把他劫持到这里？是什么居心？暂时无从知晓，只有一点可以确定，无论对方是人是鬼，一定是知情人或知情鬼。

还活在这世上的知情人，一只手就能数过来。温颖涛把他们在心里逐一过筛子，又逐一否定。

首先排除的是廖阔和江风畔，无论他们破案的心情多么急切，料想还不至于执法犯法。其次排除的是金山和金宝囤，父子双双身陷深牢大狱，没有作案能力。再次是武眉，一个失心疯子，压根不需要考虑。

思来想去，既知晓当年密室命案的细节，又有加害温颖涛的动机和能力的人，只有一个——他的结发妻子兼事业伙伴，向楠。

颖楠科技眼下面临邝瀛起诉、股票暴跌，起家的根基受到严重威胁，算得上危急存亡之际，而向楠素来对他持有公司大半股份颇有微词，甚至怀恨在心。如果她趁此时机栽赃陷害，让他背下黑锅，把他踢出局，她就有机会接管集团，甚至更进一步，辗转腾挪后，把颖楠科技变成她一人的天下，也不是没有可能。

知己莫过枕边人，向楠有多可怕，温颖涛最清楚。而温颖涛有多心狠手辣，向楠了解最透彻。

他想到和向楠在一个屋顶下共同生活十年，生儿育女，卿卿我我，她却处心积虑地要置他于死地，心里空荡荡的，像寒窑一样落寞而冰冷，想诅咒，辱骂，大吼大叫。

可是他终究什么也没做，因为耳边忽然传来窸窸窣窣的声音，像衣服摩擦地面，又像老鼠在来回跑动。在无边无际的黑暗中，这声音被无限放大，诡异可怖。他的全部身心被恐惧占据，四肢僵硬，不听大脑使唤。

忽然耳边传来细碎而急促的脚步声，温颖涛的恐惧达到极点，聚集全身残存的力气，猛地坐起。几乎与此同时，风声掠过耳畔，一件硬物重重砸在他刚刚躺倒时的头顶处，如果他没有及时躲闪，这一下即使不要命，也必然头破血流。

温颖涛情急下，撕心裂肺地吼出来："你是谁？为什么要杀我？"

黑暗中的对手已再次挥起那件硬物，正要狠狠砸下去，忽然听见他的大吼大叫，手停在半空，脱口说："明明是你把我抓到这里来的。"是个三十岁上下的陌生女人声音，略带嘶哑。

温颖涛更加迷惑："你是谁？"

那女人说："你先说你是谁。"

温颖涛急于弄清状况，再谋划脱身保命的办法，于是诚实回答："我是颖楠科技有限公司董事长，温颖涛。就记得今天下午，还是昨天下午？唉，弄不清现在是什么时候。我本来好端端地在路上走，不知怎么突然被人弄晕，醒来时就躺在这里。"

那女人诧异地问："你是温颖涛？"

温颖涛听她语气异样："你认识我？"

那女人："我是武眉。"

温颖涛既奇怪又震惊："武眉？你怎么会在这里？"

武眉把手里的硬物丢在地上，发出"当啷"声，原来是她的"看家武器"——一条油漆剥落、残缺不全的桌子腿，恨恨地说："跟你一样，在路上被人迷晕——多半就是和前两次同样的手段。"她在黑暗中狠命踢出一脚，当然全无目标，踢中的是想象里的仇人，"这个王八蛋，说什么也不肯放过我。别让我知道他是谁，不然和他拼命，把他撕成一条条的。"武眉咬牙切齿。

"我知道这个王八蛋是谁。"一个男人的声音在不远处悠悠地说。

温颖涛和武眉压根没想到房间里还有第三个人,这突如其来的声音虽然平静低沉,在他俩听起来却像惊雷一样响亮,脑子里嗡嗡作响,似乎连思维都被震得七零八碎。

武眉是惊弓之鸟,心理创伤没有愈合,恐惧程度比温颖涛强烈得多,她的腿像筛糠似的颤抖,实在支撑不住身体,只好双手扶墙,慢慢滑坐在地上,大口喘气,似乎随时可能窒息昏厥过去。

温颖涛虽然同样害怕,但求生欲望强烈,仍竭尽全力地从困境中寻找一线生机:"你是谁?你知道是谁把我们锁在这里的?"

那男人声音道:"你怎么知道我们被锁在这里?"他刻意把"锁"字咬得很重,"门被锁了吗?我甚至不知道门在哪里。"

温颖涛被他抓住漏洞,忙掩饰说:"有什么奇怪?这里八成就是溱洧大学红楼地下室,十年前发生的那起案子我可是目睹过的。武眉,你是当年那起案子的当事人,是不是?"

武眉有气无力地说:"这个王八蛋盯死我了。喂,你刚说知道他是谁,倒是说来听听。"最后这句话是说给那个不知名的男人的。

男人哂笑说:"武眉啊武眉,你好愚昧,被人暗算三次,居然还不知道对手是谁。"

武眉被他吊足胃口,又急又气:"你还不是和我们一样被关在这里,知道个屁。"忍不住飙一句脏话。

男人倒不生气,语气里仍带着笑意:"一个月前,你第二次被人反锁在这间地下室里,那次是和江风畔一起。"

武眉越来越害怕:"你连这件事都知道?你到底是谁?"

男人不直接回答她的提问,自顾自地说:"每个犯罪现场,无论多么离奇,多么不可思议,其实都有迹可循。人性趋利避害,普通人如此,犯罪分子也一样,只要不被种种障眼法迷惑,看清楚谁是犯罪行为的受益人,就不难找出戴着面具的凶手。"

武眉被他的话唬住,不敢再大喊大叫,语气柔和许多:"你接着说。"

男人忽然沉默不语，只听得见悠长沉重的呼吸。这时地下室里漆黑一团，寂静无声，气氛沉闷而压抑，简直要把人逼疯，良久，他才开口说话："温颖涛，你今天去道谛寺做什么？"

温颖涛愣住："你……你怎么知道？"

男人似乎无所不知："你是去道谛寺祈求法璨和尚出面，劝说邝瀛放你一马。邝瀛和你结仇多年，一直在找你麻烦，你并没有放在心上，为什么你这次格外重视，不惜动用法璨这张王牌呢？"

温颖涛不知道这男人是何方神圣，到底洞悉多少真相，唯恐多说话被他抓住把柄，于是把嘴紧紧闭上，一言不发，先摸清他底细再说。

男人似乎有备而来，并不需要温颖涛坦白、解释或辩解，继续说："因为你明明知道，邝瀛这次掌握的证据足以推翻你，不仅颖楠科技危在旦夕，你可能还有牢狱之灾。他手里的证据，就是上一次江风畔和武眉被锁在这间地下室里时找到的那枚硬盘。"

他似乎有一双长在天空上的眼睛，冷冷地打量人间，一切私下交易、暗地勾当，尽在掌握。武眉毛骨悚然，凄厉尖叫："你不是人，是鬼！"

武眉的惨叫好像粉笔划过黑板发出的吱咯声，温颖涛禁不住打个冷战，深有同感，身边这男人神秘莫测，而这间乌漆墨黑的地下室里鬼气森森。

男人冷笑："鬼有什么可怕？人心险恶，比鬼可怕得多。武眉，你虽然受高华天委托，保存那枚硬盘，却不知道那里面储存的是高华天的毕生研究成果，算得上人脸识别领域的开山之作。他去世后，有人趁夜潜入殡仪馆，盗走与他遗体陪葬的硬盘备份，加上商业运作，成就了颖楠科技今天的辉煌。但那个小偷非常清楚，一旦那枚硬盘重见天日，他的罪恶行径就会被拆穿，所以，他必须不遗余力地得到那枚硬盘，把它毁掉。因此，他守在地下室门外，等你和江风畔进来后，在外面把门反锁，注入有毒气体，等你们晕厥后，他再为所欲为。只要毁掉这件关键证据，从此再没有任何人、任何事物能证明他有罪，他可以逍遥法外，欺世盗名，尽情享受荣华富贵。"

武眉听得入神，长吁一口气："原来是这样。"忽然又想起一件事，"不对，当时我和江风畔都陷入重度昏迷，差一点就死掉，那个小偷当然已经把硬盘偷走，怎么后来又辗转到了邝瀛手里？这说不通。"

男人开心得笑出声："那个小偷自恃聪明，把世人玩弄于股掌，无往不利。没想到这次遇到的对手是江风畔，在生死攸关的时刻，还没忘记把硬盘调包。那个小偷费尽心机，冒着杀害警察的巨大风险，得手的却是一枚西贝货（假货）。温董事长，是不是这样？哈哈，哈哈……"

温颖涛自以为手段高明，滴水不漏，此刻却像是在闹市中被当场捉赃的毛贼，或者暴露在聚光灯下一丝不挂的奸夫，被人看得彻底，既尴尬又惶恐，张口结舌，一时想不出对策，半晌只憋出一句话："你到底是谁？李半山？周仙水？"

他最大的仇家非邝瀛莫属，但是他和邝瀛相识多年，非常熟悉他的说话方式，那男人的声音和邝瀛没有一丁点相似。李半山和周仙水都是他生意上的对手，仅直接打过一两次交道，思来想去，只有这两个人最有可能把他囚禁在这里。温颖涛投身名利场，历练多年，对其中的肮脏内幕再清楚不过。所谓科技企业，所谓时代精英，其实都是外壳而已。真正的运作方式、竞争手段、发展蓝图，仍是丛林社会那一套，粗暴的近身搏斗，血腥的弱肉强食，毫不掩饰的流氓手段，无所不用其极。所以在他认知里，跻身溱洧市十大杰出青年的李半山和周仙水完全做得出绑架杀人的勾当，没有任何道德和法律上的顾虑。

那男人嗤笑："李半山和周仙水是什么东西？"

温颖涛对声音敏感，而且擅长模仿别人说话。虽然眼下心烦意乱，却仍然能确定，曾经听见过这男人的声音，虽然并不熟悉，也许只有三言两语，但他非常笃定，这男人曾与他有过近距离接触，只是一时想不起来，他到底是谁。

武眉异常愤怒，尖叫说："温颖涛，你敢不敢承认，把我和江风畔反锁在地下室里的人就是你？"

温颖涛仍抱有一丝残存的幻想，身边这个不知来历的男人虽然对他的暗地勾当清清楚楚，如同亲眼看见，但毕竟都是猜想，没有确凿证据，他只要想办法脱身，仍有翻盘机会，所以无论如何不能给别人留下口实。但是武眉的精神状态让他害怕，不知道哪句话会激怒她，从而引来一顿暴打，索性闭嘴，一言不发，既不承认，也不否认。

那男人似乎并不期待他亲口承认什么，继续说："不到最后关头，温董是绝不会开口的。其实何止是上次，就连十年前那一次，那个狂风暴雪的夜晚，你，苏晓青，还有金山，被锁在这里，苏晓青一命呜呼，也是今日的温董，当年的温博士，亲自动的手。"

温颖涛不屑："胡说八道。当年那起案子的现场是我和向楠以及金山父亲等几个人一起发现的，而且溱洧市警方早已经有结论，武眉和金山在接到苏晓青的短信后如约来到现场，分别被苏晓青迷晕，然后用武眉的钥匙打开资料室，把他俩藏在里面。这起案子和我没有半点关系，你想栽赃陷害，恐怕没那么容易。"

武眉也替温颖涛辩解："确实是这样，约我去现场和迷倒我的都是苏晓青，温颖涛不是东西，我犯不上帮他脱罪，但是也没必要冤枉他。"

男人冷笑："准确来说，约你去溱洧大学红楼前见面的是从苏晓青手机上发出的短信，但发送短信的不是他本人。"

武眉纳闷："那有什么分别？难道苏晓青会把他的手机借给不相干的人？"

男人说："他也许不会把手机借出去，但是如果那时候苏晓青已经死了呢？他的手机就会落在凶手手里，由他为所欲为。"

武眉一怔："荒谬，我在红楼前亲眼见到他，而且在地下室里和他共处很长时间，亲耳听见他说话，你说他在那之前就已经死了？难道我见到的是鬼魂？"

男人说："你在红楼前远远看见他的身影，其实并没有看见他的脸，是不是？凭着固化思维，你先入为主地以为他是苏晓青。然而，你有没有想过另一种可能性,他其实是一个和苏晓青的身材接近,并穿着苏晓青衣服的人?"

武眉在脑海中重播十年前那个刻骨铭心的雪夜,第一次开始怀疑自己:"他不是……不是苏晓青?这……这怎么可能?"

男人说:"他冒充苏晓青,在你毫不戒备地走近时,突然从背后用乙醚捂住你口鼻,几十秒内你就会失去意识。然后,他又用同样手段对付金山。你们晕倒后,他有充足时间把你们拖进地下室,布置作案现场。"

武眉仍然不信:"就算这段说得通,可是在地下室里,我明明听见苏晓青说话,而且不止一句。"

男人似乎无言以对,沉默下来,半响,"温颖涛"压低嗓音说:"那些话不是苏晓青说的,是有人故意模仿他。"

武眉不满:"你当时又不在现场,信口开河,可信度为零,还是把嘴闭上的好。"

温颖涛惊叫:"你到底是谁?为什么会模仿我的声音?"

武眉迷惑不解:"温颖涛,你干什么?你疯啦?"

男人说:"武眉,你还不明白,前面那句话是我说的,你误以为是温颖涛。在黑暗中,精神高度紧张的状态下,人的判断力急剧下降,模仿别人说话就更容易成功。特别是有些人天生具有超强的模仿能力,加上事先充分准备,在特定的背景环境中,完全能以假乱真。"

武眉的思路乱成一团麻,那遥远的、痛苦的记忆像电影里的黑白镜头,摇过来又摇过去,一帧帧画面、一句句对白,繁杂纷乱,让她混淆了过去未来,更加茫然迷乱。她靠在墙壁上,痛苦地捶着头,发出"怦怦"的声音。

男人继续启发她:"十年前,那个你以为的苏晓青一醒过来,就大喊大叫,声音嘶哑变形,从头到尾,没有像平时一样正常地说过一句话,是不是这样?"

武眉:"是……吧?!"

男人说:"这就是那个模仿者的伎俩,他拼命喊叫,貌似惊恐不安,符合当时的情绪设定,而且如果模仿的声音有什么破绽,也能轻易遮掩过去。"

武眉半信半疑:"可是,他……为什么要这样做?"

男人:"因为他要掩盖当时苏晓青已经被杀害的事实。他要利用你和金山做证,苏晓青是在地下室里被杀死的,而凶手是你和金山其中的一个,从而误导警方的侦查方向,不怀疑到他身上来。"

武眉:"我当年和金山都一口咬定,苏晓青是在密闭的地下室里死去的,过去这十年,我笃定地以为是金山下的手。难道……难道,这里面还有别的蹊跷?"

温颖涛:"别听他胡说八道,没有任何根据的想象一文不值,这种故事,我十分钟能编三个出来。"

男人:"是凭空想象还是言之凿凿,咱们走着瞧。"

武眉心里的谜团千头万绪,才梳理一个,又有几个同时冒出头:"就算像你说的那样,凶手杀死苏晓青在先,然后伪装成他,在地下室里迷惑我和金山。可是,这间地下室从里到外都锁得严严实实,我曾经亲手证实,门里有一道插销,外面有非常坚固的不锈钢暗锁,也就是说,地下室里面的人出不去,外面的人进不来,根本就是一间密不透风的密室。除非凶手有穿透墙壁的特异功能,才能完成接下来这一系列行为:一,趁我和金山昏睡时,在门里打开不锈钢暗锁,偷偷溜出门;二,把苏晓青的尸体移进地下室;三,在门外划上门里的插销;四,在门外用钥匙锁好暗锁。你应该知道,过去十年,我从没放弃研究这起案子,考虑过各种可能,这四个步骤在我脑海里演练过无数次,结论是,地下室里自始至终只有我、苏晓青和金山,没有第四个人能出入。"

那男人吁一口气,说:"听得出来,你确实用心思考过,这个问题也曾困惑过我很长时间,但是,上次你和江风畔被困在这间地下室里时,江风畔的自救举动启发了我。他既然能从门里打开门外的不锈钢插芯锁,应该也能在门外划上门里的插销。这两件事也许并没有想象的那样难,只不过我们被固有的思维模式限制,没有深入思考,所以都中了凶手的圈套。"

江风畔被困在密室时积极自救,在九死一生关头逃脱,可以说既有侥幸成分,又得益于多年从警生涯培养的冷静、经验、沉着和勇敢。或者,他矢志解开苏晓青枉死的谜题,事先曾认真观察过那道门锁,甚至在心中反复思考过开锁的方法,才在关键时刻逃出生天,也挽救武眉一命。

但是武眉刻意回避那个可怕的夜晚,所以始终没把江风畔的逃生技巧和十年前的苏晓青遇害案联系起来,直到现在,承蒙身边这个不知名男人的启发,好像大梦初醒,她张嘴结舌:"这……这……"说不出一句完整话。

男人呵呵笑出声来:"其实,现在这房间里,就有人能轻松打开门锁,不留任何痕迹地逃脱。可惜他没得空,而且暂时没找到称手的工具,是不是这样,温董?"

温颖涛鼻子里喷出浊气,一声不吭。

男人存心要激得他心浮气躁,说:"温董,江风畔既然成功从地下室里逃生,想必已经想通了凶手的作案手段,再加上那枚移动硬盘,凶手的作案动机昭然若揭,两下结合,不怀疑到温董身上也不可能。以江风畔的聪明和城府,到现在还按兵不动,应该是在等待收网的最佳时机。温董失踪多时,江风畔随时可能找到这里来。你倒拍拍自己的心口,是希望他出现,还是不出现呢?"

这几句话说到温颖涛心里,他的神经一颤,脸上肌肉急速抽动几下,好在四周漆黑,谁也看不见他的反应。

武眉仍然纠结于心中未解的谜团:"江风畔脱身时我正神志恍惚,没看见他开锁过程,不知道他用的是什么办法?"

男人说:"这个地下室的门锁是十几年前的老式插芯锁,有三道锁,第一道是斜舌,第二道是主锁舌,有三条不锈钢锁杠,第三道是保险舌。只要有称手工具,比如尖嘴钳或剪刀、螺丝起子,再加上一根铁丝，如果手法利落的话，十分钟内就能打开。其实这些技巧并不重要，重要的是，江风畔用亲身经历证实了十年前的那起案子并非无懈可击，并没有穿墙透壁的特异功能人士参与，而是一起精心谋划的蓄意谋杀案，而除去你、金山、苏晓青，至少还有第四个当事人。"

武眉还没有十足相信："别忘了，那天晚上下了一整夜大雪，地面上留下非常清晰的脚印。经溱洧市公安局的足迹专家鉴定，红楼前的雪地上只有三行脚印，分别是我、金山和苏晓青留下的，没有第四个人的痕迹。"

男人冷笑："不止如此，第一个注意到那三行脚印并提议保护现场的人，正是温颖涛，贼喊捉贼，故布迷阵。犀利吧？讽刺吧？温颖涛和苏晓青身材接近，只要穿上苏晓青的鞋子，踩在他的脚印上倒着走，就可以不在雪地上留下他自己的脚印。而且他蓄意谋杀，完全可以事先准备一双和苏晓青一模一样的鞋子，连换鞋的步骤都省掉。"

武眉到现在才相信男人的话，如梦初醒。困扰她整整十年的谜团一旦解开，心里五味杂陈，是轻松？解脱？悲怆？凄凉？自怜自艾？哭笑不得？恐怕连她自己也说不清。她在黑暗里呆呆地啃着指甲，思绪恍惚，魂游天外。

男人质问温颖涛："温董，在这间地下室里，眼下只有我们三个人，十年前的命案现场，故地重游，好像就在昨天，你敢不敢亲口承认，苏晓青是被你杀死的？"

温颖涛说："你什么都知道，奇怪，你到底是谁？"他虽然没有直接回答男人的问题，但这句话无疑是承认了男人描述的案情。

十年前的苏晓青命案，改变了许多人的命运，武眉是其中之一，甚至可以这样说，她是除苏晓青外，最悲惨的受害人。对和她遭受同样际遇的金山来说，他有靠山、有选择、有退路，一次或几次重大挫折，对他造成的负面影响微乎其微，并不能阻断他的人生道路。但武眉则完全没有试错成本，她的人生如履薄冰战战兢兢，一步走错则满盘皆输，而苏晓青命案是她不能承受之重，她不仅被迫中断学业，而且在那之前的所有努力和微薄收获瞬间归零，她终于不能逃脱父母辈的宿命窠臼。

所以，对于苏晓青命案，武眉和溱洧市警方一样，从来不曾真正释怀。这些年在生存线上苦苦挣扎，她几乎已经忘记了少女时代的绮丽梦想，心如死水，无欲无求，没有爱，也没有恨。但就在此时此刻，就在这间像墨一样黑的地下室里，她心中却升腾起对温颖涛的强烈厌恶和憎恨，那是一种久违的、陌生的、新鲜的情绪，虽然是负面的，却足以证明她还活着。

武眉朝着温颖涛的方向厉声质问："所以，你是先杀害苏晓青，然后再布置迷局，企图嫁祸我和金山？"

温颖涛不屑地笑："你说是，就算是吧。"

武眉："你为什么要杀害苏晓青？他那时候虽然和向楠好，但是谁都看得出来，向楠的眼里和心里都没有他，早就想方设法要甩掉他。他没有和你争夺向楠的本钱，你为什么不能放他一马？"

温颖涛嗤笑："武眉啊武眉，难怪你活到今天这种爹不亲娘不爱的地步，你脑子里装的都是糨糊吗？考虑问题的方式完全和主流价值取向背道而驰，难道我会为一个女人杀人？会吗？这世界上最不缺的就是拜金女人，我只要勾勾手指，就有成百上千的女人送上门，过去是，现在是，将来还是，所以，女人对于我，从来不是稀缺资源。要想成大事，做任何行动前，都要考虑风险和利益的平衡，为蝇头小利而冒巨大风险的，是蠢材，但是当利益足够大而不敢冒险的，是懦夫，是普通人，是芸芸众生。马克思说，如果有百分之十的利润，资本就会保证到处被使用；有百分之二十的利润，资本就能活跃起来；有百分之五十的利润，资本就会铤而走险；为了百分之百的利润，资本就敢践踏一切人间法律；有百分之三百以上的利润，资本就敢犯任何罪行，甚至去冒绞首的危险。这段话就是这个意思，也是我的人生信条，是我走向巅峰的阶梯。

"杀死苏晓青，是因为他有他的取死之道，我有我的迫不得已。我在向楠寝室偷到苏晓青的连帽衫，冒充他进入安德殡仪馆，从高华天的遗物里成功拿到人脸识别技术的全部文档。必须说，当年这个在全球领先，但还没来得及见天日的新兴技术里有一半是我的心血，而且在后期我对它做了大量修补完善工作，所以，我拥有这项技术的专利是天经地义。整个计划的唯一纰漏是，我进入安德殡仪馆时被工作人员贺小艺看到，她误以为我是苏晓青，在我身后连声叫他名字，我装作没听见，其实我是听见了的，也知道这将是一个潜在的巨大隐患。第二天高华天出殡，我在殡仪馆见到苏晓青，他并不认识我，却远远盯着我看，表情里藏着很多内容，在那一刻，我就下定决心，苏晓青必须消失，必须！"温颖涛说到这里，咬牙切齿，语气里透出阴冷狠毒的戾气，让武眉不禁打了个寒战。

温颖涛："苏晓青不是傻子，只要贺小艺跟他提起在安德殡仪馆门口偶遇的事，他就不难猜到穿着他那件连帽衫的人是谁，在深夜来到殡仪馆有什么目的。而且他是向楠的男朋友，青梅竹马的感情，他这种社会底层人，最喜欢夸大感情的深度和广度。虽然我和向楠只当他是个屁，但他自我欺骗，自我麻醉，自我感动，已经到了中毒的地步，所以几乎不可能放弃这段感情。爱之深，责之切，只要他活着，就随时有报复我的可能，甚至一辈子都是我眼中一粒沙，肉里一根刺，让我不得安宁。于是，我安排他死在地下室里，这是他最好的归宿，如果他还活着，一定是痛苦多于快乐，庸庸碌碌，蝇营狗苟，像蝼蚁一样下贱。他在地下有知，说不定会由衷感谢我，不是吗？"

男人"啪啪啪"地鼓掌："精彩，听温董一席话，胜读十年书。你这么一说，我倒觉得苏晓青死得好，死得其所。温董虽然不能说是替天行道，至少是顺势而为。那么，温董的前女友白修仪呢？你杀害她，也因为她有必死之道吗？"

温颖涛冷笑："你毕竟也有不知道的事，白修仪这种货色怎么值得我动手？她当年苦苦追求我，我和她在一起，只是在空窗期临时过渡，敷衍她而已，其实早就厌烦得不得了。甩掉她，像甩鼻涕一样容易，犯不着花心思花力气，更犯不着冒险。白修仪嘛，我猜她多半是被向楠杀的，苏晓青也卷在里面。"

男人问："向楠和苏晓青？你凭什么怀疑他们，有证据？"

温颖涛："证据倒没有，只是猜测。向楠和我结婚的前两年，睡觉不踏实，时不时说梦话，几乎全是关于白修仪的内容，有时还提到苏晓青的名字。"

男人似乎颇感兴趣："关于白修仪的梦话，怎么说的？"

温颖涛警觉起来："你问这个干什么？你是警方的人？"温颖涛猜想，保不准苏晓青命案久侦无果，江风畔使出阴招，设下这个局，派神秘男人来套他的话，虽然这种可能性不大，但是不能完全排除。他刚才坦然承认杀害苏晓青，并不是惊惶中自乱阵脚，失去防备，而是他明白法律是怎么回事。在这与外界隔绝的地下室里，不管说什么都不能当真，他随时可以推翻，有一百个自保理由，警方拿他毫无办法。

男人反驳他的猜测："警方的人？你以为溱洧市警方会使用这种非法手段办案？"

温颖涛："原来你也知道这手段非法。"

男人说："非法，但是有效！只要你亲口承认，你就是杀害苏晓青的凶手，这个局就没有白设。警方办案需要完整证据链，而我只要你的供词，有时候，正义不一定由执法者伸张。"

温颖涛说："我倒不知道苏晓青还有你这个愿意替他出头的兄弟。"

男人讥笑："温董啊温董，你在公司也是个聪明人，怎么到现在也猜不出我的身份？"

男人话音才落，温颖涛眼前好像划过一道闪电，身上灼热颤抖，心里雪亮，惊叫："原来是你……是你……"

头顶忽然剧痛难忍，脑海里嗡嗡作响，身体左摇右晃，终于支撑不住，脸朝下栽倒。他的意识脱离躯壳，飞在半空里，冷眼打量这冷酷绝情的人间。一缕腥咸的鲜血流过嘴角，至于那男人到底是谁？终于没来得及说出口。

武眉歇斯底里，拼尽全力挥舞一截课桌腿，一下下落在温颖涛头上，地下室里回荡着硬物和颅骨的撞击声，"噗噗"的闷响，像鼓槌敲击破败的皮革。

温颖涛的头皮裂开，一条条的，颅骨碎成一片片的，鲜血混合着脑浆，在蒙着厚厚尘土的水泥地上流成一个不规则的几何图形。这个风光一时的溱洧市科技界大鳄，悄无声息地在红楼地下室里死去，死得凄惨而悲凉，死得轻于鸿毛。

那男人盘坐地上，双眼微闭，像老僧入定般聆听武眉撕心裂肺的吼叫，以及温颖涛头颅碎裂的声音，两行泪水缓缓流下脸颊。

二十 跌落谷底

AT NIGHAT AND DAWN

　　进入警方重点监控视线的温颖涛失踪超过五小时后，警方循例启动寻找程序，层层上报，且协查通告分发到辖区内各派出所。江风畔在凌晨三点收到消息，从被窝里爬起来，一边大口吞咽面包咖啡，抱怨梁素琴这回买的面包不是三和坊出品，一边飞车赶到警队。

　　摸清情况后，警队一致同意，温颖涛作为警方重点监控人，上市公司实控人，且正值公司危急时刻，突然失联，事态严重，不可掉以轻心。

　　部署警力后，江风畔直接拨通许光远电话，说溱洧大学红楼可能有重大警情，需要他协调沟通。

　　许光远正睡得迷迷糊糊，一听见"红楼"和"警情"几个字就头大，条件反射般立刻清醒过来："什么情况？有人报警？"

　　江风畔："没有人报警，直觉，我昨天右眼皮狂跳，原来应在温颖涛失踪上面。人生无常，来处即归处。找他，应该去红楼。"

　　许光远听得一头雾水："你不仅篡改古诗，还仅凭直觉，就兴师动众地去大学校园查案子，万一有差错，会造成恶劣影响。"

江风畔没时间和他多解释："没有兴师动众，就咱们两个。信我，猎手急，狐狸的耐心也不多了，编筐编篓，全在收口。十年前你经手的案子，现在还得由你来了结。"

许光远觉得江风畔的话乍听上去似乎有道理，但都似是而非，经不起琢磨。有心和他辩论，禁不住他再三催促，只好匆匆穿戴整齐，心急火燎地往红楼赶过去。

两人在红楼前碰头时还不到早上五点，冬天日出迟，天空没有一丝光亮，红楼前树影幢幢，鬼气森森。只有几米远的一盏路灯昏黄如豆，像夜风中摇曳的烛火，给人缥缈的希望。

地下资料室的铁门锁得严严实实，楼道整洁如镜，平静如常，不见一丝异样。许光远诧异地瞅一眼江风畔："你确定这里有事？"

江风畔少有地严肃："凭直觉，昨天夜里有大事发生。"

许光远将信将疑，敲几声门，又把耳朵贴在门缝上听，没有一点动静。和江风畔对视一眼，目光达成共识，取出钥匙开锁。

缓缓推开门，漆黑不见物，隐隐的血腥气扑鼻而来。江风畔摸不清里面情况，挡在许光远前面，掏出枪，打开保险，另一只手在墙上摸索电源开关，灯光随手而亮，却似乎疲惫而不情愿，一闪一闪，随时可能罢工。

室内面积有限，情况一目了然，地面居中俯卧着一具尸体，此外并无他人，靠墙摆放的资料架整整齐齐，所有物件各安其位，没有任何搏斗迹象。

从尸体的衣物和体形判断，应该是一名中青年男子。因俯卧，看不见面目——即使能看见，也无法辨认，整个头颅被打成血葫芦，白色的脑浆混合暗红色血液，构成一幅艳丽而恐怖的图画。

许光远下意识地退后一步，记忆中浮现出十年前苏晓青遇害的画面，与眼前这具尸体对比，俯卧姿势、外伤部位、遇害时间，都十分相像，只是这具尸体受伤更重，情形更加恐怖。有一瞬间，他甚至感觉自己在做梦，不确定眼前景象，究竟是幻是真。

江风畔通知警队，溱洧大学有重大警情，所有在家的精干力量，火速到溱洧大学红楼地下室集合。

验尸结果显示，死者名为温颖涛，死前系颖楠科技有限公司董事长，人脸识别技术领域领军人物。

尸检结果让人毛骨悚然：温颖涛头部遭到连续二十一下击打，颅骨碎裂成八块，牙齿脱落，眼睛爆出，大部分脑组织裸露在外，死状极其凄惨。

张小唐尸检时龇牙咧嘴，说脸都打烂了，如果不是在尸体上找到驾照，要花些力气才能确认死者身份。

江风畔说没那么难，就凭这从头到脚的纪梵希，手腕上的百达斐丽，这气质，这风度，溱洧市也找不出几个，排查范围有限。

张小唐说，人都死了，嘴下留德。

江风畔说，有些事，不是死了就一了百了，不然秦桧干吗在岳王庙前下跪千年？

张小唐说，类比不当，离谱。

凶器就留在现场——一根四棱的硬木课桌腿，与杀害苏晓青的凶器一模一样。桌腿上沾满鲜血和脑浆，又在地面上裹一层灰尘，血腥里透着肮脏。

许光远唏嘘不已，说这起案子简直就是十年前苏晓青命案的翻版，只是不见另外两名生还者。

让警方出乎意料的是，现场不仅没有生还者，也没留下任何痕迹，所有的指纹、足迹，都打扫得干干净净。"作案人的心理素质非常稳定，而且准备充分，从容不迫。"许光远说。

在尸体上衣口袋里找到一只录音笔，材质低劣且做工粗陋，与温颖涛的华丽贵气格格不入。

"这是凶手故意留给我们的。"江风畔接过录音笔，翻过来调过去地端详，似乎要看穿它隐藏的秘密。

"凶手故意给警方留下线索？"许光远质疑。

"未必是线索，是凶手想说的话，也许他有太多秘密、压抑和委屈，只能通过这种方式跟世界谈谈。"江风畔说话故作高深，许光远和张小唐触不到他脉搏，面面相觑。

他的判断是正确的。录音笔确实是凶手留在现场，有意通过录音向警方复现案发过程。准确地说，录音内容经过精心剪辑，涉及那神秘男人和武眉的对话绝大部分均已剪掉，保留的主要是温颖涛的犯罪供词。

几名办案人员屏住呼吸听完录音，脸上表情变幻不定，时而惊讶，时而愤怒，时而紧张，时而流露出"原来如此"的释然。录音笔好像情绪过山车，载着他们急速上升又急速坠落，急速转圈又急速穿梭，有种失去掌控的无力和无助感。

许光远最受触动。这些人里，只有他曾经亲身全程参与十年前的苏晓青命案，那起案件带给他的冲击是巨大的，影响是深远的，而心理变化是持久的。困扰他长达十年的谜底竟然以这种出乎意料的方式解开，而真相与他所有的设想都大相径庭，真凶竟然是他无论如何也不曾想到的人。整整十年，苏晓青的沉冤终于昭雪，真凶以同样的方式送命。天道轮回，天理昭彰，他的内心在解开谜底那一刻风起云涌，巨浪滔天。

张小唐对十年前那起命案所知甚少，所以听过就算，并没有多少感觉，但日前江风畔在红楼地下室险些送命的案件仍历历在目，心有余悸，当听到温颖涛在录音里承认两起密室谋杀案都是他策划执行，忍不住骂出声："这个浑蛋。"张小唐性格恬淡平和，说话温言细语，骂人"浑蛋"已经是她词库里最脏最有力度的词语。

当听到温颖涛语出惊人，竟然指证向楠是杀害白修仪的凶手，许光远的脸色苍白，说不清是愤怒、震惊，还是悲悯？张小唐讶异不已。只有江风畔表情平静，似乎早有心理准备，一切尽在意料。

直到录音结束，神秘男人也没暴露身份，但武眉的名字出现两次，让人意外而诧异，居然又是她！三起红楼地下室奇案，武眉都参与其中，她究竟在扮演什么角色？难道，她的疯癫和怯弱都是伪装，而警方一直低估了她在这几起案件中发挥的重要作用？

眼下当务之急，是尽快找到武眉下落，获取她的口供。温颖涛虽然恶贯满盈，不仅杀害苏晓青，而且非法拘禁并企图加害江风畔，有他的取死之道，但是非曲直，自有法律评判，而是否以命抵命，更要经过严格的审判程序，以及法律和社会正义的综合考量，武眉没有剥夺他生命的权利，她必须为她的行为付出代价。

此外，武眉也许是唯一知道那神秘男人身份的人，至少，她有机会亲眼看见他的真面目。

如果，那个神秘男人是本案的幕后真凶，他会留下武眉这个活口吗？以他表现出的深沉心机和缜密手段，警方对此存有顾虑。

战机不容片刻贻误，江风畔立刻派人与武眉老家所在地——墨兹县警方联系，请求同行协助调查，而与此同时，溱洧警方的办案人员已驱车疾驰在抓捕武眉的路上。

廖阔在市局办公室坐镇督战，紧张得眉头紧锁，手心浸汗，连午饭都忘记吃。

但结果出乎意料。据墨兹县公安局政委伍峰反馈，武眉于上次在溱洧大学地下室遭遇危险后，心理创伤加剧，精神错乱更加严重。怕黑，怕密闭空间，怕与人接触，所以一直不能出门工作，整天整夜宅在家里，而且必须灯火通明，电视二十四小时播放，家人都不堪其扰，头痛难忍。

伍峰信誓旦旦地替武眉担保："别说昨天，就连上个星期，上上个星期，武眉都没出过家门，更不可能去溱洧大学。

"是不是百分百肯定？百分之一百二！武眉的家人可以做证，邻居可以做证。退一步讲，武眉即使有心去溱洧市，她没有那个能力！她神神道道，眼神涣散，说话不着四六，怎么去溱洧市？她连高铁都上不去！何况，她的身份证一直被她妈锁着，怎么买票？怎么住店？

"我有没有亲眼看见武眉真身？有！怎么没有？就在几小时前，看得真真的！那个精神状态，绝对不是装出来的，疯疯癫癫，眼睛里空空的，她装不出来。"

江风畔和伍峰打过交道，知道他虽然世故圆滑，是个能骄能谄能大能小的官油子，但他工作经验丰富，官场摸爬滚打几十年，尤其擅长观察人、琢磨人，以武眉的那丁点修为，在他面前，跟透明人没什么分别。他既然拍胸脯担保武眉从没离开过墨兹县半步，溱洧警方再继续展开调查，也不过是白白浪费人力物力，无济于事。

在录音笔里自称武眉的女子竟然不是武眉本人！也就是说，有人冒充武眉，诱导并逼迫温颖涛吐露实情，录音留做证据，然后在他头部连续击打二十一次，造成八处骨折，致使其牙齿脱落，眼球爆出，可见其力度之大，几乎已超越一个女人的体能极限，也许这极致爆发力的原始驱动是极致仇恨？

如果苏晓白没有被金山杀害、碎尸，有DNA和指纹为证，江风畔几乎以为这个"武眉"其实是苏晓白冒名顶替。

晚上他在刑警队办公室扒拉完一个盒饭，才把空盒丢进垃圾桶，许光远就找上门来。

许光远对红楼命案的关心程度绝不亚于任何人，而今天凌晨，疑凶温颖涛的尸体离奇出现在红楼地下室，更让他坐立难安。下午没到下班时间，就急匆匆地提前出门，直奔刑警队而来。

他亲自登门了解案情，既是苦主又是合作关系，江风畔不好怠慢，一边备茶，一边通知廖阔和张小唐过来。廖阔和许光远是老朋友，理应尽地主之谊。张小唐则和许光远有过数面之缘，而且除江风畔外，她对最近两起红楼地下室谋杀案了解得最深最透，更适合介绍案情。

张小唐撂下电话就急忙赶过来，廖阔接听电话的语气却含糊糊，既不说来又不说不来，一改平日果断爽利的风格，似乎身边有别人在场，有什么话不好放在明面上说。江风畔感到奇怪，却又没法追问上级领导，只好满腹狐疑地放下电话，跟许光远敷衍几句，然后转到正题。

"根据目前掌握的情况来看，案发过程应该是这样——"江风畔说，"昨天下午三点左右，温颖涛在道谛寺与法璨方丈会面后独自下山，在山脚下取车时被人偷袭。不出意外的话，偷袭手段应该是从被害人身后用乙醚捂住口鼻致其晕厥，然后把人移送到溱洧大学红楼地下室。我个人观点，是这对不知名的男女联手作案，并在地下室里演双簧，诱使温颖涛说出实情，然后把他杀害。事后收拾现场，从容离开。"

许光远纳闷，说："作案手段倒不是关键节点，要命的是作案的这两人到底是什么身份？就冲他们这刚劲狠劲，像是苏晓青的关系人，家人或者亲戚朋友之类，而且非常了解十年前红楼地下室命案的详情，甚至有些连我都未掌握的细节，却被他们掌握。我在心里寻思一整天，怎么也想不出这样两个人。"

张小唐说："作案凶器——那截课桌腿上只检出受害人的血液和脑浆，没有检出指纹，说明女人在杀害温颖涛后并不慌乱，而是从容地收拾现场，收拾得干净而彻底。就凭这心理素质和犯罪经验，绝不是第一次作案。这两人心机深沉，不比温颖涛逊色，是非常难缠的对手，这起案子，恐怕难度要超出十年前的'一·二三'大案。"

许光远："这连环案一波未平，一波又起，没完没了，不知什么时候才能等到真相大白那一天。"他说这句话是无心感慨，但在江风畔听来，却好像在责怪警方办案不力，禁不住脸上一阵红一阵白，想这几起案件的阵线拉得太长，甚至连自己这个主要侦办人都成为受害人，差点就一命呜呼，恐怕有许光远这种想法的人不在少数。

许光远并没察觉江风畔的心理活动，他的情绪完全沉浸在几起新老命案带来的巨大冲击里，与"一·二三"案同样让他牵肠挂肚的，是白修仪案的侦查进展。虽然从江风畔接手以来，十年前的积案死案重启，于重重迷雾中拨出一道曙光，于层层荆棘中杀出一条血路。但是直到今天上午，才有第一个嫌疑人进入警方视线，而且这个所谓的"嫌疑人"由命案受害人温颖涛在临死前非正式指证，可信度存疑，远远谈不上锁定。警方是否重视这条线索？能否循着这条线索取得突破进展？目前这些都是未知数，也是让许光远焦灼不安的心结。

"温颖涛指认向楠是杀害白修仪的凶手,理由是她曾多次在睡梦中提到白修仪的名字和杀害她的行为。在红楼地下室那种极端环境中,温颖涛连自己亲手杀害苏晓青都坦然承认,并承认他是前面两起地下室谋杀案的真凶,而且他应该没意识到与他困在一起的两个人在偷偷录音,所以他的话可信度很高。现在回头看,向楠当时的确有杀害白修仪的动机,是不是可以对她上些手段?想办法套出她的实话,了结这桩悬案。往迷信里说,告慰白修仪的亡灵,往现实里说,让凶手受到应有的惩罚。"许光远心潮澎湃,说到激动处,脸色涨得通红。

江风畔:"许校长,我理解你的心情,非常理解,感同身受,但是不能仅根据一段录音就对向楠上手段,这不符合程序。何况稍有处理不当,就可能触雷,惹一身不是。再退一步说,即使所有理想都变成现实,向楠果然是杀人凶手,而且亲口供认,我们还是治不了她的罪,没有证据,说什么都是空口无凭。这十来年过去,所有证据灰飞烟灭,连受害人的尸体都仅仅存在于贺小艺的供词里,证据链不完整,办不成铁案,嫌疑人随时可以翻供,置我们于被动。"

许光远:"照你这么说,这起案子死了,烂了,腐朽了,早该埋起来,还把它翻出来做什么?"

江风畔见他情绪激动,不知道怎么措辞,一时语塞。

张小唐忙打圆场:"倒也不能一棍子打死,物理证据湮灭了,心理证据还在。如果凶手亲口供认,而且供词里的作案时间、地点、手段、动机等因素都不和警方掌握的情况发生冲突,并保证在递到检察院和法院后仍保持认罪伏法的态度,应该还有机会了结这桩悬案。"

许光远泄气:"跟没说一样。"

三个人都找不到话题,气氛冰冷,江风畔端起杯子"吸溜吸溜"地喝茶水,还不忘礼让:"你们喝茶,喝茶。"

门外忽然传来轻微骚动声,隐约听见有人说话:"你们江队在里面?"像廖阔的声音。江风畔诧异,才要起来看个究竟,门被推开,三个人"踢踢嗒嗒"地走进来,走在前面的正是廖阔,三人全都身穿警服，警衔还不低，是公安阵线的中高层官员，警容端正，表情严肃，阵势森严。

江风畔愕然，从沙发上起立："廖局……"张小唐和许光远也不明所以，先后站起来。

廖阔打断他说话，只管介绍一起进来的两名警官："省公安厅督查室的梁楷副主任，吕逸明副主任。"

江风畔一听这来头，感到事态严重，急于知道原委，顾不得寒暄，直截了当地问："我摊上事了？"他所在的刑侦大队级别不高，只有他这个队长勉强够得上省厅督查室瞥一眼，所以两名副主任驾临，不用猜就是冲着他来的。

廖阔试图缓和气氛，向两名副主任露出笑容："坐，坐下来慢慢说。"

梁楷对廖阔的态度很客气，回报微笑，摆摆手说："三言两语的事，站着说。"转过头面向江风畔，立刻撂下脸，表情瞬间转变，快得像切换电影画面："你是江风畔？"

"我是江风畔。"下意识地立正，腰杆笔直，有点现役军人的意思。

梁楷说："我和吕逸明副主任代表上级领导，宣布对你的处理决定。"

江风畔发蒙，满头雾水，脑子里嗡嗡作响："处理决定？我犯啥事了？"

吕逸明从真皮提包里取出一纸公文，高举在自己面前，透过灯光能看见纸背面的大红印章。吕逸明调到公安厅前在溱洧市电视台做过播音员和主持人，声音洪亮，膛音浑厚："省公安厅督查室一二三号公告，二级警督江风畔，现任溱洧市公安局刑警支队刑侦二队队长，在办案过程中，独断专行，营私舞弊，有严重泄密行为，破坏营商环境，造成重大社会影响。经上级组织决定，免去江风畔同志现行职务，中止工作，保留警衔，无限期停职。"

江风畔五雷轰顶，张小唐心旌震荡，许光远目瞪口呆。廖阔低下头不敢看江风畔的表情，尴尬得恨不得变成隐形人。

梁楷："江风畔，你听清楚没有？"

江风畔的舌头打结："听……听……"

张小唐怯怯地问："领导，他……他到底犯了什么错误？"

梁楷："据颖楠科技公司总经理向楠举报，江风畔在办案过程中，未经组织允许，私自把重要证物泄露给颖楠科技的竞争对手道谛股份有限公司，被其技术总监邝瀛利用，恶意造谣中伤，导致颖楠科技的股票跌去两成以上，公司利益遭受特别重大损失。经省公安厅核查，向楠反映的情况基本属实，江风畔有重大违纪行为，必须严肃处理。江风畔，再问你一遍，听清楚没有？"

江风畔面红耳赤，强撑着回答："是，听清楚了，服从组织决定。"

梁楷意味深长地上下打量江风畔，嘴角露出神秘的微笑，既像同情和怜悯，又像蔑视和警告。他悠悠转身，缓缓踱出门去，留给江风畔一个英武伟岸的背影，吕逸明随后紧紧跟上。

房间里没人说话，寂静得能听见旁边人的心跳。廖阔没能保护好江风畔，感到歉疚，但此时此地，他有义务打破沉默，是表达慰问也好，是上级领导表态也好，是表现战友情谊也好，他必须说点什么，于是搜肠刮肚，想出几句话，虽然不合适不到位，也只能硬起头皮叨叨几句："事情要一分为二，换个角度看，这个处理决定也不完全是坏事……"

他的演讲才起头，张小唐听不下去，眼圈通红，一溜小碎步跑出门。廖阔思路被打断，忘记匆忙打好的腹稿，张开嘴说不出话。江风畔说声"抱歉"，跑步追出去。

现在是晚饭时间，但刑警队至少还有一半人没下班，走廊和院子里灯火通明。张小唐和江风畔前后脚跑出来，动静不小，逃不过明察秋毫之末的刑警们的眼睛，不敢围观，装作若无其事地斜眼打量。

江风畔在警队大门口追上张小唐，急得嗓子沙哑："当着这么多人，你这是闹哪出？"

张小唐的泪水在眼眶里打转："江风畔，你老实说，督查室的调查结果，是不是确有其事？有没有冤枉你？"

江风畔："这事我认，没冤枉我，可这不是侦查策略吗？策略。"

张小唐气急败坏："邝瀛给你多少好处？"

江风畔也急，语无伦次："哪有的事，你不要瞎猜，没有好处，公事公办。"

张小唐反问："公事公办？你这么大言不惭，脸上不发烧吗？"

江风畔嗫嚅："严格说，违纪的地方确实有，但没那么严重，向楠诬陷报复，这是显而易见的。给我点时间，一定能把这个处理决定翻过来。"

江风畔哭丧的表情把胖脸撑得更扁，眼睛挤成两条缝，鼻子几乎和脸等高，必须凑近细看，才勉强看得见一道隆起。如果说别人鼻子的高度是山坡、丘陵，江风畔的鼻子就是你家门前的小土包。这张丑脸让张小唐越看越气，想到这些日子心心念念地筹划和他一起生活，谁知道感情错付，一颗真心喂了狗，对他更加厌烦兼憎恶，更为自己不值："江风畔，你是不是以为我翻脸比翻书还快，一见你落难，就跟着落井下石？你误会也好，在心里骂我也好，我必须跟你说清楚，如果你因为别的事情被免职，受处分，我不会给你难堪，还会跟你一起扛。我张小唐不是情圣，也不是道德多么高尚的人，但是同甘共苦、不离不弃还是能做到的。"

江风畔："你既然这么说，有这个思想觉悟，就没必要把问题扩大化。咱们回去，结成统一战线，跟廖局把事情说清楚，错误我认，敲打敲打也成，但是不能处罚到这种程度，不能无限期免职，这不是故意整人吗？我不服。"

张小唐冷笑："江风畔啊江风畔，你真是聪明反被聪明误，既看不清局势也看不清自己。明确告诉你，咱俩的事情，到此就告一段落，我要重新考虑。你和我都是公安世家，应该更好理解，你知道我爸是怎么牺牲的吧？就是由于他的搭档违纪，私自把证据泄露给利益相关人员，导致案件侦破工作遭受重大挫折，而且我爸……我爸在侦查一线光荣牺牲。我平生最痛恨的,就是营私舞弊的警察。对不起,江风畔,你突破了我的容忍底线。"

张小唐强行忍住的泪水终于潸然而下,流过她姣好、红润的脸颊,流过她紧抿的、委屈而倔强的嘴角,腥咸冰冷。她不愿在江风畔面前示弱,快步离开,留给江风畔一个纤细的、决绝的背影。

江风畔在短时间里连续遭受两次暴击,脑子发蒙,呆呆地目送张小唐渐行渐远,想随后追赶,却犹犹豫豫,终于没有迈出脚步。

梁楷和吕逸明坐在车里,从头到尾看完这一幕,直到张小唐的身影消失在夜色中,仍不肯离去,似乎意犹未尽。

二十一 天助我也

AT NIGHAT AND DAWN

上市公司颖楠科技董事长温颖涛猝死，致使原本就一路走弱的公司股票再创新低，开盘跌去三个点，午后虽略有反弹，但股价一直在历史低点震荡。

值此危急存亡之际，向楠临危受命，经董事会决议，执掌颖楠科技第二任董事长帅印，并兼任总经理，要等找到合适的继任者后，才交出总经理职务。

所谓危机，危与机并存，危中有机，对此刻的向楠来说，尤其如此。

当获知温颖涛在红楼地下室殒命的突发新闻时，向楠萌生出"天助我也"的感慨和庆幸。有那么一瞬间，她甚至怀疑自己是真命天女，生来就肩负使命和担当，所以每逢关键时刻，都能心想事成，逢凶化吉。十年前，不知进退、不识时务、不揣鄙陋的苏晓青成为她前进路上的绊脚石，翱翔九天的羽翼上的铁秤砣，她迫于形势，精心筹划摆脱这个累赘，一个完美的方案已经成型，却在具体实施前，苏晓青适时地、知趣地死掉，给她省去许多麻烦。十年后的今天，颖楠科技成功上市，她的身价在三个月里连翻数倍，股民的钱，不管是生计所系的身家也好，还是奔竞逐利的资本也好，源源不断地注入她的私囊。她独处时，回顾半生道路，不禁感叹，芸芸众生，纷纷黔首，愚不可及，皆可为我所用，为我驱使劳役，而世间功名利禄，易如探囊取物。

向楠已今非昔比。颖楠科技上市后，横亘在她面前的最大阻碍，是她的经营伙伴温颖涛。他在很大程度上，遮蔽了她的光环，损害了她的实际利益。他在公司里的占股比她多，职务比她高，权力比她大，社会影响比她广泛，这都让她压抑和不满，进而滋生出强烈的恶意与仇恨。温颖涛到了谢幕的时候，把舞台移交给向楠，让聚光灯、鲜花、掌声，万千宠爱集于她一身，而过气的温颖涛的每一次亮相、每一句台词，都显得多余，哗众取宠，惹人厌憎。

就在向楠羽翼丰满，立志逐步架空温颖涛并取而代之的时候，他却选择一个最恰当的时机死了，被人在漆黑的地下室里连续击打头部二十一次，血肉模糊、浆液横流地死了，这对于向楠来说，真是大喜过望，是来自幸运之神的丰厚馈赠。

温颖涛横死的直接后果是颖楠科技的股票暴跌，不过那是暂时的，没必要太在意纸面上的起起伏伏。向楠对自己操纵股市和股民的能力有充分信心，只要等情势缓和，她策划几轮舆情，让股价打着滚暴涨，并不是痴人说梦。届时，成千上万的股民双手捧着白花花的银子恳求她收下，她也只好却之不恭。

这一场荣华富贵，真值得卧薪尝胆狠狠争来，值得豕突狼奔人头点地，值得马革裹尸流血牺牲。只有和向楠一样经历过从赤贫到巨富的人生，才会懂得个中况味，只有经历过从蝼蚁到巨鳄的蜕变，才会认同这场斗争的意义。

回首前尘往事，向楠无怨无悔，只有对自己的无限认可、欣赏和期许。

温颖涛横死，向楠顺理成章、众望所归地接替董事长，她在颖楠科技的股份占比和实际权力达到巅峰。而他的死亡带来的另一个利好是颖楠科技和道谛股份有限公司的官司被动陷入僵局,所谓"死无对证",凭着颖楠科技的财力,雇用一个豪华阵容律师团,让这场官司无疾而终,甚至永沉海底,并不是什么难事。颖楠科技从此摆脱创业之初的原罪,彻底洗白上岸,在全省甚至全国范围内领袖业界群伦,绝不是痴人说梦,而向楠财富暴涨,甚至问鼎福布斯富豪榜,指日可待。

温颖涛死后,她并没有浪费这可遇不可求的天赐良机,及时出手,榨干他的最后一滴剩余价值——向和她友情深厚的有力人士举报。既哀恸身为杰出企业家的丈夫无辜惨死,又痛心溱洧市纳税大户颖楠科技陷入困境,营商环境遭到严重破坏,而这都与江风畔的违纪操作密切相关——往轻里说,是违纪操作,往重里说,他已涉嫌渎职,应承担刑事责任。

向楠的举报有客观事实,有确凿证据,有悲情哀怨,有理性思考,有巨额资金损失,既高屋建瓴,又接地气,有金银铜臭,有美女芬芳——不拿下江风畔,无颜以对溱洧父老。

有力人士震怒,下属办起事来雷厉风行,所以江风畔被无限期停职,是否复职、何时复职,都是未知数,即使拖个三两年,让他慢慢缓过神来,到时身心疲惫,名誉受损,元气大伤,再给他安排个不咸不淡的闲职,满口参差不齐的虎牙拔去三分之二,看他还能咬谁?

借温颖涛横死的契机,向楠一举摆脱两个心腹大患,所谓福兮祸所伏,祸兮福所倚,世上纷纷扰扰,命运起起伏伏,实属难料。

江风畔的倒台,在警队里掀起轩然大波,整整三天,从上到下,明里暗里,所有人谈论的都是这个爆炸性新闻。以前和他搭班子的教导员暂时接替他的队长职务,而他经手的陈年积案都被搁置一边,没有人愿意继续捧着这块烫手山芋。

齐天大圣齐天牧在女儿催促下,正在办理退休手续。他女儿完美继承了他的聪明狡黠和精灵古怪,从小就是远近闻名的学霸、人精,无论读书做学问,还是处理人际关系、世俗事务,都如鱼得水,游弋自如。

在北京大学本科毕业后，申请到美国宾夕法尼亚大学沃顿商学院的全额奖学金，五年时间拿下金融学博士学位，在纽约华尔街一家金融巨鳄公司担任基金经理，年薪以百万美元计。齐天牧妻子早逝，他和女儿两地相隔，想念得不得了，却因身份特殊，无法出国探亲，女儿就催他提前退休，到美国团聚。齐天牧爱女心切，而且近来年龄渐长，精力不比从前，被女儿一撺掇，就萌生退休的念头。

齐天牧搞了大半辈子公安工作，得意之作颇多，遗憾也不少，却在临退休前卷进白修仪的案子。他人老心气在，想和江风畔大干一场，侦破这起陈年积案，为一生倥偬的公安生涯画上圆满句号，却在雄心勃勃之际忽然听到江风畔被无限期免职的消息，整个人像膨胀的气球被扎破一个细细的孔洞，慢慢瘪下去。遂把退休计划提上日程，决心抛却一切纷扰繁杂事务，重新书写人生，飞去纽约大隐隐于市，采菊华尔街，悠然见铜牛。

江风畔突遭"贬斥"，又和张小唐闹翻，心情郁闷，不敢和梁素琴说实话，在家勉强装出若无其事的样子。每天早晨准时"出门上班"，到书店、公园、小酒馆闲坐，晚上挨到天黑才回家。梁素琴有时问起他和张小唐的进展，他就哼哼哈哈地搪塞，梁素琴粗枝大叶，对男女情事的反应迟钝，儿子说什么她都深信不疑。而且她这段时间非常担心自己的子宫病变，不厌其烦地和医生探讨手术的可能性和后果，没有多少心思分摊到别的事情上。

江风畔虽然外表看上去吊儿郎当，但其实是个对待工作极其认真的人。把工作当成人生乐趣和价值体现，这固然和他自身性格相关，也有他父亲言传身教的影响。尤其在他父亲因公殉职后，他一夜之间长大成人，在心里暗暗发誓要继承父亲衣钵，并发扬光大，做一名匡扶正义、惩凶除恶、捍卫法律的人民警察。也就是说，江风畔是一个有荣誉感、使命感、责任感的人，在某种意义上，他珍惜他的警察身份，珍惜他的警服，胜过珍惜自己的生命。这次被免职，对他的打击是巨大的，痛苦是深重的，心理落差是颠覆性的。

而张小唐的离去更验证了"祸不单行"这千古名句的正确性。江风畔和她确立关系的时间不长，感情谈不上多么深厚。但这实实在在是江风畔生平第一次真正意义上的爱情，他的恋爱经验也许比初中生还少，他的天性里有"狡黠和诡诈"，兼有"痴和厚"，这两种矛盾的性格在他身上奇怪而有机地结合，让他在对待不同人、处理不同事时表现出分裂的特质。江风畔笃定地认为自己是"失恋"了，张小唐是他的"初恋"，当然也就是他的"初失恋"，而这次"初失恋"带给他的痛楚远超自我预期，无论在程度和长度上，都日益加重，完全没有缓和的迹象。时间也许是良药，也许是毒药，视个体的用情深浅和执拗程度而定。

他脸上红润的油光不见了，取而代之的是干涩、枯槁和掩饰不住的苦闷。他肥硕的身体逐渐瘦下去，皮带往后面系一寸。他头发蓬乱，两腮冒出细细的、稀疏的胡楂。这让他整个人看上去憔悴不堪。

江风畔在地狱里煎熬了半个月。让人意外的是，地球并没有因为他的缺席而停止转动。廖阔给他打过两次电话，不疼不痒地安慰几句，没有安排没有承诺，仅此而已。张小唐像没事人一样，留着同样的发型，穿着同样的衣服，每天准点上班，不定时下班，出现场时冷静淡定，业务精湛，好像她的生活里从没有过江风畔这段插曲。刑警队的灯光依旧二十四小时长明，不管白天黑夜，都能影影绰绰地看见窗户里面忙碌的身影。

而颖楠科技在这半个月里，逐步走出低谷，直接的表现是股价缓慢回升。虽然距离历史最高点仍有一段距离，但回升势头强劲而稳定。连续两周内没有任何波动，市场信心增强，吸引了大量机构和游资，向楠也由此坐稳董事长位子。

向楠没有更换办公室，只把办公室门口的牌子换掉，算是一个小小的"登基"仪式。她感觉温颖涛的办公室不吉利，有心把它拆掉，变更格局，挪作他用，可是温颖涛死掉没几天，不好马上对他的办公室动手，怕面子上不好看，也怕别人讲闲话，毕竟她还要打造专情深情的人设，维持她和温颖涛曾经琴瑟和鸣比翼双飞的公众形象。出于这个顾虑，只好把拆掉"前董事长"办公室的计划暂时搁置，等事情晾凉再说。

拆掉温颖涛办公室起到的只是心理作用，向楠还有更具现实性和震撼性的方案有待实施——踢掉温颖涛的老臣，在公司重要岗位上安插自己的心腹。温颖涛生前专权、暴戾、乖张、多疑，公司财务和研发等重要部门的负责人都由他亲自挑选和任命，这些中层干部往往绕过上级主管，直接向温颖涛汇报，在很大程度上削弱了向楠作为总经理的权限。这让她愤愤不平，心怀恨意。今天她重权在握，重新布局公司人事结构就成为优先要务。

这世界上的人多如蝼蚁，仅小小的溱洧市就有一千多万人，可大多是庸人、废人、无用之人、天性凉薄之人，想发现几个将才、干才、忠臣义士，绝不是容易事。就颖楠科技的人员配置，向楠在心里过几遍筛子，连高层和中层的几个最重要岗位都填不满，人才稀缺。现代企业的竞争，说到底是人才竞争，螺丝钉常有，白眼狼常有，而兼具开拓精神和忠诚可靠的手下不常有。所以，公司人事布局的计划急不得，步子不宜迈得太大，要在企业发展中慢慢剔除异己，谨慎物色人选。

说来也巧，向楠几天前在路上偶遇江风畔，其实也说不上偶遇，是远远瞧见，前后不过十几秒钟。那天向楠去开会，座驾驶过明翰湖，正是隆冬时节，湖水冰冷，树木凋零，湖畔寂寞冷清，只有零星几个顽童在追逐打闹。向楠透过车窗，瞥见湖边一排长椅上孤零零地坐着的一个人。天高云淡，地旷人稀，老树枯枝，空气冰冷而稀薄，他无限落寞地坐在那里，像一个失去家园的孩子，或者一个孤苦无依的流浪汉。

是江风畔！向楠嘴角漾出微笑，心头涌起快意，看见他落魄潦倒，是一件让人多么开心的事情。不，也许火候还不够吧，等向楠忙过这一阵，腾出手来，再继续对付他。向楠在十年的商场搏杀中总结出一条坚信不移的经验教训：和气生财，而一旦不再和气，必须把对手彻底打垮，打倒在地再踏上一万脚，绝不让他有丝毫复苏的机会，绝不给他卷土重来的希望。每个领域，每个人的存在和成功，都意味着另外一群人的失败和死亡。世界是一个零和游戏，战争、金钱、爱情、人生，一切你想要的事物，都遵循这一规则，没有中间灰色地带。

所以，对待敌人，要像秋风扫落叶一样冷酷无情。江风畔虽然暂时失势，但他出身警察世家，在局里有枝繁叶茂的关系，而且他自身素质过硬，立过两次三等功，一次二等功，难保风头过后，他官复原职，滚刀肉性格加上怀恨在心，一定会继续不依不饶地找颖楠科技的麻烦，那是向楠最不愿看见的结果。她接下来要做的，是落井下石，把井里人打残打死，彻底断绝他爬出井口的可能性。以向楠今日的财力能力和社会地位，想达成这一目标，算不上什么难事。

长椅上的江风畔像电影镜头般在向楠眼前闪过，而他憔悴落寞的模样却牢牢刻在她记忆里，为她赢得一整天的好情绪，轻松而快活。

所以今天早上，江风畔忽然出现在颖楠科技公司，大吵大闹地要见董事长向楠时，在公司里引起不小的骚动，让向楠非常恼怒，命令上任不久的保安经理何洪钧把他扔出去，不用给他留面子，多少让他挂点彩，疼不疼另说，羞辱他是主要目的。说来尴尬，保安经理何洪钧也是警察出身，而且和江风畔面熟，算是点头之交。这时见董事长脸色不善，心里打鼓，不敢多说一个字，领命而去，走到门口，不知怎么想的，又折回来，亮出一张对折的照片，说："江风畔一定要把这张照片给您看看，说至关重要，如果您看过后还不让他上来，他保证不再废话，转身就走。"

向楠火气正盛，见何洪钧执行命令时思量迟疑，不够雷厉风行，下意识地想甩他一巴掌。向楠原本不是脾气暴躁的人，她在整个读书时期都内敛谦恭，几乎从不和人发生冲突，偶尔有人挑衅，欺负到头上，她也像任人揉捏的面团，一笑而过。她的脾气似乎和财富增长成正比，在资产千万级的时候，她开始底气十足地训斥员工；在资产亿万级的时候，她开始对路人颐指气使，盛气凌人；在资产以数十亿计的时候，在整个溱洧市范围内，除去列表上的那几十个权贵家族，其他人都不放在她眼里，甚至，连人都算不上，是任由她压榨、凌虐、吸血的供体。保安经理何洪钧虽然是公司中层干部，但在向楠眼里，屁都不算，一个拿固定工资的打工仔，一个没有过硬背景和后台的钻营小人，和她隔着几个阶层鸿沟，向楠看他一眼，和他说一句话，就是对他的天大恩赐。

何洪钧恭敬而瑟缩地把照片递到她面前，她强行压制火气，示意他把照片放在桌面上。当然，凭直觉和理性，她感到江风畔这次来捣乱也许不完全是泄愤，可能另有深意。百足之虫，死而不僵，江风畔虽然暂时被免职，毕竟还没脱去警服，而且他外和内刚，诡计多端，她绝不能掉以轻心。

这是一张对折的照片，空白面朝外，开口处用胶带封严，显然江风畔不想让别人看见照片的内容，当然也可能是他故弄玄虚。向楠用办公刀片割开胶带，展开照片，才看一眼，像被人兜头擂一拳，脑袋大一圈，眼前金星乱舞。这意外且致命的东西竟在消失十年后再次出现！她简直不敢相信自己的眼睛，恨得牙痒痒：江风畔这个阴魂不散的浑蛋！是不是要把他碾成肉泥、挫骨扬灰，才会从她生命里彻底消失。

何洪钧察觉她的异样，却摸不准她在转什么心思，更不知是否会迁怒于他。所谓伴君如伴虎，何况何洪钧为颖楠科技效力不足三个月，还在考察期间，这个职务是否能顺利做下去，全在向楠一念之间。有了这层顾虑，一个一米八五、两百来斤的彪形大汉控制不住颤抖的双腿，骨头软绵绵的，差点双膝跪地。毕竟，这个月薪三万七千块、年底高额分红的保安经理职务是他人生巅峰，凭职业直觉，他感到向楠和江风畔之间的矛盾非同小可，极有可能是你死我活的斗争，而他被动卷在里面，虽然仅扮演信使的角色，但是鬼知道哪句话、哪个举动会触怒董事长，从而断送自己的锦绣前程。这个年轻貌美的董事长外表不动声色，其实性格喜怒无常，而且手段阴毒狠辣，比她的死鬼老公、公司前董事长温颖涛更加可怕，在她面前，公司里没有人不噤若寒蝉。

向楠漫不经心地往他筛糠的腿上扫一眼，语气淡定而平和："去把江风畔带进来。"

何洪钧训练有素，低声而坚定地领命，大气不敢出，慢慢退出门口，轻轻带上门，才呼出闷气，手按胸口，无声地咒骂："差点把我吓死，不知道江风畔有什么撒手锏，把这婊子也吓得不轻，这次他们短兵相接，最好弄死一个，我往后的日子也许会好过一些——且慢，如果向楠倒下，我的工作多半保不住，这女人虽然狠毒，但出手还算大方，冲着人民币的面子，我还是忍一忍吧。"

这样胡思乱想地走出电梯，把在公司门口大吵大闹的江风畔领进来，貌似关心地嘱咐："董事长心情不好，有话好好说，不要顶撞她，别找麻烦。"

江风畔虽然和他不熟，却了解他的为人。说起来何洪钧也算是人才，作为警察，综合素质上佳，论身体条件和头脑清楚，警队里超过他的不多。如果安心工作，努力发展，未来会有一番作为。但他有个致命缺点：过分贪财，不择手段地攫取，而且毫无底线，来者不拒，大钱不嫌多，小钱不嫌少，只要有人敢送，他就敢收。组织上派他去派出所，他把辖区里所有够得着的商贩都盘剥一圈。去治安，每家饭店歌厅都叫苦不迭，最后实在没办法，才把他踢出公安队伍。

对这样的人，江风畔不愿过多交往，更不会透露心里话，只是混个脸熟、点头之交而已。何洪钧见他混到这步田地，仍然对他待搭不理，心情更加郁闷，偷偷把他往上数三辈的家庭成员都问候一遍。

在董事长门前轻敲三声，里面毫无动静，江风畔作势再敲，何洪钧拼命把他双手死死按住。等一分钟，再轻敲三声，仍然一片沉寂，江风畔不耐烦，要往门上擂下去，何洪钧双手环抱在他腰上，说什么也不放手。第三次敲门后，又等一分多钟，深受向楠宠信的雌雄同体的生活秘书关明明才慢慢悠悠、袅袅婷婷地走过来开门，风情万种地笑，雪白的牙齿在欧式水晶灯的辉映下熠熠生辉："江警官，可久违了呢，董事长公务繁忙，难得抽身会见客人，快请进吧。哎哟，江警官比上次见到时清减许多，为保障溱洧市民的安全，您真是操碎了心，要多保重身体呀。"

江风畔和关明明打过两次照面，始终搞不清他是男是女，又不便直截了当地问，只好含糊答应，跟随他再穿过一道门，才来到向楠办公室。

向楠的火气似乎消散些，露出甜美可掬的笑容："江队，有日子没见了，最近发生许多事，我这边忙得抽不开身。你知道，温董不幸过世，公司上下措手不及，乱成一团麻，到今天还没捋顺。江队看上去脸色欠佳，是不是工作太忙？要注意休息。"她虽然和颜悦色，却舒适自在地深陷在宽大的老板椅里，任由江风畔站在她对面，并不尽地主之谊招呼他入座，似乎随时准备送客。而且江风畔的职务已被一撸到底，连身上的警服能否保住还是未知数，她却一口一个"江队"地称呼，透着讽刺意味。

江风畔倒不劳她费心，大咧咧地往沙发上一坐，双腿叉开，随意而放松。把拎在手里的一个沉甸甸的花布口袋往茶几上一丢，发出"砰"的重物撞击声，顺手从茶几上的果盘里拈一粒腰果扔在嘴里，嚼得咯吱作响，有点反客为主的意思。他连吃两粒腰果，才向侍立的关明明发号施令："这里没你的事，出去吧。"

正感觉尴尬的关明明接到指令，下意识地就要转身出门，忽然觉得不对，收住脚步，轻轻叫一声："董事长？！"意思是等她指示。

向楠眉心微蹙，粉面含威，挥手示意他出去，把门带上。

宽大而洋派奢华的办公室里，阳光穿过落地玻璃窗洒满一室，墙上悬挂的硕大时钟的秒针孜孜不倦地一圈圈转动，三面电视屏幕上分别同步显示A股、创业板和港股综合指数的波动曲线。向楠和江风畔面对面坐着，一言不发，室内安静得让人心跳加快。

到底是向楠关心则乱，先按捺不住："江队每次登门，都和案子有关，这次想来也不例外，这张照片到底有什么深意？我们都是爽快人，别猜哑谜，有话直说就好。"手指往那张打印照片上弹去，啪的一声响，清脆悦耳。

江风畔不急着说话，一粒接一粒地往嘴里扔各种进口坚果，夸张地咀嚼，口舌生津，回味悠长，看来过去这十几天的无业游民生活并不好过，不仅日子了无生趣，而且嘴里寡淡无味。他过足瘾后才放慢节奏，拧开一瓶高级绿茶饮料，一口气喝下大半瓶，才心满意足地背靠沙发，脸上似乎添了些红润光泽。

向楠涵养好，虽然心里恨不得挥舞巴掌把他像拍苍蝇一样拍死，嘴角仍挤出一丝笑容："江队有口福！你专程送来这张照片，是什么意思？"向楠在公司威望极高，说出话来句句有回应，分派事情件件有交代，像现在这样同一句话问两遍，对她来说是绝无仅有的事。

江风畔不紧不慢地拿起剩下的小半瓶绿茶，连灌两口，用手背抹去顺着嘴角流淌的液体，说："向总不会不认识那东西吧？虽说贵人多忘事，但有些事情会永远留在记忆里，即使努力去忘，也不可能真正忘掉。"

向楠冷笑："江队猜哑谜？打机锋？这不符合你风格。"

江风畔回报以笑容："不猜哑谜，不打机锋，咱们直来直去。这照片上的东西呢，是个老货，十几二十年前流行的一款八音盒。"

向楠不动声色："这东西我倒认识，就是不知道江队特意拍照拿给我看，是什么意思？"这是她第三次提出同样的问题。

江风畔收回笑容，紧绷的脸上流露出诧异和不屑："向总，你耐着性子，听我跟你讲个故事，说是故事呢，其实并不十分遥远。差不多十七年前，在一所县城高中，有两个读高三的年轻人情投意合，确立恋爱关系，他们的理想是双双考上大学，去大城市闯出一片天地，改变祖祖辈辈的贫穷宿命。那句话怎么说来着，苦心人天不负，有志者事竟成。高考放榜后，两个年轻人都考上大学，但欢喜还没过去，现实问题就摆到眼前：他俩的家庭条件，都不足以支撑他们读完大学。尤其是女方，她的父母几乎无力为她读书提供任何经济支持。男方经过慎重的思考和权衡，做出一个痛苦的、自我牺牲的决定：放弃入学，去大城市打工，供女方读书。"

向楠在发迹后刻意回避往事，绝口不提自己当年的困顿，对苏晓青的名字更是讳莫如深，似乎他从未在她生命中出现过，而她天生丽质、优裕、华贵、高高在上，她的生活和地位，是水到渠成，是理所当然，是命运的多情的馈赠。这样欺骗别人时，她几乎也欺骗了自己。如果不是不识相的江风畔屡次提醒，她差点就成功地把那段不堪回首的往事从记忆中抹去。

江风畔娓娓讲述她和苏晓青的故事，令她产生生理性厌恶，如芒在背，如坐针毡，但她急于知道江风畔到底掌握多少内情，所以努力控制情绪，表现出平静和坦然，仿佛事不关己，由着他说下去。

"女方大学四年里，男方在同一座城市辛苦打工，收入微薄，但他还要把微薄的收入分成三份，最厚的一份给女方，做她的书本费和生活费，次之的给男方寡母和妹妹，最少的一份留给自己。几年后，男方的妹妹也考上大学，他的一份收入要分成四份，更加捉襟见肘。恰好他遇到一个增加收入的机会，别无选择，于是进入火葬场，成为一名令女方蒙羞的火化工。"

向楠想自己当年确实曾因苏晓青成为一名火化工而大动肝火，对他恶语相向。但这是她和苏晓青之间的私密事，江风畔到底通过什么渠道知晓？

她无论如何也想不到，苏晓青过世后留下一本日记，其中详尽地记述那段刻骨铭心的往事，并夹杂只言片语的破案线索。而苏晓白在整理他遗物时发现并收藏了那本日记，后来又阴差阳错地落在江风畔手里，而江风畔从头到尾仔仔细细地读过不下几十遍，关于他和她的交往，有些情节，恐怕比她本人了解得还要透彻。

向楠有心试探江风畔的口风，以挖掘出他的信息来源，但终究感觉不妥，于是强行抑制好奇心，把在嘴边徘徊的话又咽回去。眼下面临的是她和江风畔之间的心理博弈，谁先亮出底牌，就会失去主动权，所以她必须耐住性子，让江风畔把话说尽，先摸清他到底掌握多少内情，再筹划防御和反击的手段。

在向楠的附议和鼓励下，江风畔谈兴正浓："在男方成为火化工的同时，女方正站在取得硕士学位、自主择业的人生路口。而且，她毕业后，两人的恋情面临现实挑战，花开六年，按理说到了摘果子的时候。但女方的人生境遇发生变化，同时变化的还有她的视野和心态，而她对男方的厌倦甚至憎恶也日渐增长。是的，这里不是我用词不当，她对苦恋、资助她六年之久的男友不仅没有感恩和眷恋，反而是厌倦和憎恶。因为她极力想摆脱他，把他从她生活中抹去，无论过去还是未来，都无需他参与，但是，囿于传统的道德约束，她无法轻易把他甩掉。要想甩得干净利索，不留一丝痕迹，除非他及时、知趣地死去。"

向楠不怒反笑，眉梢上扬，嘴角轻抿，刻意给对方留下轻视和高傲的印象："好故事！原来江队还是说故事的高手，在警队里效力确实委屈你了。颖楠科技经过十年成长，实力雄厚，目前正在拓展业务，考虑跨界经营、多元化发展，眼下有一个风口项目，正愁找不到说故事的人，不知从哪个角度来吸引资本进场。你知道，在这个光怪陆离的时代，资本并不在乎企业的成长潜力和盈利水平，它在乎的是你能不能把故事说好，让市场相信你的故事，追捧你的故事，聚敛人气，然后狠狠割一茬韭菜，赚取暴利后再去讲新故事，收割新韭菜。故事永远能推陈出新，韭菜也永远收割不完。怎么样？江队，考虑一下，只要做成一个项目，收益比你在警队里工作十辈子的工资还多。"

江风畔两眼放光："古人说'良言一句三冬暖'，江风畔正在落难时，难得向总不嫌弃，冲你这一句话，大恩大德，江风畔铭记在心。"随后又露出为难神色，"咱们的故事还要不要接着往下说？"

向楠："说啊，为什么不说？我爱听。"

江风畔的思路被打断，一时捡不起来，挠挠头，停顿半晌，再说话时语气就柔软许多："按说呢，男方和女方的差距肉眼可见，如果男方有自知之明，就应该主动提出分手，让女方去追求更美好的生活。可是，男方也许觉得资助女方六年，功劳不小，所以赖着不走。也难怪女方移情别恋，跟一个家境、学历、前途都远远胜过男方的新欢好上。也许是天从人愿，就在女方发愁怎么摆脱男方的时候，他竟然莫名其妙地死了，死得及时，死得其所，让女方既恢复自由身，又不必背负道德枷锁。"

向楠轻轻鼓掌："好故事，好故事。"

江风畔得到鼓励，兴致更高："向总喜欢这故事，那好极了。其实在男方猝死之前，那所大学还发生过一件大事，有一个女研究生无声无息地失踪，而那个女研究生，恰好是女方新欢的前女友，不，准确地说，那个女研究生是女方新欢的正牌女友，而女方应该算是第三者插足。"

向楠："哦？越来越有意思了，那么，那个女研究生后来到底找到没有呢？"

江风畔："没有，没找到。"他神秘兮兮地往前欠欠身子，压低声音，似乎在防范隔墙有耳，"那个女研究生，其实早已死于非命。在消失当晚，尸体就被送到安德殡仪馆，第二天一早，就在火化炉里化成一股青烟，哪里还找得到。"他双手一摊，无可奈何的情绪溢于言表。

向楠吃惊："人死了？而且化成了灰？"她的吃惊并非伪装，而是由衷的，发自肺腑的——她完全没想到江风畔竟然掌握这么多情况，关于她，关于苏晓青，关于白修仪。那十几年前的往事，早已在岁月中淡去如烟，知情者不过两三人而已，他到底是通过什么渠道了解真相呢？

向楠在溱洧市的关系网错综复杂。但是江风畔重启白修仪失踪案，仅得到廖阔首肯，并不曾向上层打过正式报告，而真正参与案件侦破的，只有他、张小唐和齐天牧，所以向楠自始至终，对白修仪一案的侦破进展毫不知情。

她隐隐约约猜到，也许苏晓青身后留下什么重要线索，辗转落到江风畔手中。那个像铁疙瘩一样的八音盒，是不是也在江风畔手上？

她眼前发黑，这个阴魂不散的死胖子，真是她命里克星。如果再有机会，万万不能心慈手软，务必把他打服打死，挫骨扬灰，让他万劫不复。

最重要最核心的关键，他是否知道白修仪其实是死在她手上？如果他连这件事都知道，那么，情况就更加复杂，更加棘手……杀意升腾，直冲脑门，她不自觉地皱眉，盯着江风畔的眼神里射出凶煞之气。

二十二 如梦浮生

AT NIGHAT AND DAWN

江风畔似乎没留意向楠脸色遽变，仍沉迷在他的故事中，说话声音越发低沉："没错，那个女研究生在失踪当天就已经死了。向总，你知道她是怎么死的吗？"

向楠心烦意乱，顾不得意示闲暇，语气急迫："不知道，莫非江队知道？"

江风畔："那个女研究生对她男友非常迷恋，而他毫无预兆地忽然变心，一夕间成为别人的新欢，女研究生无法接受现实，急怒攻心，去我们故事女主角的宿舍上门理论。两人从针锋相对到火药气十足，终于厮打在一起。女研究生背水一战，战斗力顽强，渐渐占据上风，而我们的女主角在情急中抄起一个青铜八音盒，竭尽全力砸在女研究生头上，也许天意如此，女研究生竟然因此毙命。"他娓娓道来，不夸张不渲染，细节描述丝丝入扣，好像亲临现场一般。

向楠眼前发黑，内心冰冷，从头到脚被威胁和恐惧编织的巨网紧紧笼罩，令她压抑和窒息。中年丧夫和全面掌控颖楠科技的喜悦尚且新鲜热辣，却被他兜头一瓢冷水，浇得冰凉彻骨，被迫再次面对她最想规避和逃离的往事。

但向楠毕竟不是普通女人，她的一生起伏跌宕，波诡云谲，数不清有多少次在困境中翻身，在绝境中求生。短暂的慌乱过后，她舒缓情绪，整理思路，筹划防守和反击的策略。

事情已过去十年，被害人的尸骨早化成灰，没有证人证言，没有物理证据，别说死胖子只是道听途说，就算他当时就在现场，亲眼看见整个过程，她也不必放在心上。同样空口无凭，颖楠科技董事长、溱洧市科技新贵、纳税大户向楠向老板说出来的话当然要比被革职的江风畔更有力度，更容易被人采信。

当务之急，是进一步摸清死胖子手里究竟掌握多少实质证据，以及他此行的真正目的。他既然有备而来，一定是有所求，不怕他狮子大开口，只要他提出条件，事情就有转机，就能搪塞过去。且等向楠腾出手，这死胖子不可能再有任何活下来的机会。

江风畔兴致高涨，故事越讲越精彩："我们的女主角因争风吃醋把情敌打死，如何善后可就成了难题，在这关键时候万万不能指望新欢，却可以依赖她青梅竹马的旧爱。她心里非常清楚，我们故事的男主角，其实是她向上爬的拐杖，陪她穿山越岭，等她登顶后，随时可以把它丢弃，但必要时刻，也可以拿来当枪使。所以，她经过权衡，决定把男主角召来，而男主角并没有让她失望，不仅招之即来，而且来之能战，利用工作的便利，把女研究生的尸体藏在殡仪馆的停尸房里，并且在第二天一早就推进火化炉，让她无声无息地在人间蒸发。"

向楠哪怕想破脑袋也想不出，江风畔怎么可能全盘掌握她杀人焚尸的过程，甚至有些细节比她记得更清楚。如果她知道，苏晓白多年来细心珍藏苏晓青遗留的日记和青铜八音盒，在她遇害后，这些物件又阴差阳错地落在江风畔手里，并在八音盒上检验出她和白修仪的基因表达；如果她知道，贺小艺在案发当晚从白修仪尸身上偷走黄金手镯，并在十年后，给白凤至的遗体整容时被云五朵当场捉赃，因此确定白修仪遇害

219

后在安德殡仪馆被火化；如果她知道这些，那么，她会不会瞠目结舌？会不会终于相信世道轮回，因果循环，报应不爽？

向楠试图引导江风畔亮出底牌和证据："好故事！情节曲折，气氛紧张，我差点就信了。可惜，既然被害人已经尸骨无存，无凭无据，那么，它注定只能是一个故事。"

江风畔不入她圈套，自己把握节奏，把茶几上的花布兜子拨到边上，右臂搭上沙发靠背，摆出一个舒适的坐姿："男方帮了女方一个天大的忙，担下杀头的罪名，女方欠男方的越来越多，恐怕这辈子都还不完。女方感激之余，心理负担也可想而知，这也给她甩掉男方，奔向诗和远方的计划增添阻碍。"江风畔露出诡异的、令人厌恶的微笑，"不可逾越的阻碍，以及难以预料的后果。如果我是女方，恐怕这时最渴望的，是男方突然死亡，一死百了，大家都轻松，世界更美好。"

向楠被他说破心事，并不怎么在意，她全副心思都在琢磨如何摸清江风畔的底牌，以掂量谈判筹码。在她的信仰里，世界上的一切，道德也好，法律也好，感情也好，生命也好，在本质上都是生意，只要出价够高、够诱惑，都可以当成商品交易。桌上桌下，明里暗里，没有不能买卖的东西，至于所谓的情操、高尚和气节，是彻头彻尾的谎言，是虚无缥缈的上层建筑，是只属于愚民和底层人的道德，是上层社会操纵他们的工具之一。江风畔这么卖力，不过是给他的漫天要价做铺垫，向楠深谙谈判技巧，虽然心急如焚，但她在这个关节还能沉住气，而且必须沉住气，一旦被对手发现她心浮气躁，这场谈判还没开始就先输一半。

果然，江风畔边说故事边留意向楠的反应，见她不惊不怒、云淡风轻，似乎与他预料不符。他阵脚渐乱，情绪波动，慢慢露出烦躁的苗头："往后的故事不用多说，天遂人愿，男方及时死去，为女方省掉不少麻烦。可是人生路漫漫，难免横生枝节。女方恐怕无论如何也想不到，事隔十年后，一位遗体整容师竟然会阴差阳错地出面做证。女研究生在失踪当晚，遗体出现在安德殡仪馆停尸间，而且头部有明显伤痕，从而确认了她被人杀害的事实，而且整个犯罪过程与在殡仪馆担任火化工的男主角密切相关。"

"遗体整容师"这几个字对向楠的冲击力极大，这也是江风畔开场讲故事以来抛出的第一个人证，实实在在，有名有姓。向楠当然知道"遗体整容师"是指谁，也知道这个人的证词多半真实有效，有法律效力。她经营公司多年，对法律多有涉猎，研究过历史上几起缺少尸体而对疑犯做出有罪判决的著名案例，法律在处理特定时期、特殊案件时，具有较大弹性，是法学界共识。直到现在，她才真正嗅到一丝危险气息，越凑越近，几乎能感受到它的热力，好像嗜血野兽的粗重呼吸，喷在她脸上，湿热而腥臭。

但她更关心的，是江风畔此前丢出的"问路石""敲门砖"——那张照片上的八音盒。故事兜兜转转，终归要回到原点，江风畔怎么拿到那个消失十年之久的八音盒，又从上面获得多少有效信息，是整个案件的关键所在。事情发展到这地步，让向楠深深感到懊悔，当年读研时毕竟年轻，缺少历练，以致遇到大事不够冷静，案发后把关键物证——八音盒处理得过于草率。如果当时不给苏晓青带走，自己寻找恰当时机进行销毁，就不会有今天这些麻烦。

她内心翻江倒海，思绪万千，忽然如醍醐灌顶般灵光闪现，手指江风畔撂在茶几上的花布兜子："这里面是青铜八音盒？"她心神激荡，声音尖锐。

江风畔明显对向楠的敏锐感到吃惊，仿佛有种被提前拆穿底牌的窘迫。足有几十秒，张口结舌，欲言又止，好像找不到合适的言语应对，当他终于开口时，声音干涩："是，向总明察秋毫，一猜就中。"

向楠心里雪亮：江风畔竟然拎着至关重要的物证走进自己办公室，至少说明两点：一，他开出的条件不会低；二，他至今没把这件重要物证公开，早有预谋。江风畔表现出的诡诈和贪婪远远超出她此前对他的认识，但她反而略感轻松——悬在头顶的利剑终于落下，结局再怎样不堪，也比一直提心吊胆更好。

话说到这地步，再藏着掖着、冷枪暗箭地过招就显得多余，她索性把话挑明:"古董是门大学问,物有所值,慧眼者识。江队不妨开个价,如果合得上呢,我就拿下来。"

江风畔显然也猜到向楠心思——这两个人都是人精,你来我往,短兵相接,拆解几个回合后仍平分秋色,难分上下。他再次露出那诡异的、令人厌恶的微笑:"货卖识家,至于这个老货的好处,恐怕没有人比向总了解得更清楚。感谢科技进步,让数不清的搁置多年的积案重见天日,这起案件也不例外。在这个老款八音盒上,不仅检验出那个失踪女研究生的血迹,而且,在八音盒内部的两个齿轮之间,还咬合着小小一截断裂的指甲,这么多年过去,指甲油还没脱落。"

他终于亮出底牌,毕竟没有故弄玄虚,是一副同花大顺,王炸,通吃,而且他是庄家,向楠接下来翻不翻牌都没有意义,只有被宰割的份儿。但她的心神反而定下来,只要见底就好办。她一生中,数不清有多少次绝地反击,也遇到过比江风畔更强大的对手,她每次都化险为夷,绝地逢生,她对自己的能力和运气有足够信心。江风畔掌握的证据比她预想的还要多,还要扎实,但他既然把它摆在明面上,就有谈判空间。只要人性中还有贪婪,向楠就不会失去操控世界的信心,笑到最后的,未必是最有能力的人,却一定是最了解人性的人。

"有一小截指甲就足够了,"向楠以微笑回应微笑,"以现在的科技水平,检验指甲的基因型应该不算什么难事,杀害女研究生的凶手昭然若揭。可惜,十年过去,这些支离破碎的证据远远不够形成完整的证据链,不足以给凶手定罪。江队的这番努力,恐怕还是白白浪费力气。"

江风畔并不急于反驳,似乎胜局已经笃定,有种胜利者的大度和从容。他捏起两粒新鲜肥大的巴西豆,丢进嘴里,"咯吱咯吱"地咀嚼:"好味道,说起坚果类,还是南美洲出产的最好,味道醇正,油脂丰富,而且透着温带海洋气候特有的清香。向总,你有没有同感?"

向楠:"我对坚果不感兴趣,也没有研究,只知道吃这东西要适可而止,否则会放……放……那个……一种气。"

她夹枪带棒、指桑骂槐,江风畔却满不在乎,继续抛出撒手锏:"还有一件事有必要让向总知道。按理说温董离世才两周,向总还没完全从悲痛中走出来,现在并不是提这件事的最好时机,但形势紧迫,不能再拖延下去。"

他亮出的第一张底牌足够震撼,向楠虽然嘴上不服输,两条腿毕竟有些发软,不知道接下来他又会翻出什么牌?这张牌留到最后才翻,或许比前面一张底牌更有杀伤力?向楠内心惴惴不安,外表却没有丝毫破绽,美艳的容颜波澜不惊,目光平静如水,流露出在女性中十分罕见的勃勃英气。岁月沧桑,商场搏杀,并没有在她脸上留下多少痕迹,她依然是曾经姣好的小女儿模样,所不同的,是脸部线条更加分明,成熟的女人味道和男性的硬朗帅气奇妙地结合在一起,构成她的独特气质和致命魅力。

这张不可方物的美颜,对大多数男人都有些杀伤力,不夸张地说,向楠在生意场上所向披靡,或多或少得益于她外表的助力。但江风畔与大多数男人不同,他生来没有怜香惜玉的基因,压根不懂得欣赏女人风情万种的美。在他心目中,他妈梁素琴是世界上最美的女人,现在又增加一个张小唐。至于其他女性,只是社会意义上的"人"而已,和男性没有多少差别,作为女人的属性极浅极淡。

江风畔欠欠屁股,从皱巴巴、脏兮兮、鼓囊囊的裤子口袋里掏出一样东西。向楠眼力好,看出那是一支已被市场淘汰的老式录音笔。江风畔笨拙地鼓弄半天,才放出声音,这东西躯体虽小,音量却大,像广播喇叭一样响亮且伴有电流杂音:

"白修仪嘛,我猜她多半是被向楠杀的,苏晓青也卷在里面。

"向楠和我结婚的前两年,睡觉不踏实,时不时说梦话,几乎全是关于白修仪的内容,有时还提到苏晓青的名字。"

是温颖涛的声音!向楠刹那间脸色苍白,嘴唇抖动,说不清是震惊还是气愤。

从开始到现在,江风畔曝出许多震撼消息,但他刻意避开每个人的真实名字，一是避免过度刺激向楠，二是留有余地，即使被人偷听或者录音，仍有辩解和挽回的机会。

但他播放的这段录音，却实实在在提到向楠的名字，而且直接指认她是杀害白修仪的凶手。更重要的是，那是温颖涛的声音，绝无可疑。

原来曾经的枕边人早就认为她是杀人凶手，却城府深沉，从未暴露出丝毫迹象，只在她背后大肆谈论。虽然她和温颖涛早就同床异梦，但遭到蒙蔽和背叛的感受，仍让她心中百味杂陈。

"这是温颖涛跟你说的？"向楠问。

"不，这支录音笔被遗留在温颖涛遇害现场，是他临死前对别人说的。可以说，对方是毫无关系的人，温颖涛没有欺骗隐瞒的动机，所以可信度很高。"江风畔密切注视向楠的反应。

"那么，你在勘查现场后没有把罪案物证上交，反而偷偷藏起来，为个人谋取私利？"向楠一旦抓住把柄，立刻予以反击，以稍稍扭转彻底被动的局面。

江风畔满不在乎地微笑："向总，咱们彼此彼此，心照不宣，没必要揪着细枝末节不放。"

他既然把交易的意图摆在桌面上，向楠乐得顺水推舟，进入讨价还价阶段。她在商场历练多年，对这个环节驾轻就熟，先摸清他的心理价位再说："江队，明人不说暗话，我喜欢你的古董八音盒和录音笔。古董行有不成文的规矩，愿赌服输，看走眼自己承担损失。你今天专程前来，肯定不是闲极无聊，单纯跟我逗乐解闷。所以咱们不论真假，只谈买卖，你开个价，我接下来。"

向楠是诚心诚意想拉拢江风畔，多给他些好处，让他为她所用，以彻底销毁罪证，把白修仪案深埋，永不见天日。江风畔的屁股不干净，这对她反而是利好，更容易全面掌控他。她喜欢使用有贪欲的人，贪财也好，贪色也好，贪图权力也好，只要有贪欲，就有突破口，就有把柄，用起来就得心应手。江风畔和她打交道以来，一直道貌岸然、冠冕堂皇，和她保持身体距离和心理距离。今天露出本来面目，把见不得光的事情摊开来说，反而让她增添些亲切感。

向楠爽快，江风畔更敞亮，或者他以为已拿捏住向楠，说话就肆无忌惮："这半个月，我被向总教训得好，工作上被晾起来，原来的老同事、老下属都当我是臭狗屎，避之唯恐不及，真真是人一走茶就凉。活到三十多岁，处的第一个女朋友也跑了，到现在还没敢跟我妈说。人活到这份儿上，要多憋屈有多憋屈，我还有什么豁不出去的？"

他叫苦不迭，一再说自己的处境是拜向楠所赐，向楠却并没有抱歉的意思，反而报以微笑："江队，怎么说呢，你这是倒打一耙？你失去了工作和未婚妻，但他们毕竟还在那里，你还有机会捡回来。我先生可是失去了生命，我再怎么争取，他也不可能回来，这种阴阳永隔的痛苦，是拜你所赐。"

她嘴里说痛苦，脸上却挂着笑容，丝毫看不出痛苦的意思，这让江风畔马上抓住把柄："向总的痛苦，是挂在嘴上呢，还是藏在心里？温董遇难，跟我没有一点关系，你怪不到我头上。"

向楠唇枪舌剑，半分不让："邝瀛起诉温颖涛的证据，是你从溱洧大学得来，交给他的。公安厅已经查实，你没法抵赖吧？"

江风畔："这不是温董遇害的直接原因。"

向楠："至少是诱因！"

江风畔无奈："你说是就是吧，争论这个没意思。不管怎样，我目前的处境，已经糟糕得无以复加。解铃还须系铃人，你不能坐视不管，因为帮我解脱困境的钥匙，就攥在你手里。"

向楠："这好办，让你官复原职容易，让你晋升半格一格，也不算什么难事。不过，张小唐能不能回头，我可使不上力气。"

江风畔："这是真正的症结所在。张小唐和我一样，都出身警察世家，她爱惜名誉，胜过爱惜生命，这不仅为她自己，更为家族的脸面和荣光。她跟我分手，并不是因为我被免职，而是怀疑我和邝瀛在私下里有不可见人的交易。"

向楠："那么你到底有没有呢？"

江风畔："有没有，全在上头一句话。在我复职的同时，必须下发一份文件，哪怕在小范围内传达也可以，但必须是正式的红头文件，承认处理我处理错了。只有这样，才能帮我恢复名誉，从而挽回张小唐，和她重新开始。"

向楠面有难色："这件事可比帮你复职的难度大得多，发文就是承认自己错误，自己打自己的脸，自己承认工作不细致，能力不到位，考虑不全面，这不仅仅是授人以柄，简直是把刀子递到对手手里，自己敞开胸膛，等他来插。但凡智商及格，就不会做这种事。"

江风畔："如果难度不大，凭我多年的人脉和关系，自己就能平事，犯不着这样大费周章来麻烦你。"他把录音笔揣回皱巴巴脏兮兮的裤子口袋，把青铜八音盒装进花布兜子，手在身上扑拉几下，似乎要甩掉所有灰尘和烦恼，留在向楠办公室里。他好整以暇地靠在沙发背上，大剌剌地往嘴里扔两粒巴西豆："只要我恢复职务，名誉恢复，这两样东西，"他拍拍裤袋，再拍拍花布兜子，"就都是你的，你想怎么处置都可以，以后白修仪案将永远成为死案，没人关心，无人问津。而咱们俩，从此互不相欠，没有瓜葛。"

向楠沉默良久，似乎在盘算这件交易的可行性，权衡利弊，终于下定决心："就这么办！一个星期，最多十天，公安厅就会发文给你正名，你到时拎着这两样东西来见我。如果有花活，出差错……"向楠露出可爱而迷人的笑容，"你了解我的手段，到时你的下场一定比现在惨十倍。"

江风畔性子刚，遇强则强："我已经处在人生低谷，再没有什么可失去的。你办得到最好，如果办不到，到时候玉石俱焚，我保证你比我后悔十倍。"

他在沙发上拧啊拧，不紧不慢地站起来，踱着方步离去，留给向楠一个肥胖圆润的背影，却仿佛是皮下一根刺，饭里一粒沙，让向楠有种持续的、不期待的疼痛。

二十三 彼岸花冢

AT NIGHAT AND DAWN

江风畔从向楠办公室出来后,并没有直接回家。照例到公园里呆坐发愣,一直挨到日落西山,万家灯火通明,才拖着疲惫的步伐,趔趔趄趄、不情不愿地往家走。夕阳余晖洒在身上,微风吹拂树梢,沙沙作响,更衬托得他的背影意兴阑珊,落寞萧索。

从公园到他家并不太远,正常走路过去十七八分钟,像他这样拖曳着行走,要二十来分钟。他怕被熟人看见,嫌打招呼太累,而且难免有好事之徒到他妈跟前说三道四,所以刻意避开大道,专找黑灯瞎火的小胡同,想方设法做个隐形人。

公园围墙外的一条小道是隐身的好所在,左手边是一人多高的围墙,弯弯曲曲,几百米长,右手边是郁郁葱葱的树木,无人打理,任由其疯长,所以既茂盛又奇形怪状,在夜里看去,好像群魔乱舞。靠近围墙的一侧有几盏路灯,稀疏且昏暗,装饰的作用大于照明。

道路狭窄,仅容行人和自行车通过。近几年外卖业蓬勃发展,走这里抄近路的电动自行车越来越多,但除非走错路,否则机动车绝不肯开到这条路上来。所以，当江风畔看见对面有两道锃亮的大灯向他飞速靠近时，马上意识到危险来临。

他忽然发现自己无处可躲。这条路长而狭窄，无论对面那两盏大灯是越野车还是普通轿车的灯光，他都会被结结实实地碾压在地上。如果掉头往回跑，至少需要三分钟才能跑到宽阔地界，而对面那辆车只需要十几秒就能把他碾压在车轮下。左手的围墙光秃秃的，没有着手的地方，仓皇中爬不上去。只有右手的树丛勉强算是一个藏身处，如果能躲到粗大的树干后面，就有希望逃出生天。可是黑暗中看不清，树丛枝干虬结，枝叶繁茂，压根找不到空隙钻进去。

这次真是大意了，完全没预料到危险来临。是谁想要他的命？是向楠吗？这个冷酷嗜血阴险狠毒的女人。

电光石火间，他已切肤感受到那两道大灯的灼热，几乎出于求生本能，他纵身往树丛里跃去，却结结实实撞上一根粗大的树枝，身体失去控制，像颗炮弹一样反弹回来。

一声惊天动地的撞击巨响，两道大灯瞬间熄灭，碎成千百粒碎片，洒落地上，在昏暗光线的辉映下，像沉沉夜空的微弱星光，若有若无，随时可能湮灭……

约十五分钟后，那辆肇事车再次启动，疾速逃离现场，直奔城南护城河而去，卷起一路烟尘。抵达河边，肇事司机下车，开启自动驾驶模式，肇事车低沉怒吼，义无反顾地冲进护城河，在几十秒内就消失无踪。

肇事司机镇定自若，动作没有变形，更没有表现出丝毫慌乱，手里拎一个棕色真皮休闲提包，径直走向停在几十米远处的一辆簇新越野车，开门，上车，发动，绝尘而去。

在溱洧市最奢华的至尊酒店的罗马式大门前泊好车，肇事司机手拎皮包走下来，酒店灯光亮如白昼，打在他脸上，是一张好看而英气逼人的脸，这张脸即使藏匿在人群中，也无从遁形，因为他让人一眼难忘——是向楠最信任的司机兼保镖，唐骏。

向楠拥有至尊酒店三成股份，在酒店顶楼有一套单独使用的豪华行政套房，兼具休息和办公功能。唐骏来到她门前，手指还没按上门铃，向楠在里面打开门，迫不及待地问："成了？"

唐骏说："成了。"把手里的皮包递给她，随手关上门。向楠打开皮包拉链，饱经沧桑的青铜八音盒和款式过时的录音笔赫然在目，她心中掠过一阵狂喜，纵身扑进唐骏怀里，仰起摄人心魄的俏脸，翘起红润油亮的樱唇，灿若桃花，吐气如兰，娇羞索吻。

唐骏微笑，把食指搭在她樱唇上，挡住她继续靠近："想知道江风畔的下场吗？"

向楠情欲迸发，脑子晕乎乎的，对其他事都不太走心，一只手在唐骏的肩头和后背摩挲，满不在乎地说："他死透了吧？你办事，我放心。"

唐骏说："先撞死，尸体塞进后备厢，沉到护城河底啦。只要不抽干河水，永远不会被人发现。"

向楠"咯咯"娇笑："让他躺在护城河里喂鱼吧，不白白浪费他一身肥肉，也算做一件好事。"

她笑声未歇，房门忽然被人推开，一阵不知哪里来的邪风径直吹上她雪白的脖颈，寒意袭体，起一身鸡皮疙瘩。

几名身穿制服的刑警鱼贯闯入，气势汹汹。齐天大圣齐天牧一马当先，昂首阔步，扛在肩上的警监徽章在灯光照耀下熠熠生辉。

向楠愕然。她虽然饱经历练，定力远远超过普通人，心理素质极其强大，但在这一刻仍然难免发蒙，仓促中不知该怎么应对。而接下来的一幕更让她惊惧不已，末日的绝望涌上心头——

跟在几名制服刑警后面走进来的是一个死胖子，衣服敝旧，肮脏不堪，扬扬得意的笑容惹人厌烦，竟然是早就该死翘翘而尸体沉在护城河底的江风畔！

向楠在那一瞬间真切地感受到垂死之人的无助和恐惧。

江风畔笑容可掬："向总好！好久不见，别来无恙否？"伸手从茶几上的果盘里捞几粒腰果扔进嘴里，嚼得咯吱有声，大拇指高高翘起，"向总这生活品质，啧啧，连腰果的口感都和别的地方不同。"

向楠乍见他走进来时，猝不及防，像被人兜头一记闷棍，打得天昏地暗、五迷三道，等他一番矫情做作的表演后，情绪稍许平复，求生本能觉醒。虽然默不作声，内心却波涛汹涌，盘算前因后果，盘算各种可能，盘算有效对策，盘算绝地求生的可能性。

江风畔的脸色唰地撂下来，适才的笑容像被一只无形的手抹去，再找不出半点痕迹，取而代之的，是傲狠表情和毕露凶光："向总在考虑对策？省点力气吧，你纵有千条妙计，也难逃阶下囚的结局。善有善报，恶有恶报，不是不报，时候未到，时候一到，统统报销。"他变魔术似的不知从哪里掏出一副手铐，"向楠，你涉嫌杀害白修仪，以及谋杀现役警员江风畔未遂，现依法对你进行拘捕。这副龙凤镯，请你笑纳吧。"眼前一花，"龙凤镯"已经端端正正戴在向楠手上，向楠竟然来不及做出任何反应。

齐天牧阴沉的脸色终于放晴："向楠，今天是我从警三十五年零九个月的最后一天，明天我就光荣退休啦。感谢你送给我这样一份大礼，让我亲眼看见杀害白修仪的凶手伏法，也让我的警务生涯不留任何遗憾。"

向楠的脸色苍白，仍咬牙切齿地说："你们别高兴太早，谁笑到最后，还不一定呢。"

江风畔的嘴巴损，不肯退让："祝向总笑到最后，含笑九泉。"

向楠没心情和他在口头上分高低，忽然想起唐骏，抬眼去找，却遍寻不着，不知道他什么时候偷偷溜出门去。

为给向楠保留最后颜面，且避免引起公司内部混乱，警员们带她走进货用电梯，中途没有停留，直达停车场。

坐上警车，一群人各自想着心事，没人说话，气氛安静肃穆。江风畔却突兀地打破沉默，他抬起手腕，扫一眼陪伴他十几年的忠心耿耿的古董机械表，像发现新大陆一样大声说："居然是这个日子！"

齐天牧愕然，不知道江风畔憋着什么主意，正在盘算自己是否应该像唱戏一样接一句："什么日子？"

但江风畔意兴正酣，自己开心热闹，并不需要别人配戏："今天是一月二十三号，正好是'一·二三'大案发案十一周年。"

向楠把头侧向漆黑的窗外，对江风畔的大吼大叫毫无反应，她脸色惨白，像白炽灯下反光的白纸，她一反平时云淡风轻、雍容高华的气度，一缕蓬松的头发从额头垂下，让她显得妆容不整，她眉头深锁，若有所思，目光飘忽，透出沮丧失落。

齐天牧感喟不已："十一周年，嘿，十一周年！沧桑巨变，物是人非！"

向楠痴痴地凝望车窗外的沉沉夜色，瞳眸上笼罩一层潮润晶莹的薄雾。

与此同时，在溱洧市无相镇安德殡仪馆前的空地上，那棵百年老松下，有一名全身素白的年轻女人伫立在"彼岸花冢"前，低头垂泪，默默无语。

正值冬夜，四周已经黑透，安德殡仪馆门前在天光白日时也人迹稀少，这时月华暗淡，星子如豆，除年轻女人外，再无人迹。远处传来不明种类的鸟鸣鸦啼，撕破夜空的宁静，却越发显得阴森可怖。

年轻女人却丝毫不怕，似乎已浑然忘我。两行清泪滑落脸颊，滴在彼岸花冢上，洇出两个小小的伤心的圆。

这时节并不是彼岸花花期，介于秋彼岸和春彼岸之间。但说也奇怪，花冢周边有大片彼岸花开放，且颜色艳丽，有神秘紫、琉璃白、橄榄绿、柠檬黄四种颜色，花瓣反卷如龙爪，伴以千条万缕、挺拔张扬的龙须。那年轻女人置身其中，白衣翩翩，衣角飞扬，好像花中仙子。

年轻女人独自伫立，嘴里念念有词，像祈祷，像祝愿，像拜祭，又像和花冢里的魂魄交谈："佛说彼岸，无生无死，无苦无悲，无欲无求。你今天沉冤昭雪，佛灯长明，带领你的灵魂闯过急流险滩，远离尘世烦恼，抵达光辉彼岸。"

她翻来覆去地喃喃念诵，声音低得好像耳畔私语，细不可闻。

二十四

了犹未了

AT NIGHAT AND DAWN

    江风畔穿一身红色燕尾服，系红领结，油亮的头发向后梳得一丝不苟，端坐在宽大的皮椅上，满脸油汗，内心焦灼。

    张小唐穿着层层叠叠无比繁复的白色婚纱，露出洁白圆润的肩膀，端坐在他旁边，面无表情，呆板得像块木头。

    婚纱摄影店的工作人员在他们面前像走马灯般穿梭忙碌，似乎每个人都有做不完的事情，却没人搭理他们。

    江风畔终于按捺不住，随便揪住一名工作人员："兄弟，我们的预约时间早过了，在这里干坐一个小时，什么时候开始拍照嘛？"

    那名工作人员二十岁出头，还在学徒期，被他揪住，窘得不行："哥，您别急，我……去问问经理，让他跟您说。"

    又枯等十五分钟，西装革履的张经理终于姗姗出现。看模样他三十四五岁，矮胖的身材跟江风畔难分伯仲，脸上流着一样的油汗。他笑容满面，使得本来就嫌拥挤的五官聚成一团，隔老远就伸出两只手，小碎步一颠一颠地跑过来，把江风畔的手紧紧抓住，亲热得好像分别多年的孪生兄弟："是江队长吧？劳您久等，失礼失礼，该罚该罚。"

江风畔一愣："你认识我？"

张小唐奇怪："你有这么大名气？"

微笑无须破费，却往往收到良效，所以张经理从不吝惜使用它，这时面对客人，更是一包一包地批发，脸上的肌肉笑得酸痛而僵硬："有有有，江队就有这么大名气，在溱洧市提到禁毒的江队，如雷贯耳，没几个人不知道。"

张小唐冲他撇撇嘴，心想泛黄的老皇历被你翻出来，可见你在撒谎，但没必要当面拆穿。

江风畔灵光闪现："你不是因为吸毒被我处理过吧？"又摇摇头，"经我手的有几百号，我都记得住模样，没有你这一号。"

张经理直翘大拇指："江队料事如神，名不虚传，名不虚传！实话实说，被您处理的不是我，是给您拍婚纱照的摄影师。今天早上他发现您是他的客人，心理压力太大，走到半路，心脏病发作，直接送医院去了，差点没抢救过来。没办法，只能临时抽调摄影师，才让您等这么久。现在，摄影师已经在路上，稍后就到。为表达诚挚的歉意，公司高层召开临时会议，一致同意，给您的摄影费用打九五折，九五折！"张经理抬高右手，夸张地叉开五指，像一只呆萌的熊掌。

江风畔翻起白眼做数学题："就为给我减五百块钱，你们公司高层专门开会研究？"

张经理赔笑："没办法，经营困难，利润都是从牙缝里一点点抠出来的。"

尬聊好一会儿，不知所云，替补摄影师仍不见踪影。张经理奉上一壶茶，让他俩喝茶解闷。张小唐给茶杯注满水，端到面前，见一层细碎的茶叶末漂浮在水面上，就把茶杯往茶几上一蹾，不肯喝。

江风畔倒不在乎，端起杯子吸溜吸溜地，连水带茶末一起喝下去。

张小唐忽然想起一件事："你昨天提审向楠，她招了没有？"

江风畔："招了，铁证，证据链完整，她不招也赖不过去。两起命案，一起已遂，一起未遂，谁也救不了她！"

张小唐斜睨他："你这人诡计多端，这个局布得阴险，连向楠都着你的道，还顺带着把两个主任拉下马。往后跟我过日子，你如果敢玩心眼，看我怎么收拾你。"

江风畔嬉皮笑脸："哪能，内外有别，敌我分明，对待敌人要像秋风扫落叶般冷酷无情，对待爱人要像春天般温暖。"

张小唐心里甜蜜，嘴上不饶人："肉麻，正经点，如雷贯耳的江队长。"

江风畔正经起来："我妈早上出门时收拾得比平时干净立整，跟我说话的表情和语气都不太对劲，我到现在还惦记着，不知道她今天出去干什么。"

张小唐说："谁都有自己的私生活，老太太没必要什么都跟你汇报。"

江风畔点头："那倒是。"

张小唐："苏晓青和白修仪的命案，沉寂十来年，被你一举侦破，了却多少人的心愿，包括活着的和死了的，你这次确实干得漂亮。"

江风畔："说不上完美，而且这案子没完，还有个大窟窿要堵上。金山到现在也不承认他是杀害苏晓白的凶手，如果没有补充新的证据，过段时间我们只能把他放出去。而且我心里不踏实，找不到苏晓白的尸体，也不知这人到底死了没有。"

张小唐："子宫结缔组织，碎骨，带血拆骨刀，证据确凿，你到现在还质疑她死没死？"

江风畔吸溜了口茶："说不上质疑，就是心里不踏实。"

张小唐："唐骏呢？身份查清楚没有？"

江风畔："向楠的酒店套房建造得像迷宫，墙上有暗门，通向卧室，卧室里又有暗门，通向安全屋，安全屋有一道门通向户外楼梯。唐骏非常机灵，齐天大圣他们几个才推开门，他就趁乱钻进向楠卧室，从暗门跑到户外，从容不迫地逃走，没引起任何人注意。"

张小唐:"即使别人不注意,你不应该粗心忽略吧?他差点就撞死你。"

江风畔心有余悸:"那倒是,他当时只要再往前冲出两三米,我这会儿早就躺在安德殡仪馆里,正享受你们的注目礼。"

张小唐听见这话,心里惊惶不已,伸手在他腿上掐一把:"乌鸦嘴,呸呸。"

江风畔:"抓捕向楠的行动比原计划至少提前一周,唐骏起到至关重要作用。他的完整履历,我一直到昨天才拿到,疑点很多。他是墨兹县人,在墨兹高中上过学,比苏晓青和向楠低五届。也就是说,他俩毕业后唐骏才入学,所以彼此认识的可能性不大。但是他和苏晓白只差一届,而且就在一壁之隔的两个班,这是不是他卷进这起案子的根本原因,现在还不能确定。唐骏的身体素质非常好,他后来在溱洧市创办一家保安公司,做得相当成功,赚到不少钱,但不知什么原因,一年前他的公司法人代表换人,他清空所有股份,从公司净身出户,一夜间从千万身家到一文不名。他随后应聘到颖楠科技做专职司机,因驾驶技术过硬且身手敏捷受到瞩目,三个月后,向楠的私人司机兼保镖无故辞职,唐骏获得机会,接任这个角色,并很快成为向楠在公司里最信任的人。"

张小唐:"难怪向楠会派他去执行重要任务,他确实有这个能力。不过,他为什么在即将杀害你的最后关头收手?他当时跟你达成什么协议?"

江风畔:"当时的情况,可以用九死一生来形容。迎面飞驰而来的汽车和我只有几米远,我用力往侧面的树丛里跳过去,却被茂密的树枝给弹回来。那辆车在离我只有两米远的地方猛地刹住,或许是他临时改变主意,中止犯罪,或许是他从开始就没打算杀死我,或许他的真正目标是向楠,只是借用这个手段,作为和我达成协议的筹码。"

张小唐:"他提出什么条件?"

江风畔:"他把向楠制订的谋杀计划和盘托出,包括在那条小路上拦截，制造车祸致死、肇事逃逸的假象，然后把载有尸体的肇事车开进护城河，接下来换一辆车，干净利索、不留痕迹地离开作案现场，制造一起无尸体、无现场、无罪证的谜案。你知道，这是向楠的长项。"

张小唐越想越怕，往他身上靠一靠，身子不住颤抖："好险。"

江风畔："唐骏说出向楠的计划，让我配合他，坐实向楠杀人未遂的罪名。这样就有了拘捕她的理由，杜绝她私下串供、找保护伞、修改和毁灭证据的可能，然后抽丝剥茧，诱导她一点一点吐露杀害白修仪、杀人焚尸的罪行。"

张小唐："这个提议有点突儿，你竟然没质疑他的动机？"

江风畔："我当时有几十个问题，可是来不及提问，唐骏让我在一分钟内做出选择，绝不能耽误时间。因为向楠精明又多疑，即使有一点差池，让她有喘息机会，计划就可能失败。"

张小唐："他让你做什么选择？"

江风畔："按他说的做，还是被他杀死，两者二选一。你知道，一对一，我打不过他，而且当时我在惊吓之余，状态不好，他说杀死我并不是危言耸听。所以，一分钟后，我做出决定，按他的计划，以杀警未遂的罪名马上拘捕向楠。"

张小唐："这样看来，唐骏这人城府很深，而他费尽心思做到向楠的私人司机兼保镖，似乎就是为了置她于死地。"

江风畔："没错，他临走前还交给我一个硬盘，上面记载着向楠行贿和操纵股市的经济罪行，并附有大量文字、录音和视频证据，所以，即使最后不能确认向楠是杀害白修仪的真凶，这些经济犯罪证据也足以毁掉她。唐骏在向楠身边卧底，是蓄谋已久，处心积虑。"

张小唐："也许唐骏是苏晓青的亲戚？否则没法解释他的行为。"

江风畔："温颖涛在红楼地下室被爆头毙命，两名凶手一男一女，警方始终没有办案头绪，对两人身份一无所知，他们是否和唐骏有关联呢？"

张小唐："你怀疑唐骏是两名凶手之一？"沉思半晌，"有这个可能，但那个女人是谁？"又叹息说，"苏晓青家里人丁不旺，凶手一定以为他死后就一了百了，不会有人不依不饶地纠缠到底。谁知道十年过去，仍然弄出这么多事来，温颖涛和向楠犯了弥天大错，惹错了人。"

江风畔紧锁眉头："如果唐骏是凶手之一，那么那个神秘的女人到底是谁？"他沉吟良久，才说，"我们到现在为止，只找到苏晓白的少量结缔组织、断指、和微量碎骨，却没找到其他身体部位，而且金山在遭到财产没收、家庭破碎、父亲入狱等种种恶报后，仍然坚决不肯承认杀害苏晓白，这也难免让人对侦查结果产生怀疑，也许我们的工作做得还不够深，不够细致。"

张小唐满头雾水："你难道怀疑……不可能，你加了太多戏，苏晓白怎么可能是这种狠角色，有这样深沉的心机？这些事情不是一个年轻女人能做到的。"

江风畔正要说话，手机响起来，屏幕上显示来电人是"老妈"，急忙接听，那边连珠炮似的声音："儿子，跟你打个招呼，我子宫的问题解决了，刚在魏医生的诊所做完子宫摘除手术，一切顺利，我休息一下，下午就回家。"

江风畔吃惊："子宫摘除手术？你怎么不事先告诉我？我陪你去。"

梁素琴努力让语气听起来无所谓："小手术，微创，魏医生说了，如果恢复得好，皮肤上连疤痕都看不见。你许姨在这儿陪我呢，别担心，没事。本来想事先跟你说的，刚好今天是你拍婚纱照的日子，老妈再不懂事，也知道轻重缓急，儿子的终身大事要紧，你安心拍照吧，拍完照片和小唐回家去，咱娘三个，加上你许姨，好好吃顿饭。"

江风畔挂断电话，心里不是滋味："这话怎么说的，怎么就把子宫摘除了呢？"

张小唐在旁边听见对话，安慰他："生完你，你妈的子宫就胜利完成使命，这岁数了，摘除也不可惜，而且减少许多患病机会。"

她说着话，却见江风畔似乎完全没在听，眼睛直勾勾地盯着窗外，表情像见鬼一样。

这家婚纱店一整面墙都是落地窗,面向一条繁华街道。现在是上午十点三刻,天空湛蓝,阳光明亮,坐在店里,街上的行人和车辆都一览无余。

张小唐顺着江风畔视线看过去,见马路对面站着一个年轻女人,美丽明艳,长发长裙,微风吹过,裙角飞扬。她面朝婚纱店,一动不动,目光飘忽,不确定她是否在看她和江风畔。

张小唐依稀感觉在哪里见过这张脸,一时之间却想不起来。

那年轻女人伫立半晌,忽然朝婚纱店方向举起左手,叉开手指,赫然见她只有四根手指,无名指处仅剩不满一厘米的一小截。

江风畔起一身鸡皮疙瘩,噌地站起来,飞奔出婚纱店,张小唐在后面紧跟着跑出来。

站在店门口,却见马路对面人潮如织,年轻女人已消失得无影无踪。

江风畔的心怦怦狂跳——她太像苏晓白了。

她是苏晓白吗?

红尘喧哗,阳光刺眼,是梦是真?

MEMORY HOUSE